Maximilian Böhm

Wettlauf mit der Angst

Originalausgabe – Erstdruck

Maximilian Böhm

Wettlauf mit der Angst

Schardt Verlag

Bibliografische Information der Deutschen Bibliothek: Die Deutsche Bibliothek verzeichnet diese Publikation in der Deutschen Nationalbibliografie; detaillierte bibliografische Daten sind im Internet über www.d-nb.de abrufbar.

Titelbild & Umschlaggestaltung:
Joe Leiner, www.joeleiner.com

Die Handlung und alle Personen des Textes sind frei erfunden, die hier beschriebenen Orte und Örtlichkeiten sind jedoch real.
Alle möglichen Ähnlichkeiten mit tatsächlichen Vorgängen oder Ereignissen bzw. mit lebenden oder verstorbenen Personen sind rein zufällig.

2. überarbeitete Auflage 2020

Metzer Straße 10 A
26121 Oldenburg
Tel.: 0441-21 77 92 87
Fax: 0441-21 77 92 86
E-Mail: kontakt@schardtverlag.de

ISBN 978-3-96152-256-9

1

Die Wände glichen der Decke, und der Boden glich den Wänden.

Alles war ein und dasselbe.

Ein steriles Weiß, in dessen Konturlosigkeit sich jegliche Perspektive verlor.

Längen und Breiten lösten sich auf in der Hoffnungslosigkeit einer belanglosen Farbe.

Eine winzige, quadratische Zelle ohne Türen.

Von der Decke mahnte penetrantes Licht, ohne seine Quelle preiszugeben. Zeit existierte nicht, weder war sie angehalten, noch verging sie, sie war schlichtweg ohne Interesse.

Die Arme um die Knie geschlungen und die Knie eng an den Körper gezogen, saß er auf dem kalten Steinboden und atmete nervös, dachte, dass die Luft, die er in seine Lungen sog, sich jeden Moment verflüchtigen könnte, und mit ihr der Rest seines Daseins.

Es gab nur das kleine, sterile Quadrat und die Ohnmacht, in einem Raum ohne Ausgang gefangen zu sein, der ihn niemals wieder freigab.

Er hatte Angst.

Hoffte er anfangs noch, die unbeirrbare Gerechtigkeit kläre das Missverständnis in Kürze auf, so fürchtete er inzwischen, dass ihm die Wahrheit aus den Fingern glitt.

Und da ihn die Wahrheit, die Zeit und die Luft im Stich zu lassen drohten, schlich sich Panik in seinen Kopf, strich seine Beine entlang, streifte seine Lenden und krabbelte über seinen Bauch, schlängelte sich wie ein gieriges Reptil immer höher, schnürte seine Lungen zusammen, kroch weiter und umklammerte seinen Hals.

Jeden Moment lösten sich seine Gedanken in einem *Nichts* auf, und danach gab es nur noch seine körperliche Hülle und das penetrante Licht ohne Ursprung.

2

Es war dunkel in der Zelle. Er schnappte nach Luft, doch seine Lunge verweigerte sich. Seine Fingernägel kratzten über den Steinboden, seine Hände fuhren zum Hals, suchten zu helfen, um das Bedürfnis nach Sauerstoff zu stillen.

Er hustete.

Mit einem Mal wurde es hell, ein weicher und vertrauter Schimmer. Licht am Ende des Tunnels, er hatte davon gehört, der Übergang vom Leben in die endlose Finsternis.

Das Leuchten vor dem Tod.

Weit entfernt spürte er seinen Herzschlag, fühlte, wie sich seine Lungen mit Sauerstoff füllten.

Verstört riss er die Augen auf. Ein helles Rechteck leuchtete am Boden, kletterte an ihm hinauf und blendete seine Augen.

Die Zellentür stand offen, und im Gegenlicht sah er die Silhouette einer menschlichen Gestalt.

»Maniel, aufstehen und raus aus deiner Zelle!«, ertönte eine dunkle, durchdringende Stimme.

Er erschrak, er war am Leben. Und bereits in der nächsten Sekunde kehrte die Erinnerung zu ihm zurück, und sein Bewusstsein kippte die vergangenen Stunden wie einen stinkenden Eimer Abfall über ihm aus.

»Nun mach schon, Maniel, ich hab nicht ewig Zeit. Du wirst verlegt.«

Schwerfällig rappelte sich Hugo Maniel auf, stützte sich gegen die Wand und taumelte zur Tür.

»Dreh dich um«, befahl die Stimme. »Die Hände auf den Rücken.«

Maniel gehorchte, und kalter Stahl legte sich um seine Handgelenke. Die Handschnellen schnappten zu und schnitten ihm in die Haut.

»Na also. Und nun komm.«

Er trat in einen schmalen Korridor.

Sein Aufpasser war ein großgewachsener Mittdreißiger mit ausladendem Kinn, einem Dreitagebart und auffällig trainierten Schultern. Der durchdringende, spöttische Blick verriet, dass er keinerlei Interesse an der Schuld oder Unschuld seines Gefangenen hatte. Vor seiner Brust baumelte eine Polizeimarke. Eine ärmellose Weste reichte ihm bis zur Hüfte, und am Gürtel klemmte eine Pistole in einem Halfter. Er streifte ein Paar dünne Lederhandschuhe über und legte Maniel eine Hand auf die Schulter.

»Dann wollen wir mal.«

»Warte, Brazzo, was ist mit den Schnürsenkeln?«, ertönte eine helle Stimme in Maniels Rücken.

Ein zweiter Polizist stand einige Meter entfernt im Flur. Er war kleiner als der Aufpasser, dafür aber drahtiger und hatte eine rasierte Glatze. Unsicher wanderte sein Blick zwischen Maniel und dem Aufpasser hin und her.

»Cool, Tom, ganz cool. Ich mach jetzt bestimmt nicht mehr die Schellen los. Die Schnürsenkel geben wir ihm am Wagen.«

Toms Augen zuckten nervös, er überlegte zu widersprechen, doch dann nickte er nur: »Okay, Brazzo, wie du meinst.«

»Ja, ich meine«, knurrte Brazzo und an Maniel gewandt: »Und du, Maniel, beweg endlich deinen Hintern den Flur entlang.«

Maniel schlurfte los, spürte die Hand des Polizisten auf seiner Schulter, während Tom mit einigen Schritten Abstand folgte.

In dem schmalen Korridor reihte sich Zelle an Zelle, und ein spärliches Licht fiel von der Decke auf die tristen Wände und den aschgrauen Linoleumboden.

Maniels Kopf war schwer wie Blei, und seine Augen brannten wie Feuer.

Die kleine Gruppe passierte mehrere Gitterabsperrungen, wobei Tom sich jedes Mal an ihnen vorbeischob, einen Schlüsselbund aus der Tasche zog, die Tür aufschloss, um sie, nachdem alle an der Absperrung vorbei waren, wieder zu verschließen.

»Der sieht ziemlich kaputt aus«, sagte Tom, als sie die nächste Sperre passiert hatten.

Brazzo lachte gehässig auf, während er Maniel gönnerhaft auf die Schulter klopfte. »Der Oberstaatsanwalt hat den Kollegen gesagt, sie sollen ihn richtig rannehmen. Er sieht nicht so aus, als ob er viel geschlafen hätte. Hat er verdient, der Drecksack«, sagte Brazzo und zu Maniel gewandt: »Stimmt doch, Maniel, hast du verdient, oder?«

Tom gackerte. »Und wie grau sein Gesicht ist, genauso grau wie der scheiß Plastikboden hier.«

»Halt jetzt die Klappe und sieh lieber zu, dass du das nächste Gitter aufschließt.«

Tom verstummte, überholte die beiden und schob hektisch den Schlüssel ins Schloss.

Maniel nahm den Wortwechsel seiner beiden Aufpasser nur im Unterbewusstsein wahr, während sein Verstand zu ergründen versuchte, warum er überhaupt in diesen Schlamassel geraten war. Der Gefangenenoverall kratzte auf seiner Haut, und er hatte Mühe, die klobigen Stiefel an den Füßen zu behalten.

»Wo sollen wir ihn eigentlich hinbringen?«, fragte Tom zaghaft, in der Hoffnung, dass Brazzo seine Frage nicht sofort wieder als dämlich abtat.

»Ins Untersuchungsgefängnis nach Darmstadt«, antwortete Brazzo.

»Nach Darmstadt?« Mit einem Mal war Tom begeistert. »Das ist ja abgefahren. Ich kenn' da einen im Vollzug. Der hat mir erzählt, dass die dort ganz besondere Verhörmethoden haben. Die gleichen wie die Amis in Guantanamo.«

»Quatsch keinen Scheiß, Tom«, knurrte Brazzo genervt. »Wir sind hier in Hessen und nicht bei den Amis auf Hawaii oder wo das scheiß Gefängnis sonst auch immer liegt.«

»Ich schwör's«, bestand Tom auf den Wahrheitsgehalt seiner Behauptung. »Die können in Darmstadt mit ihm machen, was sie wollen«, gluckste er. »Aber so, wie der Wichser aussieht, hält der sowieso nicht mehr lange durch. Hoffe, die pressen vorher noch alles aus ihm raus.«

Maniel, der mit einem Ohr zugehört hatte, war nicht wohl bei dem Gedanken. Er konnte sich zwar nicht vorstellen, dass man in Deutschland legale Grenzen überschritt, aber bei der Schwere des Verbrechens, das man ihm vorwarf, war er sich nicht wirklich sicher. Außerdem steckte in jedem Gerücht immer auch ein Funken Wahrheit.

Tom öffnete eine Tür, und Brazzo schob Maniel in einen vergitterten Innenhof ins Freie. Die plötzliche Helligkeit schmerzte in seinen Augen.

Brazzo schob ihn weiter.

In der Mitte des Hofs parkte ein schwarzer Audi mit getönten Scheiben. Die breiten Reifen und die mehrfach verstrebten Stahlfelgen deuteten auf eine gepanzerte Karosserie hin.

Ein kleiner, untersetzter Polizist lehnte mit gekreuzten Armen am Kofferraum. Eine lässig auf seiner Schweinsnase sitzende Pilotenbrille verdeckte einen Teil seines feisten Gesichts, während die kurzgeschnittenen Borsten auf seinem Kopf an das glänzende Fell eines Rottweilers erinnerten.

»Hellboy«, plärrte Tom über den Hof. »Hoffe, wir haben dich nicht allzu lange warten lassen.«

Der Polizist, der sichtlich Freude an seinem Spitznamen hatte, zog die schmalen Lippen auseinander, und zwei ungepflegte Zahnreihen kamen zum Vorschein.

»Alles cool, Leute. Mit der Kiste hol' ich die Zeit schon wieder rein«, liebevoll tätschelte er die Karosserie des Audis.

»Das ist also unsere wertvolle Fracht«, sagte Hellboy und deutete auf Maniel. »Kommt nicht alle Tage vor, dass wir so einen Schweinehund durch die Gegend kutschieren dürfen.«

Tom grinste breit. »Ach was. Schau dir den Typen doch an. Der ist harmlos, den haben die bereits hier im Bunker fertiggemacht. Frag mich sowieso, was sie mit dem Dreckskerl in Darmstadt noch anfangen wollen?«

Brazzo gab Tom einen Klaps auf den Hinterkopf, und als der ihn entgeistert ansah, sagte er: »Tom, du sollst dich nichts *fragen*. Wenn der liebe Gott gewollt hätte, dass du nachdenkst, dann hätte er dir ein Gehirn gegeben. Schieb' den Scheißkerl jetzt einfach in den Wagen. Ihr zwei sitzt vorne, und ich setz mich mit ihm auf die Rückbank.«

Tom funkelte Brazzo grimmig an und presste beleidigt hervor: »Die Schnürsenkel.«

Brazzo rollte die Augen und suchte Unterstützung bei Hellboy.

Der zog erneut die Lippen auseinander und antwortete lässig: »Vorschrift ist Vorschrift. Da hat unser Kleiner ausnahmsweise mal recht.«

Aber Brazzo gab nicht auf. »Scheiße, dafür muss ich ihm die dämlichen Schellen aufmachen.«

Tom verschränkte die Arme vor der Brust und starrte Brazzo unversöhnlich an. »Dein Pech.«

»Die Handschellen braucht er sowieso nicht. Der wird nicht so blöd sein, sich bei voller Fahrt aus dem Wagen zu stürzen«, sagte Hellboy.

Brazzo packte Maniel hart bei den Schultern und drückte ihn zu Boden. Er fingerte einen kleinen Schlüssel aus der Westentasche und schloss die Handschellen auf. Dann kramte er die Schnürsenkel hervor und warf sie Maniel vor die Füße.

»Einfädeln. Und zwar schnell.«

Selbstzufrieden genoss Tom das Schauspiel, während Brazzo ihn keines Blickes würdigte.

In der Hocke sitzend, fädelte Maniel die Bänder mit zitternden Fingern in die Ösen. »Schlaf nicht ein, oder willst du hier Wurzeln schlagen?«, plärrte Brazzo und versetzte Maniel einen Tritt in den Hintern.

Hellboy öffnete die Hintertür und wartete, bis Brazzo mit dem Gefangenen eingestiegen war, danach kletterte er auf den Fahrersitz. Tom setzte sich auf den Beifahrersitz und wandte sich mit um Autorität bemühter Mimik zu Maniel um. »Mach bloß keine Dummheiten, Freundchen, sonst knallt's.«

»Quatsch keine Opern, du Idiot, der benimmt sich schon«, grunzte Brazzo. »Gib endlich Gas, Hellboy.«

Hellboys grinsendes Gesicht erschien im Rückspiegel. »Festhalten, meine Herren, unser Flieger hebt ab. Und ich warne euch. Keiner kotzt mir in den Wagen.«

Der schwere Motor der Achtzylindermaschine sprang an, und ein sanftes Vibrieren erfasste die Kabine.

»Alter, ist das ein abgefahrener Sound, oder was? Wir nehmen die Landstraße, das wird 'ne geile Fahrt.«

Der Audi rollte zum Ausgang, wo sich das Gefängnistor in zwei Hälften teilte, und Hellboy steuerte den Wagen auf die Straße. Sofort nahm er Tempo auf und manövrierte die schwere Limousine durch den Feierabendverkehr der Frankfurter Innenstadt. Maniel wurde in den Rücksitz gepresst, während seine Aufpasser wie Kleinkinder um die Wette kreischten.

Als sie die Landstraße erreichten, stand die Sonne bereits tief am Himmel und spiegelte sich im Lack der Karosserie. Im Wageninnern hatte sich die Atmosphäre entspannt, und kühle Luft strömte aus der Klimaanlage. Brazzo ließ seinen Blick entspannt über die Rapsfelder gleiten, Hellboy und Tom begeisterten sich für die technischen Details des Wagens.

Maniel saß gedankenversunken in seinem Sitz. Die letzten Stunden hatten an seinen Nerven gezehrt. Immer wieder holte man ihn aus der Zelle, verhörte ihn, glaubte ihm kein Wort und sperrte ihn anschließend zurück in sein Verlies.

Schwindel erfasste ihn. Er atmete ängstlich, versuchte sich zu beruhigen und seinen wirren Gedankenstrom unter Kontrolle zu bekommen. Er fühlte die Geschwindigkeit, mit der der Wagen über den Asphalt glitt, und spürte die sanften Schläge der Stoßdämpfer. Er schloss die Augen, und schon einen Moment später begann er zu träumen.

Er ritt auf einem Schimmel über den Wolken, nur mit einem Nachthemd und Sandalen bekleidet. Eine Hand führte die Zügel, während in der Faust der anderen Hand ein blutverschmiertes Messer klemmte. Seine Oberschenkel pressten sich fester gegen die kräftigen Flanken des Pferdes. Sein Mund war zu einem breiten Lächeln verzogen, und er fühlte sich frei. Er lehnte sich nach hinten und ließ die Zügel los.

Im nächsten Moment wurde er nach vorne geschleudert. Jäh nahm ihm der Sicherheitsgurt die Luft. Er riss die Augen auf, und Brazzo prallte hart gegen seine Schulter. Im Rückspiegel sah er Hellboys verzweifelt aufgerissene Augen. Die Sonnenbrille hing quer über seinem Gesicht.

»Ich … kann … den Wagen … nicht abfangen«, schwirrten Hellboys Wortfetzen durch die Kabine. Im nächsten Augenblick barst die Frontscheibe, und Glassplitter schossen durch das Wageninnere.

Für einen Moment schien es, als käme der Wagen zum Stehen, doch schon kippte er auf die Seite und begann sich zu überschlagen.

Einmal, zweimal, dreimal.

Bleche und Aluminium verformten sich unter fürchterlichen Geräuschen.

Hellboys Kopf schlug gegen die Wagendecke.

Die restlichen Scheiben gingen zu Bruch, und das Glas zerschnitt die Deckenverkleidung.

Tom hatte es irgendwie geschafft, seinen Gurt zu öffnen, einen Moment später verschwand er durch das Seitenfenster.

Quer über Brazzos Gesicht klaffte eine riesige Wunde und legte den Wangenknochen frei.

Maniel verlor das Bewusstsein.

3

Es roch nach Benzin. Der süßlich faule Geruch reizte seine Schleimhäute und zwang ihn, aufzuwachen. Er würgte und hustete feinen Staub.

Blinzelnd öffnete er die Augen, sah nur eine helle, undefinierbare Fläche, wie ein Neugeborenes, das zum ersten Mal das Licht der Welt erblickt. Er spürte seinen Körper nicht, hatte keine Schmerzen und fühlte sich schwerelos.

Erneut schloss er die Augen und konzentrierte sich auf seine Atmung. Langsam einatmen, nicht nach Sauerstoff gieren, den Staub aus der Lunge halten. Das kontrollierte Atmen stabilisierte ihn, und er begann klarer zu denken. Die Erinnerung kehrte zurück.

Der schwarze Audi, der sich überschlug, die Polizisten. Hellboy, der Fahrer, Tom, der Dummkopf, und Brazzo, sein Aufpasser, der neben ihm saß.

Wie lange war er ohnmächtig gewesen? Eine Minute? Eine Stunde oder länger? Er hatte keine Ahnung.

Er öffnete die Augen.

Zuerst sah er wieder nur die undefinierbare, helle Fläche, doch dann begann er Konturen zu erkennen, und seine Umgebung nahm Formen an.

Das Auto lag auf dem Dach, er war zwischen der Wagendecke und der Rückbank eingeklemmt.

Etwas stieß gegen seine Schulter. Er drehte den Kopf, um ihn im nächsten Moment erschrocken abzuwenden.

Brazzo starrte ihn aus leblosen Augen an, das Gesicht blutüberlaufen.

Maniel wurde panisch, sein Kopf dröhnte und sein Rücken schmerzte.

Er musste raus aus diesem Wagen, sofort raus.

Er war sich nicht sicher, ob er verletzt war, in seinem Adern explodierte das Adrenalin.

Aus den Airbags wich die verbliebene Luft.

Vorsichtig fuhr er mit den Fingerspitzen die Verkleidung der Wagentür entlang. Er spürte etwas Stählernes und zog daran.

Das Schloss sprang auf, doch die Tür öffnete sich nicht. Der Aufprall hatte den Rahmen verzogen. Mit all seiner verbliebenen Energie stemmte er sich gegen die Tür. Sie bewegte sich, doch seine Kraft reichte nicht aus.

Sein Atem ging schneller.

Noch einmal presste er den Oberarm gegen die Tür, versuchte mit dem Gewicht seines Körpers den Druck zu erhöhen.

Endlich funktionierte es, und die Tür sprang auf.

Er tastete nach dem Verschluss des Sicherheitsgurtes, fand den Druckknopf, und der Gurt löste sich. Wie ein reifer Apfel purzelte er aus dem Wagen und schlug auf dem Boden auf.

Die Erde roch nach Gras, nach lebendig duftendem Gras.

Er horchte in seinen Körper hinein, wartete, ob ein abrupter Schmerz ihm mitteilte, dass er verletzt war.

Aus der geöffneten Wagentür drang ein süßlicher Duft, der Geruch nach Blut.

Er nahm all seine Kraft zusammen und rollte zur Seite, spannte seine Muskeln an und ging in die Hocke.

Er spürte keinerlei Schmerzen, und auch das Dröhnen in seinem Kopf hatte nachgelassen. Er rappelte sich auf. Es war nicht einfach, aber er schaffte es, und mit zitternden Knien stand er aufrecht.

Tief sog er die Luft in seine Lungen. Sein Puls ging schnell. Sein Blick wanderte zum Wagen. Der Audi lag auf dem Dach, der Motorraum war zur Hälfte eingedrückt. Die Scheiben waren geborsten und die Karosserie verzogen.

Der Geruch nach Benzin war penetrant.

Von der Landstraße bis auf das offene Feld zogen sich tiefe Reifenspuren, die Erde war aufgewühlt.

Wo war Hellboy?

Vorsichtig trat Maniel an den Wagen heran und ging in die Hocke.

Hellboy saß im Fahrersitz und starrte ihn aus leblosen, weit aufgerissenen Augen an. Der Sicherheitsgurt hatte sich um seinen Hals gelegt, und die Zunge baumelte aus seinem Mund.

Maniel wandte den Blick ab und richtete sich benommen auf.

Und Tom?

Er erinnerte sich, dass er aus dem Fenster geschleudert worden war, als sich der Wagen überschlug. Etwa dreißig Meter entfernt fand er ihn im Feld. Die Beine verdreht und das Genick gebrochen. Selbst tot hatte sein Blick noch etwas Nervöses.

Maniel war der einzige Überlebende. Und er war unverletzt. Er hatte Glück gehabt, einfach nur Glück gehabt.

Ungläubig schüttelte er den Kopf, und für einen Augenblick fühlte er sich befreit, war endlich wieder in der Lage, seine eigenen Entscheidungen zu treffen.

Sein Blick wanderte zum Horizont. Außer der Landstraße, die sich wie eine Schlange aus Asphalt durch gelbe Rapsfelder und grüne Wiesen zog, sah er nirgendwo eine Siedlung oder ein Haus.

Schon bald würde man den Gefangenentransport vermissen und Suchmannschaften losschicken, womöglich sogar einen Helikopter.

Er musste verschwinden, so schnell und so weit wie möglich. Es grenzte sowieso an ein Wunder, dass bisher kein anderes Fahrzeug an der Unfallstelle vorbeigekommen war.

Aber er durfte sein Glück nicht überstrapazieren.

Von seinem Hügel sah er in der Entfernung den Flusslauf des Mains. Hohe Bäume und dichte Sträucher rahmten das Ufer ein.

Er ging los, der einsetzenden Dämmerung entgegen.

4

Er schreckte auf und starrte wie ein scheues Tier in die Dunkelheit. Etwas drückte gegen seine Wirbelsäule, und als er danach tastete, fühlte er die Wurzel eines Baumes.

Nur langsam kehrten seine Gedanken in die Wirklichkeit zurück. Er musste eingenickt sein, und als er sich umblickte, sah er, wie sich im Fluss die Lichter des Fabrikgebäudes vom anderen Ufer spiegelten. Er saß inmitten hochgewachsener Sträucher, über ihm tanzten die Äste einer Trauerweide im Wind.

Er spürte alle Knochen in seinem Körper, und seine überreizten Nerven schmerzten in seinem Kopf.

Für einen Moment spielte er mit dem Gedanken, aufzugeben, doch so schnell wie der Gedanke gekommen war, verflog er auch wieder. Niemandem war damit gedient, weder ihm selbst noch dem Toten, dessen Mörder er sein sollte.

Schwerfällig rappelte er sich auf, drückte seine Knie durch und dehnte seinen Rücken. Mit beiden Händen klopfte er die Feuchtigkeit aus dem Overall und band die Schnürsenkel seiner Stiefel fester.

Durch das Dickicht sah er auf dem Hügel Blaulichter zucken. Sie waren da, und es war nur eine Frage der Zeit, bis sie ihn finden würden. Wenn er noch eine Chance haben wollte, zu entkommen, musste er sich schnell etwas einfallen lassen.

Aber welche Optionen hatte er?

Zum gegenüberliegenden Ufer zu schwimmen, war aussichtslos. Damit gewann er höchstens ein wenig Zeit, falls sie nicht dort auch schon nach ihm suchten.

Mitten im Fluss erhob sich eine Welle, und einen Augenblick später schälte sich eine Wand aus Stahl aus der Dunkelheit. Das Tuckern eines Dieselmotors ertönte, während sich ein Frachtschiff träge vorbeischob. Auf der fahl beleuchteten Brücke starrte der Schiffer schlaftrunken in die Nacht. Seichte Musik dudelte aus der Kabine.

Hundegebell hob an, und ängstlich spähte Maniel durch das Dickicht zum Hügel hinauf. Lichtkegel bewegten sich auf das Flussufer zu, während fluoreszierende Halsbänder gespenstisch über die Wiese tanzten und die im Dunkeln näherkommenden Spürhunde verrieten.

Es wurde Zeit.

Mit weichen Knien stakste er zum Rand des Ufers. Wieder tauchte ein Binnenschiff aus der Dunkelheit auf.

Einen Augenblick verharrte er noch auf der Stelle, holte tief Luft, dann stieg er ins Wasser.

Die Kälte nahm ihm den Atem. Sogleich begann er mit den Armen zu rudern, und mit kräftigen Stößen bewegte er sich auf die Eisenleiter an der Außenwand des Schiffes zu. Er griff nach einer Sprosse und zog sich heran. Rasch stieg er ein paar Stufen hinauf und lehnte sich rücklings gegen die Schiffswand. Aus den Augenwinkeln sah er die Lichtkegel ins Dickicht eintauchen, ein einsamer Hund stand bereits am Ufer und bellte.

Schnell kletterte er die Leiter ganz nach oben.

Die Entfernung wuchs.

Er hatte es geschafft.

Aber viel Zeit blieb ihm nicht mehr, denn schon sehr bald würde die Welt eine andere sein.

5

»Wir werden mit der Sitzung erst dann beginnen, wenn Frau Wolf anwesend ist. Ich bestehe darauf, dass bei all meinen Sitzungen eine Schreibkraft zugegen ist. Das, meine Herren, verstehe ich unter Professionalität. – Da sind Sie ja endlich Frau Wolf. Wenn ich festlege, dass die Sitzung um acht Uhr beginnt, dann erwarte ich, dass meine Schreibkraft sich fünf Minuten vor der Zeit einfindet und nicht eine Minute danach. Notieren Sie sich das bitte.«

Verschämt nickte die Sekretärin und nahm an der Ecke des Konferenztisches Platz, bemüht, die neugierig auf sie gerichteten Blicke zu ignorieren.

»Wer nimmt denn heute eigentlich an unserer Konferenz teil?«, fragte Serge Rosenzweig, während er die Augenbrauen nach oben zog und seinen Blick geringschätzig über die Gesichter gleiten ließ.

»Würde mich bitte jemand ins Bild setzen?«, seufzte er ungeduldig und zupfte an seinem Einstecktuch, das akkurat in der Brusttasche seines dreiteiligen Maßanzuges steckte.

Unsicher blickten die Anwesenden einander an.

»Ich kann das gerne übernehmen«, ertönte eine dunkle Stimme, die zu einem älteren Herrn mit einem faltigen Gesicht gehörte, das die Entbehrungen eines unsteten Arbeitslebens erahnen ließen. Dichte graue Haare, zu einem korrekten Seitenscheitel gebürstet, umrahmten seinen ovalen Kopf.

Rosenzweig strich sich eine Locke hinter das Ohr, nickte beiläufig und versah sein Einverständnis mit einer ungeduldigen Handbewegung.

»Also bitte dann, Herr Wassernagel.«

Der Angesprochene überzeugte sich mit einem raschen Blick, dass alle bereit waren, dann begann er mit der Vorstellungsrunde: »Am Kopfende sitzen die beiden Hauptkommissare Jentsch und Romeis von der Mordkommission Frankfurt, und ihnen gegenüber hat Polizeihauptkommissar Emrich vom Sondereinsatzkommando *Metropole* Frankfurt Platz genommen…«

»… aha, das Sondereinsatzkommando ist ebenfalls zugegen. Nun, in Anbetracht der finalen Verantwortung für den Flüchtigen, freue ich mich natürlich besonders über Ihre Anwesenheit«, unterbrach Rosenzweig die Vorstellungsrunde und bedachte Emrich mit einem geringschätzigen Blick.

»Außerdem ist uns als Psychoanalytikerin Frau Dr. Heidi Radke vom hessischen Landeskriminalamt per Telefon zugeschaltet«, fuhr Wassernagel fort, ohne auf die

Bemerkung einzugehen. »Mein Name ist Axel Wassernagel. Ich bin Leiter der Stabsstelle des Frankfurter Polizeipräsidiums.«

»Wo ist Frau Meisinger?« Rosenzweigs ungeduldiger Blick fiel auf die Telefonspinne, um einen Augenblick später tadelnd die Runde zu strafen. »Wieso ist Frau Meisinger nicht anwesend? Es ist üblich, dass die Pressestelle des Justizministeriums in einem derartigen Fall an allen Konferenzen teilnimmt. Wurde es etwa versäumt, Frau Meisinger über unser Treffen zu informieren?«

Er forschte in den Gesichtern nach einem Verantwortlichen, und sein Blick blieb an Wassernagel hängen.

»Das Justizministerium schickt nur dann einen Referenten, wenn sich an die Besprechung eine Pressekonferenz anschließt. Eine Pressekonferenz ist für heute jedoch nicht geplant«, erklärte Wassernagel in nüchternem Tonfall.

Rosenzweig schnaubte verächtlich. »Aha, die von einem Oberstaatsanwalt einberufenen Beratungen sind also für das Justizministerium nur dann von Bedeutung, wenn sich eine Pressekonferenz anschließt. Eine interessante Interpretation von Öffentlichkeitsarbeit.«

Auf Rosenzweigs Wangen zeigten sich kleine, rote Flecken.

»Frau Meisinger hätte sicherlich gerne teilgenommen«, sagte Wassernagel und lächelte nachsichtig.

Für einen Moment überlegte Rosenzweig, Wassernagels Entgegnung als Beleidigung aufzufassen, doch dann überging er die Antwort, lehnte sich zurück und seufzte: »Nun, dann beginnen Sie endlich mit der Sitzung, wir haben bereits genug Zeit verloren. Ich habe noch andere Termine.«

Wassernagel unterdrückte ein Seufzen, lächelte und fuhr fort: »Das Thema unserer heutigen Konferenz ist der Fall Hugo Maniel.«

Er sah zu Emrich. »Paul, vielleicht ist es am besten, wenn du beginnst.«

Der Leiter des Sondereinsatzkommandos drückte den Rücken durch, setzte sich aufrecht und räusperte sich. Der unschlüssige Ausdruck in seinem hageren Gesicht ließ erahnen, dass er nicht allzu oft derartigen Konferenzen beiwohnte.

»Also«, begann er unsicher und warf einen Blick auf Rosenzweig, »die Spur Hugo Maniels verliert sich am Mainufer, ein paar Kilometer westlich von *Höchst*. Inzwischen wurde das komplette Ufer abgesucht, sowohl die Ostseite als auch die Westseite. Da die Hunde am Flussufer Maniels Fährte verloren haben, gehen wir davon aus, dass er in den Main gesprungen ist. Dabei ist er entweder ertrunken oder konnte sich als blinder Passagier auf ein Binnenschiff retten.«

Rosenzweig schüttelte mit grimmiger Miene den Kopf. »Entkommen? Wie kann ein einzelner Flüchtender einem Großaufgebot der Frankfurter Polizei einfach so entkommen? Noch dazu, wenn man annehmen darf, dass er durch die Untersuchungshaft und den Unfall nicht mehr in der allerbesten körperlichen und mentalen Verfassung war? Was glauben Sie, was passiert, wenn die Presse davon erfährt, dass ein Mordverdächtiger, der bis vor Kurzem noch einer Arbeit als langweiliger Wissenschaftler nachging, inzwischen die gesamte Frankfurter Polizei zum Narren hält?«

Rosenzweigs Hand zuckte nach vorne, klatschte auf die Tischplatte und ließ die Anwesenden zusammenschrecken.

»Wir werden dastehen wie die Hornochsen«, Rosenzweig deutete auf Emrich. »Sie werden dastehen wie der Hornochse.«

»Die Fahndung läuft auf Hochtouren«, mischte sich Romeis von der Mordkommission ein, während er sich mit dem Zeigefinger nervös über den Backenbart strich. »Die Schifffahrtsdirektionen in Mainz und Wiesbaden wurden kontaktiert, nachdem Maniel nicht gefunden wurde. Zur Stunde nimmt die Wasserschutzpolizei jedes Binnenschiff unter die Lupe, das zur besagten Zeit den Main entlanggeschifft ist.«

»Was ist mit den Sportbooten und Segelbooten?«, fragte Wassernagel.

Romeis und Jentsch tauschten einen unentschlossenen Blick, bevor Jentsch antwortete: »Segelschiffe haben nachts auf dem Fluss nichts zu suchen, und bei den Sportbooten ist es schwierig an Informationen zu kommen. Sportboote sind nicht verpflichtet, sich bei der Schifffahrtsdirektion zu registrieren«, er räusperte sich. »Wir gehen allerdings nicht davon aus, dass Hugo Maniel unbemerkt an Bord eines Motorbootes gelangen konnte. Und da uns keine Vermisstenanzeigen vorliegen, schließen wir die Motorboote für den Moment aus. Trotzdem suchen unsere Streifenwagen natürlich auch die kleineren Häfen und Ankerplätze auf und befragen die Hafenmeistereien.«

»Eine Sisyphusarbeit. Das dauert Tage. Bis dahin ist Maniel bereits über alle Berge«, warf Wassernagel ein.

Die Blicke der Gruppe wanderten zu Rosenzweig. Der Oberstaatsanwalt ließ sich mit seiner Antwort Zeit. »Meine Herren, in die operative Polizeiarbeit mische ich mich nicht ein. Meine Aufgabe ist es, die Öffentlichkeit bei Laune zu halten«, ein kühles Lächeln umspielte seine

Lippen. »Bitte informieren Sie mich, sobald sich Erfolge einstellen. Und ich hoffe sehr für Sie, dass dies bald der Fall sein wird.«

Ohne eine Antwort abzuwarten, wandte er sich an Wassernagel und wechselte das Thema. »Was wissen wir Neues über den Flüchtigen?«

Die Telefonspinne knarzte, eine metallisch verzerrte Stimme ertönte. »Hallo, hier spricht Heidi Radke vom Landeskriminalamt. Wir haben ein Profil von Hugo Maniel erstellt. Aufgrund der Ergebnisse gehen wir davon aus, dass er allein gehandelt hat.«

»Aber daran bestand doch niemals ein Zweifel, Frau Radke«, sagte Wassernagel.

Wieder knarzte die Spinne: »Bei einem Mord wie diesem, der in einem Umfeld strategisch bedeutender Waffentechnologie verübt wurde, sind wir verpflichtet, auszuschließen, dass sich eine kriminelle Organisation hinter der Straftat verbirgt.«

»Aber die Sachlage ist doch eindeutig. Der Sicherheitsdienst der Firma fand Hugo Maniel mit einem Kurzmesser in der Hand bei dem Toten, dem man kurz zuvor mit eben diesem Messer die Kehle aufgeschlitzt hatte. Sinnlos blutig übrigens, wie man es bei einem Amateur vermuten würde«, erklärte Romeis mit der Zuversicht des erfahrenen Beamten.

»Verwunderlich ist nur, dass er den Toten seit Jahren gut gekannt hat. Professor Pius Borchard hatte Maniel damals sogar persönlich eingestellt. Die beiden arbeiteten seit ihrer gemeinsamen Zeit an der Universität in Mainz eng zusammen«, bemerkte Wassernagel.

»Neid oder Unzufriedenheit, immer nur die Nummer zwei hinter einem fachlich unantastbaren Vorgesetzten zu sein. Unterschätzen Sie nicht den Ehrgeiz und die Missgunst hochbegabter Menschen dieser Intelligenzstufe. Geld und Materialismus spielen in diesem Umfeld oftmals nur eine untergeordnete Rolle«, tönte Radke aus der Telefonspinne. »Diese Konstellationen sind uns nicht unbekannt. Kein menschliches Wesen agiert selbstlos, und die fortdauernde Unterordnung unter Professor Pius Borchard, einer international anerkannten und hochdekorierten Kapazität auf dem Gebiet der künstlichen Intelligenz, ist nur schwer mit einem ambitionierten Ego vereinbar. Irgendwann brennt dann einmal eine Sicherung durch, und schon ist man nicht mehr Herr der Lage. Die Abgründe der menschlichen Seele sind oftmals erschreckend.«

»Ist das so?«, sagte Wassernagel und neigte den Kopf zur Seite.

»Frau Dr. Radke hat recht. Unterschätzen Sie niemals Neid und Missgunst eines Untergebenen«, mischte sich Rosenzweig ein und gab Wassernagel mit einem nachsichtigen Lächeln zu verstehen, ihm seine Naivität auf dem Gebiet der Charaktertypologie zu verzeihen.

»Fakt ist, dass Maniel auf frischer Tat mit dem Messer in der Hand ertappt wurde und man ihn anschließend ins Untersuchungsgefängnis nach Frankfurt gebracht hat«, sagte der Oberstaatsanwalt. »Dort wurde er vernommen, wobei man aufgrund der Abscheulichkeit der Tat bei der Einlassung etwas gründlicher vorgegangen ist.« Rosenzweig ließ seinen Blick kreisen. »Hat er eigentlich in irgendeinem der Verhöre die Tat gestanden?«

»Nachdem er die erste Schockstarre seiner Verhaftung überwunden hatte, wies er bei den Einvernahmen die Mordanschuldigungen von sich und verteidigte sich, teilweise mit absurden Theorien. Als er sich mental wieder gefangen hatte, weigerte er sich, weitere Fragen zu beantworten, übrigens ebenso stur, wie er die Konsultation eines Anwalts ablehnte. Er bestand darauf, dass Borchard ihn in der Mordnacht ins Labor bestellt hatte. Dort habe Maniel dann den im Sterben liegenden Professor vorgefunden«, antwortete Romeis.

»Die Verschwörungstheorie«, amüsierte sich Rosenzweig, während ein Schmunzeln über sein Gesicht huschte, bevor er mit ernsthafter Miene fortfuhr, »eine absurde Idee.«

»… dieses Verhalten ist in solchen Situationen nicht unüblich«, dröhnte Radkes Stimme aus dem Telefon: »Wir dürfen nicht vergessen, dass es sich sowohl bei Professor Pius Borchard als auch bei Doktor Hugo Maniel um Menschen von überdurchschnittlicher Intelligenz handelt. Lassen Sie uns einmal annehmen, dass Maniel den Mord aus Neid, Missgunst oder irgendeinem anderen niederen Motiv begangen hat, weil kurzfristig seine Emotionen den ansonsten rationalen Verstand dominierten«, sie räusperte sich. »Maniel wird von der Polizei gefasst, und es folgt das Schweigen der ersten Schockstarre, nennen wir es das Equilibrium von Erregung und Ratio. Als dieser Gemütszustand schließlich überwunden war, übernahm sein analytischer Verstand wieder die Kontrolle über seine Gedanken. Natürlich streitet er die Tat ab, nutzt seine Intelligenz und erfindet eine Ausrede, eine Verschwörungstheorie. Ein bekanntes Verhaltensmuster für einen Täter seines Profils …«

»Und außerdem«, holte sich Rosenzweig die Gesprächsführung zurück, »haben wir die Fingerabdrücke auf dem Messer und einen Verdächtigen, der sich der Möglichkeit, seine Unschuld zu beweisen, durch Flucht entzieht.«

Die Anwesenden sahen einander an und schwiegen.

»Meine Herren, Frau Dr. Radke, ich glaube, wir dürfen festhalten, dass unzweifelhaft feststeht, wer den Mord an Professor Pius Borchard begangen hat.« Rosenzweig lächelte schmallippig. »Nun erwartet man von Ihnen, den Mörder schnellstmöglich dingfest zu machen.« Sein Lächeln wurde breiter. »Aber in Anbetracht der Umstände dürfte diese Aufgabe nicht allzu schwierig sein. Ich werde mich persönlich darum kümmern, die Öffentlichkeit und natürlich den Herrn Justizminister bei Laune zu halten, während Sie alles daransetzen werden, diesen abscheulichen Mörder schnellstmöglich zur Strecke zu bringen.«

Rosenzweig stand auf. »Wir wollen keine Zeit verlieren«, und an seine Sekretärin gewandt: »Frau Wolf, Sie arrangieren für mich auf dem schnellsten Wege ein Gespräch mit dem Büro des Ministers.«

6

Jonathan Nowak zog den Sicherheitsgurt straff und ließ den Verschluss einrasten. Danach kontrollierte er mit einem routinierten Handgriff, ob der Gurt auch wirklich festsaß.

Vor ein paar Sekunden waren die Lampen über den Sitzreihen angegangen und hatten die Passagiere dazu aufgefordert, sich anzuschnallen. Aus dem Lautsprecher erklang die sanfte Stimme der Stewardess und kündigte die bevorstehende Landung auf dem Rhein-Main-Flughafen in Frankfurt an.

Nowak setzte sich aufrecht und presste den Rücken gegen das weiche Kunstleder seines Sitzes. Das Ticket für die Business Class der *American Airlines* garantierte ihm ausreichende Beinfreiheit, sodass die Hosen seines Anzuges nach dem sechsstündigen Flug von *New York City* nur wenige Knitterfalten aufweisen würden, die er anschließend ohne große Mühe aus dem teuren Stoff glattstreichen konnte.

Sobald das Flugzeug am Terminal angedockt hatte, würde er sofort, nachdem die Warnleuchten erloschen waren, den Gurt lösen, von seinem Sitz aufstehen, seine Reisetasche aus dem Ablagefach nehmen und zügig den Gang in Richtung Ausstieg durchqueren, um so dem Drängeln seiner Mitreisenden nach der Landung zu entgehen.

Jonathan Nowak hasste es, Zeit zu verlieren, und noch mehr hasste er es, wenn er dafür nicht verantwortlich war und keinerlei Einfluss hatte, Abhilfe zu schaffen. Allein der Gedanke daran machte ihn wütend.

Er schielte aus dem Fenster, vorbei an seinem übergewichtigen Sitznachbarn, dessen angstbesetzter Schweißgeruch ihm bereits während des Starts vom *JFK Airport* unangenehm in die Nase gestiegen war, und der sich in diesem Augenblick wieder zu verstärken begann.

Der Jumbojet überflog die Hochhäuser der Stadt und verlor an Höhe.

Innerhalb kurzer Zeit überquerte Nowak nun schon zum zweiten Mal den großen Teich, um in die Finanzmetropole am Main zu reisen. Es war sein Job, also grübelte er nicht über Sinn und Sinnhaftigkeit nach. Im Gegenteil, er war stolz darauf, denn das bedeutete, dass man mit seiner Arbeit zufrieden war, was wiederum kein Wunder war, denn die Dinge, für die er sich verantwortlich zeichnete, gingen niemals schief.

Der Pilot hatte das Fahrwerk herausgefahren und balancierte die Maschine über der Landebahn. Nun blieben

Nowak noch etwa fünf Minuten Zeit, bis er den Gurt lösen und die Reisetasche greifen konnte, um als einer der Ersten das Flugzeug zu verlassen.

Sein Atem ging ruhig und gleichmäßig, und er konzentrierte sich auf die Muskeln seines durchtrainierten Körpers, dem er, obwohl er vor Kurzem die Vierzig überschritten hatte, noch alles abverlangen konnte.

Ein letzter Moment der Anspannung, ein kurzer Aufprall, dann setzte der Jumbojet auf der Landebahn auf.

Eine halbe Stunde später, zwischenzeitlich hatte Nowak sich durch die Menschenmengen gekämpft, die mehr oder weniger geduldig ihren Abflügen entgegensahen, und war in den Toilettenräumen die ungeliebten Hosenfalten losgeworden, stand er vor dem Terminal und winkte mit einer sparsamen Geste nach einem Taxi.

Nachdem er das letzte Mal im *Intercontinental*, nahe dem Fluss abgestiegen war, hatte er dieses Mal im *Marriott* reserviert. Er vermied es, zweimal dasselbe Hotel zu buchen, und schon gar nicht, wenn nur eine kurze Zeit seit seinem letzten Besuch vergangen war.

Ein Inder mit tiefbraunem Gesicht und dunklen Rändern unter den Augen hielt ihm freundlich lächelnd die Hintertür des Taxis auf. Zumindest schien er reinlich zu sein, denn Nowak hasste nichts mehr, als in ungepflegte, stinkende Taxis einzusteigen, in denen er sich seinen Anzug, den er über den Flug gerettet hatte, doch noch ruinierte. Noch unerträglicher allerdings empfand er es, von öffentlichen Verkehrsmitteln befördert zu werden, wo einem von allen Seiten der Geruch von Schweiß, schlechtem Atem und billigem Parfum entgegenschlug.

Als der Inder, nachdem das Taxi losgefahren war, dazu ansetzte, ein hemmungslos freundliches Geplauder zu starten, gab Nowak ihm mit einem kurzen Augenaufschlag zu verstehen, dass er keinerlei Interesse an einer Unterhaltung hatte, und ein Blick in die kalten, blassblauen Augen seines Passagiers überzeugte den Taxichauffeur vollends, den Mund zu halten.

Nowak lehnte sich ins Sitzpolster zurück und betrachtete die in der Ferne in den Himmel wachsende Skyline Frankfurts. Bereits vor seinem letzten Besuch hatte er sich im Netz informiert. Die Metropole repräsentierte einen bedeutenden Standort der globalen Hochfinanz, wovon man sich an jeder Straßenecke überzeugen konnte. Männer in schnittigen Maßanzügen und Frauen in modischen, elegant geschnittenen Kostümen. Nüchtern denkende Menschen, die dieselben Werte wie er teilte, und die sich ihres Platzes in der Gesellschaft bewusst waren, zuverlässig und jederzeit bereit, das zu tun, was getan werden musste.

Das Taxi stoppte vor dem Eingang des *Marriott* Hotels, und Nowak zahlte den Fahrpreis. Er packte ein kleines Trinkgeld obendrauf, als Belohnung dafür, dass der Inder ihn in Ruhe gelassen hatte.

Dann betrat er die Lobby und sah sich unauffällig um. Nichts Auffälliges. Geschäftsreisende, routiniertes Hotelpersonal und frisch gereinigte Teppiche. Niemand hatte Zeit, sich außer um sich selbst um andere zu kümmern.

Mit weitgreifenden Schritten durchquerte er die Empfangshalle und platzierte seine Reisetasche vor der Rezeption. Mit einem eleganten Handgriff in die Innentasche seines Jacketts brachte er seinen Reisepass zum Vorschein und reichte ihn freundlich lächelnd dem Empfangschef weiter. Der Hotelangestellte klappte den Pass auf, warf einen flüchtigen Blick auf Nowaks Gesicht, drückte anschließend ein paar Tasten seines Computers und lächelte bestätigend.

»Willkommen, Dr. Danton, Sie beehren zum ersten Mal unser Haus? Wir haben Ihnen ein ruhiges Zimmer reserviert, ganz wie Sie es wünschten.«

Er steckte eine Plastikkarte in den Schlitz eines Automaten und legte sie anschließend gemeinsam mit dem Reisepass und einem Briefumschlag auf die Theke.

»Hier sind Ihre Zimmerkarte und ein Kuvert, das für Sie abgegeben wurde. Ich wünsche Ihnen einen angenehmen Aufenthalt, und falls Sie irgendwelche Anliegen haben, lassen Sie es mich bitte wissen, Dr. Danton.«

Nowak nahm die Karte und das versiegelte Briefkuvert, auf dem handschriftlich *Dr. Robert Danton* geschrieben stand, und nickte dem Rezeptionisten zu. Er kam nicht umhin, zu bemerken, dass der Empfangschef ihn interessiert musterte, was keinem professionellen als vielmehr einem persönlichen Interesse entsprang. Dafür war allerdings jetzt keine Zeit, zumal er früh ergraute Männer sowieso nicht als sonderlich attraktiv empfand.

Nowak nahm den Aufzug hinauf in das sechsundzwanzigste Stockwerk, hielt die Karte vor das Schloss und betrat sein Zimmer.

Der Geruch von scharfem Chlor begrüßte ihn. Erleichtert sog er die Luft in seine Lungen, beglückt von der Vorstellung an saubere Bettlaken und ein gründlich gereinigtes Bad. Er zog sein Jackett aus, strich die Falten glatt und drapierte es auf einem Bügel. Anschließend streifte er die Krawatte ab, zog die Schuhe aus, setzte die hoteleigenen Schuhspanner ein und platzierte alles zusammen im Kleiderschrank.

Er öffnete seine Reisetasche und brachte eine lederne Arzttasche zum Vorschein. Geduldig perlte er die Zahlen des winzigen Schlosses in die richtige Reihenfolge, sperrte die Tasche auf und kontrollierte pedantisch den Inhalt. Mit seiner Inspektion zufrieden, verschloss er die Tasche wieder und änderte die Ziffernfolge. Anschließend putzte er sich im Badezimmer die Zähne und schluckte eine Vitamintablette.

Er kramte einen Laptop aus der Reisetasche und stellte ihn auf den kleinen Schreibtisch, schaltete ihn ein, riss den Briefumschlag auf und ließ den Inhalt auf seine Handfläche gleiten. Kurz begutachtete er den Datenstick, um ihn anschließend in die Öffnung des Computers zu stecken.

Danach zog er die Vorhänge zu, ging zur Zimmertür, kontrollierte, ob sie verschlossen war, und schielte durch den Spion.

Zufrieden setzte er sich zurück vor seinen Laptop, verkabelte die Kopfhörer und stopfte die Stöpsel in seine Ohren. Noch einmal atmete er tief durch und spannte seine Gesichtsmuskeln an.

Die Nachricht, die er gleich abspielen würde, konnte er nur ein einziges Mal anhören, und da er sich niemals Notizen machte, musste er sich konzentrieren.

Langsam beugte er seinen Oberkörper nach vorne, bis das fahle Licht des Displays sein Gesicht in ein geisterhaftes Blau tauchte. Er gab den Code ein und wartete gespannt, welche Aufgabe man ihm dieses Mal zugedacht hatte.

7

Maniel hob vorsichtig den Kopf und spähte über die Bordwand. Das Schiff tuckerte auf eine spitze Landzunge zu, dahinter mündete der kleinere Fluss in einen breiten Strom. Eine stählerne Brücke mit Eisenbahnschienen, die die beiden Ufer des Stroms miteinander verband, schälte sich aus der Dunkelheit.

Nur das gleichmäßige Wummern des Schiffsdiesels durchbrach die Stille der Nacht. Nahe der Uferböschung spiegelten sich vereinzelt rote und grüne Signalleuchten auf der Wasseroberfläche.

Er fröstelte. Sein Overall klebte klamm und kalt auf seiner Haut, und seine Füße rieben schmerzhaft in den durchnässten Kunstlederstiefeln. Er warf einen Blick zur Steuerkabine hinauf. Der Schiffer beobachtete den Flusslauf. Er hatte Maniel nicht bemerkt, auch nicht, als er sich zum Bug des Bootes nach vorne geschlichen hatte, wo er nun zwischen zwei Holzkisten versteckt lag.

Das Schiff war jetzt kurz davor, vom Main in den Rhein zu drehen. Das war der Moment, in dem er von Bord musste.

Er schlich zur Eisenleiter.

Dort, wo die Wasserläufe der beiden Flüsse ineinanderflossen, bildeten sich Wasserstrudel.

Das Schiff erreichte die Flussmündung. Die Wassermassen des Stroms drückten gegen die Bordwand, der Kahn begann sich langsam zu drehen.

Maniel beschlich ein ungutes Gefühl. Unter ihm trommelten die Wellen gegen den Schiffsrumpf, und er sah die riesigen Strudel mit ihrer weißen Gischt.

Er hatte keine Wahl, hier musste er von Bord, wenn er das gegenüberliegende Ufer erreichen wollte. Ein letzter Blick hinauf zur Schiffskabine, dann schwang er sich mit geducktem Oberkörper über die Reling und erklomm die obersten Stufen der Außenleiter. Vorsichtig drehte er sich mit dem Rücken zur Bordwand. Unter seinen Füßen peitschte das Wasser gegen die Schiffswand.

Die glitschigen Sprossen machten ihm zu schaffen, und mit einem Mal bekam er es mit der Angst zu tun. Er zögerte und überlegte, wieder nach oben zu klettern. Doch im selben Moment wurde das Schiff von einer Welle erfasst und sackte ab. Die Woge riss ihn aus dem Gleichgewicht. Hektisch versuchte er nach einer Sprosse zu greifen, doch schon war er abgerutscht und stürzte kopfüber in die Fluten.

Eiskaltes Wasser nahm ihm den Atem, die Strömung zerrte ihn in die Tiefe. Obwohl er die Augen weit aufgerissen hatte, konnte er nichts erkennen, alles um ihn herum war ein undurchdringliches Schwarz. Panisch, als müsse er sich aus der Umklammerung eines Riesenkraken befreien, strampelte er mit den Beinen und ruderte mit den Armen. Er hatte keine Ahnung, wie weit er von der Wasseroberfläche entfernt war. Schon glaubte er, es nicht mehr zu schaffen, als sein Kopf aus dem Wasser schoss. Gierig rang er nach Sauerstoff, während sich die haushohe, stählerne Bordwand dicht neben ihm vorbeischob. Von hinten näherten sich die Schiffsschrauben. Falls er in ihren Sog geriet, würden ihn die Antriebsblätter in tausend Stücke zerfetzen.

Mit seiner ganzen Kraft stieß er sich vorwärts, setzte Arme und Beine ein, aber das Gewicht des Overalls zog ihn nach unten. Der Geräuschpegel nahm zu, die Schrauben kamen näher.

Ganz langsam, Zentimeter für Zentimeter, entfernte er sich von der Bordwand. Er fand seinen Rhythmus, schwamm schneller. Endlich durchbrach er die Bugwelle, die sich seitlich des Schiffs gebildet hatte, noch zwei, drei Stöße, dann war er außer Gefahr.

Er strampelte wie ein Verrückter. Ein Hustenanfall ließ ihn Wasser schlucken, und er wurde langsamer. Während er das Wasser ausspuckte, sah er aus den Augenwinkeln, wie sich träge das Heck des Schiffes entfernte.

Mit letzter Kraft erreichte er das Ufer, stützte sich auf die Ellenbogen und robbte aus dem Wasser. Taumelnd richtete er sich auf, stolperte einige Meter weiter und sank ins Gras. Die durchnässten Klamotten drückten ihn wie Blei zu Boden, sein Atem ging schwer.

Erschöpft lag er auf dem Rücken, fühlte die Schmerzen in seinem Körper und spürte die Müdigkeit in seinen Gliedern.

Er schloss die Augen, Schwindel überkam ihn. Sofort riss er die Augen wieder auf. Wilde Gedanken explodierten in seinem Kopf, und als sich nach einer Weile die Lider wieder schlossen, formte sich ein Bild vor seinem inneren Auge.

Er sah sich selbst, wie er als kleiner Junge am Neckarufer kauerte. Sein Kopf steckte zwischen seinen Knien, und die Arme lagen um seine Unterschenkel. Tränen rannen ihm über das Gesicht, während er gedankenverloren auf die Wasseroberfläche starrte. Sein Körper zitterte.

Er war gerannt, hatte nicht mehr aufhören wollen zu rennen, wollte so lange laufen, bis er tot umfiel.

Als es an der Wohnungstür geklingelt hatte und er sie geöffnet hatte, stand seine Tante dort, zusammen mit zwei Polizisten. Sie musterten ihn schweigend. Er ahnte sofort, was passiert war, und während sie die Wohnung betraten, um ihm die Nachricht zu überbringen, stand seine Tante in der Ecke und beobachtete ihn schweigend.

Seine Eltern waren mit dem Wagen von der Straße abgekommen und gegen einen Baum geprallt. Beide waren sofort tot, mussten nicht leiden, wie einer der beiden Polizisten nicht müde wurde zu wiederholen, als wolle er sich selbst damit trösten.

Sie hatten sich gestritten, wie sie sich immer wieder stritten. Die Autopsie der Leichen würde ergeben, dass sein Vater zu viel Alkohol im Blut hatte, weil er trank, seit Mutter sich für die anderen Männer im Viertel interessierte, weil sie keine Rücksicht mehr auf ihren Mann nehmen wollte, seitdem er ohne Status war, weil er seine Arbeit beim Benz verloren hatte, ein Niemand, für den sie sich vor den Nachbarn schämte.

Das Jugendamt teilte Hugo Maniel Pflegeeltern zu, mit denen er sich von Anfang an nicht verstand, und um die Spannungen mit den fremden Eltern und seine eigenen Konflikte auszuhalten, schloss er sich in seinem Zimmer ein und vergrub sich unter seinen Mathematikbüchern, denn die klaren Formeln und sinnhaften Gleichungen vermittelten ihm Frieden und gaben ihm das Gefühl von Freiheit, Freiheit von seinen schweren Gedanken.

Maniels Puls hatte sich beruhigt. Er atmete die warme Luft der sternklaren Nacht, die sich mit der Würze des Wassers mischte.

Der Klang von schweren Kirchenglocken riss ihn aus seinen Gedanken.

Zwei dunkle und vier helle Töne.

Er drehte den Kopf und sah die Silhouette des Doms. Mattgold beleuchtet erhob sich das friedliche Monument über die Schatten der umstehenden Gebäude.

Mit einem Mal liefen ihm Tränen über die Wangen, und die Anspannung fiel von ihm ab, es war, als löse sich eine schwere Last von seiner Seele. Der Anblick der Kathedrale setzte eine versöhnliche Kraft in ihm frei. Wieder kehrten Erinnerungen zu ihm zurück.

Nach dem Abitur wollte er weg aus Mannheim, und mit Hilfe seines Physiklehrers bekam er ein Stipendium. Als er von dem Lehrstuhl für künstliche Intelligenz an der Universität in Mainz erfuhr, bewarb er sich und wurde angenommen. Die Fröhlichkeit der neuen Heimat brachte ihm Lebensfreude zurück, und er begriff, dass es der Hoffnung bedurfte, seine Ziele zu erreichen und des Glaubens an die eigene Existenz, damit das Leben einen nicht von sich stieß.

Heute Nacht jedoch kehrte er als Flüchtender nach Mainz zurück, als Mörder, gegen den sich die Welt verschworen hatte.

Mit einem Mal beschämten ihn seine Gedanken an die Vergangenheit.

Bis vor Kurzem hatte er noch ein unbekümmertes Leben geführt, hatte Erfolg im Beruf und Spaß am Leben gehabt. Ein Durchschnittsmensch mit einem guten Job, um den ihn viele beneideten.

Und heute saß er mitten in der Nacht in Sträflingsklamotten am Rheinufer und versteckte sich vor den Sondereinsatzkommandos der Polizei.

Ungläubig schüttelte er den Kopf.

Aber er durfte jetzt nicht aufgeben, musste einen kühlen Kopf bewahren und seiner analytischen Art zu denken treu bleiben, auch wenn die Angst vor der Ungewissheit seine Seele auffraß wie ein hungriger Vogel eine Brotkrume.

Mühsam kam er auf die Beine, fühlte die klammen Kunstfasern seines Overalls auf der aufgeweichten Haut und spürte das harte Kunstleder der Stiefel, das seine Füße wundscheuerte.

Er dachte an das Rätsel, das der Professor ihm noch aufgegeben hatte, kurz bevor er in seinen Armen starb.

Professor Pius Borchard, der Unsichtbare, der Schweigsame, sein Mentor, mit den hellen, wachen Augen, unaufdringlich und stets in sich gekehrt, bescheiden und anderen den Vortritt lassend. Immer hielt er Distanz und strafte jeden mit Missbilligung, der sich ihm zu nähern versuchte. Nur wer Borchards Arbeit verstand, wusste um seine intellektuelle Brillanz und bekam eine Idee von den geistigen Fähigkeiten, die in dem unbedarften, fast naiven Menschen steckten.

Professor Pius Borchard transformierte Hypothesen aus der Spieltheorie und formte daraus Algorithmen, die er in die Kreisläufe seiner künstlichen Gehirne speiste. Oft saß er tagelang in seinem Büro, vergaß zu schlafen oder zu essen und arbeitete an der Entwicklung neuer Formeln. Er hatte sich eine kindliche, vollkommen vorurteilsfreie Neugier bewahrt und sie mit seinem mathematischen Genie gepaart. Damit erzielte er Ergebnisse, die nur wenigen Wissenschaftlern vergönnt waren und schuf so sein Universum der künstlichen Intelligenz.

Über die Jahre war es Maniel gelungen, Borchard ein wenig näherzukommen. Allerdings war es nicht seine wissenschaftliche Brillanz, die Borchards Zutrauen fand, es gab andere, hellere Köpfe als Maniel. Vielmehr war es die Kompatibilität von Grundwerten, ein gleichartiges soziales Verständnis in der Deutung von Alltäglichem. Ein zwischenmenschliches Fundament, so glaubte Maniel, das von einer ähnlichen Erziehung stammen musste, ohne dass er dieser Vermutung jemals näher auf den Grund gegangen war.

Auch Borchard schien die Wesensverwandtschaft zu Maniel zu spüren, und so entstand eine über die Jahre unausgesprochene emotionale Beziehung zwischen dem Jüngeren und dem Älteren.

Dennoch wahrte Borchard zu Maniel Distanz, vermied einen allzu engen Kontakt und verbarg die Tiefen seiner intellektuellen Ambivalenz.

Nur ein einziges Mal erlebte Maniel die Obsession seines Vorgesetzten in ihrer nackten, unverhüllten Form.

Es war an einem späten Freitagabend kurz vor den Weihnachtsfeiertagen. Die Kollegen waren bereits nach Hause gegangen. Maniel saß in seinem Büro und kalibrierte einen Algorithmus, den Borchard einige Tage zuvor entwickelt hatte. Ein Durchbruch, wie der Professor selbst behauptete, und nachdem Maniel die Formel unter die Lupe genommen hatte, erkannte er den Geniestreich in der These.

An jenem Freitag öffnete sich spätabends die Bürotür. Borchard stapfte herein, den Rücken wie immer ein wenig gebeugt und die hohe Stirn in tiefe Falten gelegt. Seine Lippen bemühten ein Lächeln, und mit steifen Schritten trat er an Maniels Schreibtisch.

»Nun, mein lieber Hugo, sind Sie dem Rätsel auf der Spur?«

Maniel, der in den Logarithmus vertieft, auf seinen Bildschirm starrte, schüttelte ungläubig den Kopf.

»Es fällt mir schwer, zu glauben, was ich sehe«, sagte er fasziniert.

Borchard lächelte nachsichtig. »Doch, doch, mein lieber Hugo. Ihre Reaktion verrät mir, dass Sie auf der richtigen Spur sind.«

Maniels Blick wanderte vom Bildschirm zu Borchard und wieder zurück zum Schirm.

»Wenn ich die Berechnung korrekt interpretiere … dann sprechen wir von der DNA des Zufalls«, stammelte Maniel. »Das würde bedeuten … dass … dass der Zufall nicht existiert, denn diese Formel schließt jede Beliebigkeit im Universum aus, zumindest bis zur dritten Ordnung.«

»Exakt. Wir sind auf dem Weg, den Zufall zu enttarnen, ihn quasi abzuschaffen. Alles danach ist nur noch eine Frage der Variablen.«

Borchard bemühte sich um nüchterne Worte, um den fassungslosen Maniel nicht noch mehr zu verwirren. Dabei ähnelte sein Gesichtsausdruck dem eines kleinen Kindes, das Vorfreude über ein Geschenk heuchelte, obwohl es den Inhalt bereits kannte.

»Ich wusste es immer«, murmelte Borchard. »Alles im Universum hat eine Ursache und eine Wirkung, jede Handlung bedingt eine andere, und alles steht in einem Zusammenhang.«

Seine sonst so fahlen, eingefallenen Wangen glänzten in einem dezenten Rosa, und die kleinen Augen hinter den dicken Brillengläsern leuchteten begeistert.

»Falls der Algorithmus richtig zusammengesetzt ist, wäre das ein gewaltiger Durchbruch, nicht nur für unser Projekt, sondern auch für die weltweite Forschungsarbeit auf dem Gebiet der künstlichen Intelligenz.«

Borchard starrte Maniel mit hochgezogenen Augenbrauen an. »Was meinen Sie mit *falls* der Algorithmus richtig zusammengesetzt ist?«

Maniel, der gebannt auf den Bildschirm starrte, bemerkte die Veränderung nicht, die mit Borchard vor sich ging. Mit der Zuversicht des Wissenschaftlers, der keine Schwierigkeiten mehr erwartete, trotzdem aber mathematische Gewissheit walten lassen musste, sagte er. »Ich würde gerne noch einen letzten Beweis führen.«

Borchard runzelte die Stirn. Die Augen hinter den Gläsern verengten sich zu kleinen Schlitzen. Um seine Lippen hatte sich ein hämischer Zug gebildet, seine Körperhaltung veränderte sich. Mit einem Mal strahlte er etwas Kraftvolles, Provozierendes aus.

»So«, flüsterte er mit höhnischem Unterton, »ein letzter Beweis also?«

Maniel sah auf und registrierte erst jetzt Borchards Verwandlung. Innerhalb von Sekunden war aus dem scheuen, weltfremden Wissenschaftler ein anderer Mensch mit einem provokanten, fast boshaften Gesichtsausdruck geworden. Selbst seine Gestik strahlte eine sture Entschlossenheit aus.

Maniel, der die erste Überraschung überwunden hatte, gab sich unnachgiebig: »Ich muss einen Beweis führen, und Sie wissen das.«

Aus Borchards Kehle drang ein durchdringendes Lachen.

»Ich habe nichts dagegen, dass Sie einen Beweis führen, mein lieber Hugo«, er starrte Maniel herausfordernd an. »Aber ich bestehe darauf, dass Sie mit mir um das Ergebnis wetten.«

Maniel runzelte die Stirn. »Um das Ergebnis wetten?«

»Ganz genau«, antwortete Borchard. »Wir wetten um das Ergebnis.«

Vor Maniel stand eine andere Person, denn mit einem Mal wirkte Borchard selbstsicher und charismatisch.

»Sie möchten also mit mir darum wetten, dass es den Zufall nicht gibt?«, fragte Maniel.

»Was ist Ihr Einsatz?«, antwortete Borchard. Seine Augen glänzten fiebrig, die Hände hatte er lässig in die Taschen seines Laborkittels geschoben.

Maniel überlegte lange.

»Geben Sie sich ein wenig Mühe, mein lieber Hugo«, sagte Borchard ungeduldig.

»In Ordnung«, antwortete Maniel. »Da Ihnen anscheinend so viel an dieser Wette liegt, erkläre ich mich dazu bereit, falls ich verlieren sollte, die nächsten Wochenenden durchzuarbeiten.«

Borchard grinste. »Natürlich werden Sie verlieren. Das ergibt sich aus der Logik der Sache.«

»Was ist Ihr Einsatz, falls ich wider Erwarten doch nicht verlieren sollte?«, fragte Maniel, der sich mittlerweile an den neuen Pius Borchard gewöhnt hatte und fast sogar ein wenig Spaß mit ihm hatte.

Borchards Mienenspiel wechselte zwischen Jähzorn und dem Versuch, seine Gefühlswallungen unter Kontrolle zu bekommen.

»Ich sagte Ihnen doch, ich werde gewinnen«, sein selbstsicheres Grinsen gewann die Oberhand. »Um Sie dennoch ein bisschen zu motivieren, biete ich an, Sie in eine besondere Methodik der künstlichen Intelligenz einzuführen«, er winkte lässig ab. »Aber bitte, mein lieber Hugo, freuen Sie sich nicht zu sehr darauf, denn Sie werden verlieren.«

Ohne ein weiteres Wort wandte Borchard sich um und lief leichten Schrittes aus dem Labor.

Maniel sah ihm ungläubig hinterher, eine Gänsehaut lief über seinen Rücken. Er hatte gerade einen neuen Pius Borchard kennengelernt, eine vollkommen andere Persönlichkeit, die, wie es schien, zu allem bereit war.

Natürlich gewann Borchard die Wette.

Aber niemals wieder traf Maniel auf dieses widersprüchliche Alter Ego seines Vorgesetzten, und am nächsten Tag präsentierte sich der Professor wieder als der hölzerne, vergeistigte Wissenschaftler mit dem schweren

Gang und dem gebeugten Rücken, der stets bemüht war, alle, einschließlich Maniel, auf Distanz zu halten.

Eine aufgeschreckte Ente flatterte kreischend über das Wasser und riss Maniel aus seinen Gedanken.

Es wurde Zeit, er musste los. Borchards letzte Worte, die er nur noch geflüstert hatte, schwirrten in seinen Ohren: »*Geh' nach Mainz zum Drususstein. Dort findest du, was du suchst.*«

Er rappelte sich auf, ignorierte den klammen Overall und die durchnässten Stiefel und marschierte los.

Der *Drususstein,* ein Denkmal der Römer für ihren Feldherren, stand auf der Mainzer Zitadelle, einer uralten, ehemaligen Festung. Es war nicht allzu weit dorthin, dennoch spürte Maniel jeden Schritt seiner müden Beine, deren Muskeln wie Feuer brannten. Trotzdem widerstand er der Ablenkung, die Erfolgsaussichten seiner Mission in Wahrscheinlichkeiten zu bemessen. Es war besser so.

Er überquerte die alte Drehbrücke und ging am Kulturzentrum vorbei bis zur *Rheinstraße*. Dort wechselte er die Straßenseite und tauchte in eine der verwinkelten Gassen der Altstadt ein. Zu beiden Seiten erhoben sich windschiefe, vom Zahn der Zeit gezeichnete Häuser. Die fahle Beleuchtung des Viertels ließ ihn als graue Silhouette durch das Halbdunkel der Gassen schleichen.

Er erreichte das Ende einer schmalen Straße, wo sich das Licht einer Straßenlaterne in einer Schaufensterscheibe spiegelte. Katzengleich schlich er hinüber und spähte in die Auslage.

Eine Modeboutique für Studenten, wie es einige in der Altstadt gab. Die Dinge hatten sich seit seiner Zeit nicht verändert.

Jeans, T-Shirts und Kapuzenpullover lagen im Schaufenster. Einer Puppe ohne Kopf hatte man ein kurzärmliges, kariertes Hemd übergezogen. Daneben saß ein Mops aus Plastik mit heraushängender Zunge, Riesenaugen und einer Baseballkappe auf dem Schädel.

Maniel sah sich vorsichtig um. Die Gasse war ausgestorben, und auch in den Fenstern der umliegenden Häuser brannte kein Licht.

Die Ladentür der Boutique war aus einfachem Holz, das man nachlässig mit blauer Lackfarbe überstrichen hatte. Das Türschloss war schief verschraubt.

Er packte den Knauf und rüttelte daran. Dann stemmte er den Oberschenkel gegen das Holz und presste die Schulter dagegen. Ein Knacken, ein flüchtiges metallisches Seufzen, und die Tür sprang auf.

Er horchte in den Laden, schlüpfte dann rasch hinein und drückte die Tür ins Schloss. Einen Moment wartete er still, doch kein Alarm hob an, was ihn in diesem Teil der Altstadt auch gewundert hätte.

Sofort begann er sich in der Boutique umzusehen. Das schwache Licht der Straßenlaterne, das durch die Schaufensterscheibe hereinfiel, musste ausreichen.

Er erspähte ein Regal mit Jeans, suchte eine Hose heraus und taxierte die Größe. Aus einem Stapel Klamotten griff er ein unauffälliges T-Shirt. Rasch streifte er die klobigen Lederstiefel ab, zog den Overall aus und schlüpfte in die Jeans und das T-Shirt.

Beides passte.

In einer Ecke entdeckte er ein Schuhregal mit Sneakern, daneben einen Korb mit Socken. Er angelte sich die Strümpfe, zog sie über, griff nach den Schuhen, entschied sich für die bequemste Variante und probierte sie an. Beim zweiten Paar hatte er Glück.

Unter der Ladentheke fand er eine Plastiktüte und zwängte den Overall und die Stiefel hinein.

Auf dem Weg nach draußen sah er an einem Kleiderständer einen Lederblouson hängen. Eine Jacke konnte nicht schaden. Er probierte sie an, und auch sie passte.

Von der Straße dröhnte das Geräusch eines schweren Dieselmotors. Plastiktonnen klapperten.

Eilig lief er zum Ausgang, öffnete die Tür und schlüpfte hinaus. Vom Ende der Gasse näherte sich langsam ein Müllwagen.

Er ging in die entgegengesetzte Richtung los. An einer Straßenecke stopfte er die Plastiktüte in eine Mülltonne.

Ein Lächeln huschte über sein Gesicht. Mit den neuen Klamotten hatte er Zeit gewonnen und die Freiheit, sich unauffälliger zu bewegen.

8

Er erreichte den *Graben*, eine Straßengabelung, die den nördlichen mit dem südlichen Teil der Altstadt verband.

Zwischen den Wohnblocks eingebettet lag, wie ein kleines Fußballfeld, der Altstadtparkplatz. Das Licht der Straßenlaternen spiegelte sich in den Scheiben der geparkten Fahrzeuge.

Als er damals von Mannheim ins Wohnheim nach Mainz gezogen war, versteckte er sich erst einmal hinter seinen Büchern, erleichtert darüber, dem Mannheimer *Jungbusch* entkommen zu sein. Endlich konnte er sich mit ganzer Konzentration den Theorien der künstlichen Intelligenz widmen. Es zog ihn nicht nach draußen, auch weil er Angst hatte, den falschen Leuten zu begegnen. Er hatte genug von Geschichten über Sinnlosigkeit und Ausweglosigkeit, genug von Typen, die ihre Chancen wegwarfen und deren Philosophie darin bestand, das Leben zu ignorieren.

Im *Jungbusch* war er der Außenseiter, dem man die soziale Anerkennung verweigerte, weil er anders war, weil er anders sein wollte. An der Universität in Mainz zählten neue Werte, und er registrierte, dass seine Ideen und sein Verstand hier etwas bedeuteten. Nach und nach wurde er selbstbewusster und begann sich etwas zuzutrauen.

Nachdenklich überquerte er eine Straße, und als er aus seiner Gedankenwelt erwachte, bemerkte er, dass er beinahe am Ziel war. Unauffällig sah er sich um, doch um diese Zeit war hier niemand unterwegs. Er passierte eine Grünfläche, stieg eine Treppe hinauf, und kurz darauf stand er vor einem uralten Mauerwerk.

Der *Drususstein*.

Die mächtige Steinwand versteckte sich im Halbdunkel hinter einem Schleier aus zähem Frühnebel. Ein Mauerblock aus kleinen, quadratischen Steinen, von denen jeder dem anderen glich.

Hier hatte der Professor etwas hinterlassen, und Maniel sollte es finden.

Die Glocken einer Kirche schlugen. Zwei dunkle und fünf helle Schläge. In der Ferne quälte sich eine Straßenbahn einen Anstieg hinauf.

Er konzentrierte sich auf den Mauerblock.

Er hatte keine Idee, wonach er suchen sollte, also unterteilte er den Felsbrocken in horizontale und vertikale Reihen und begann die Reihen Zentimeter für Zentimeter abzusuchen. Zuerst die oberste Reihe, danach die Reihe darunter und immer weiter.

Aufmerksam glitten seine Augen über die Steine, bis er mit einem Mal innehielt und sein Blick zurückwanderte. An einer Stelle war etwas anders, eine Anomalie in einer Gruppe von Steinen. Sein Herz machte einen Sprung.

Er fixierte den Abschnitt.

Dort, einen Meter über seinem Kopf, wies einer der Steine einige seltsame Kerben auf. Mit dem bloßen Auge waren sie kaum zu erkennen, schon gar nicht, wenn man nicht danach suchte.

Jemand hatte etwas in den Mauerstein geritzt. Aus der Entfernung konnte man es allerdings nicht entziffern.

Sein Puls beschleunigte sich. Er stellte sich auf die Zehenspitzen, streckte den Arm aus und strich mit den Fingerkuppen über die Kerben.

Jetzt sah er es deutlicher.

Drei lateinische Buchstaben.

Ein *J*, ein *G* und ein *U*.

JGU.

Er kannte die Abkürzung.

Johannes Gutenberg-Universität.

Seine ausgestreckten Arme reichten gerade so weit, um nach dem Stein zu greifen. Mit zitternden Händen zerrte er an dem Brocken, und nach einigen Versuchen bewegte er sich.

Er zog ihn heraus. Er war schwerer als gedacht.

Ein Mauerstein, ein gewöhnlicher alter Mauerstein mit drei eingeritzten Buchstaben.

Kein weiterer Hinweis.

Er sah zu dem Loch hinauf.

Wieder stellte er sich auf die Zehenspitzen, streckte einen Arm aus und steckte einen Finger in die Öffnung.

Er spürte etwas Kühles. Ein Stück Haut.

Angeekelt riss er die Hand zurück.

Er wartete einen Augenblick, sammelte sich, dann pulte er erneut in dem Loch.

Wieder fühlte er das Hautstück, doch dieses Mal war er vorbereitet, und einen Moment später fischte er etwas aus der Öffnung.

Vorsichtig balancierte er es auf seiner Handfläche.

Ein Röllchen aus hauchdünnem Leder.

Er rollte es auseinander.

Auf der Innenseite stand etwas geschrieben.

Er erkannte Borchards Handschrift, die charakteristischen, skizzenhaften Druckbuchstaben.

»Neustadt. Leibnizstraße 54. Immer jemand zu Hause.«

Maniel stutzte.

Ein Rätsel?

Neustadt? Er kannte die Neustadt, ein Mainzer Stadtviertel.

Aber *immer jemand zu Hause*? Wer war schon immer zu Hause?

Immerhin ein Straßenname und eine Hausnummer, auch wenn ein Name fehlte.

Die Glocken des nahen Kirchturms schreckten ihn auf. Inzwischen setzte die Morgendämmerung ein, und die Luft erwärmte sich.

Eilig stopfte er die Rolle in das Loch zurück und klemmte den Stein davor. Die Nachricht würde auch in den nächsten tausend Jahren keiner mehr finden.

Er sah sich um, dann überquerte er mit raschen Schritten das Gelände der *Zitadelle*.

Viel hatte er nicht erfahren, doch immerhin hatte er eine Adresse, eine Anlaufstelle. Was sie allerdings mit seiner Mission zu tun hatte, wusste er nicht.

Er erinnerte sich an die Straßenbahn, die er vorhin gehört hatte. Zu seiner Zeit fuhr die Linie von *Hechtsheim* nach *Gonsenheim* und passierte auf ihrem Weg die Mainzer Neustadt.

Er fiel in einen leichten Trab, während sich seine Gedanken mit der rätselhaften Botschaft beschäftigten.

Als er das *Gautor* erreichte, huschten vereinzelte Schatten aus den umliegenden Häusern, um sich auf ihren Weg zur Arbeit zu machen. Zu verschlafen allerdings, um von ihm Notiz zu nehmen. Er wartete an der Haltestelle.

Er musste vorsichtig sein, durfte sich nicht zu sicher fühlen. Die Polizei suchte nach ihm, daran änderten auch die neuen Klamotten nichts. Seine Gedanken kreisten um seine Erfolgsaussichten. Er konnte es nicht verhindern, es geschah automatisch, die Macht der Gewohnheit. Vor seinem inneren Auge trug er auf einem Koordinatenkreuz seine Chancen ein. Die Wahrscheinlichkeitskurve einer erfolgreichen Flucht verlief gegen null, und dort, wo die Gerade auf die Abszisse traf, schnappte ihn die Polizei, danach war es zu Ende. Das war eine mathematische Gewissheit.

Dass er unschuldig war, spielte keine Rolle, denn die Beweise sprachen gegen ihn. Er war das Opfer eines Systems, dessen Regeln feststanden. Zugegeben, die Regeln waren logisch, aber in ihrer Logik eindimensional.

Sein einziger Lichtblick war der Faktor Zeit, eine Unbekannte, die Fläche zwischen der Linie und der Abszisse. Ein winziges Dreieck, sein Dreieck der Hoffnung.

Die kreischenden Bremsen der eintreffenden Straßenbahn rissen ihn aus seinen Gedanken, und als sich die Türen öffneten, stieg er ein.

Neonlicht blendete ihn, und für einen Moment fühlte er sich nackt, hatte Angst, dass man ihn erkennen könnte, den Mörder, der sich seiner Strafe entzog. Unsicher stolperte er durch die Kabine. Auf einer Sitzbank am Fenster nahm er Platz.

Die Müdigkeit zerrte an seinen Nerven, er spürte einen leichten Schwindel und konzentrierte sich auf seine Atmung.

Auf den übrigen Plätzen gähnten Krankenpfleger und Schwestern um die Wette, freuten sich nach ihrer Nachtschicht am nahen Universitätsklinikum auf ihr Bett. In der Luft lag der Geruch von Phenol.

Er saß einer Krankenschwester gegenüber. Nachdem sie ihn kurz gemustert hatte, sah sie wieder aus dem Fenster. Obwohl ihre großen Augen müde blickten, war sie hübsch. Dichtes, blondes Haar fiel ihr auf die Schultern, und neben der Nase, hatte sie ein kleines, vorwitziges Muttermal. Ihr Schwesternkittel verbarg sich unter einer kurzgeschnittenen Jeansjacke.

Maniel versuchte sich zu entspannen und lehnte sich zurück. Die Bahn passierte eine Galerie und fuhr an einem ein Café vorbei, dann erreichte sie den *Schillerplatz.* Immer wieder kam ihm ein Gebäude oder eine Straßenecke bekannt vor. Die Vergangenheit war noch präsent.

Seit Borchard ihn vor einigen Jahren nach Frankfurt nachgeholt hatte, war er nicht mehr in Mainz gewesen. Die meisten seiner Kommilitonen hatte es zwischenzeitlich in andere Städte verschlagen, und zu den wenig Verbliebenen hatte er keinen Kontakt mehr.

Die Straßenbahn passierte den *Kinderladen,* und ein Schmunzeln huschte über sein Gesicht. Zum fünfundvierzigsten Geburtstag von Borchard hatten die Assistenten des Lehrstuhls dem Professor in diesem Geschäft ein Geschenk besorgt. Ein kleiner Roboter, der auf Zuruf vorwärts oder rückwärts laufen konnte oder sich im Kreis drehte, während auf seinem runden Plastikkopf eine Lampe aufgeregt blinkte.

Dass Maniel sich überhaupt zum Zirkel der engsten Mitarbeiter Borchards, dem Genie auf dem Gebiet der künstlichen Intelligenz, zählen durfte, hatte er sich hart erarbeiten müssen.

Bereits kurz nachdem er sich in Mainz an der Universität eingeschrieben hatte, wusste er, dass ihn das Themengebiet interessierte. Er verbiss sich in die Denkansätze der Chaostheorie und der angewandten Mathematik und machte sich mit der komplexen Materie vertraut. Schnell kam er an den Punkt, seine Ideen in Algorithmen auszudrücken und wissenschaftliche Resultate zu produzieren. Aber er hielt seine Ausarbeitungen unter Verschluss, denn es waren seine Schlussfolgerungen, und er konnte sich beim besten Willen nicht vorstellen, dass sie für irgendjemanden einen intellektuellen Mehrwert hatten.

Er besuchte alle Vorlesungen und rannte in jede Übung zum Thema künstlicher Intelligenz. Die Assistenten kannten inzwischen sein Gesicht, hatten jedoch noch nichts von ihm gelesen und begannen, sich langsam über den beharrlichen Sonderling zu wundern.

Eines Tages schrieb Borchard ein Seminar zu einem Spezialthema aus. Der Professor selbst würde auf der Grundlage eines Thesenpapiers, das die interessierten Studenten einzureichen hatten, den Teilnehmerkreis auswählen.

Maniel besorgte sich alle Informationen zum Thema, die er in die Finger bekam, und arbeitete sich nächtelang zum Kern des Problems vor. Er strukturierte seine Stoffsammlung und wagte am Ende eines jeden Kapitels eine These. Das Dokument jedoch hielt er unter Verschluss.

Schließlich traf er in der *alten Mensa* zufällig auf einen der wissenschaftlichen Mitarbeiter Borchards und kam mit ihm ins Gespräch. Es folgte ein weiteres Treffen, und Maniel ließ sich dazu überreden, sein Thesenpapier vorzuzeigen, bestand aber darauf, dass Borchard es nicht zu Gesicht bekam.

Eine Woche später erhielt er eine von Borchard unterschriebene, offizielle Teilnahmebestätigung für das Seminar.

Hin- und hergerissen zwischen der Angst, dass man ihm offenbarte, dass seine Intelligenz für den Studiengang nicht ausreichte, und der Möglichkeit, endlich beweisen zu können, was in ihm steckte, rang er sich schließlich dazu durch, an der Veranstaltung teilzunehmen.

Wochenlang fieberte er dem Augenblick entgegen, den Professor endlich persönlich kennenzulernen, ackerte Tag und Nacht und besorgte sich jede mögliche Spezialliteratur. Niemals hatte er dabei das Gefühl, sich zu quälen, im Gegenteil, je mehr er in das Thema eindrang, desto größer wurde sein Wissensdurst. Die Logik der künstlichen Intelligenz wirkte wie ein Aphrodisiakum auf seine Psyche, und er fühlte sich frisch und entspannt.

Das Seminar erwies sich als äußerst herausfordernd und die Gruppe als außergewöhnlich effizient. Borchard führte diszipliniert durch den Kurs, und schnell wurde deutlich, dass er sich nur für diejenigen Teilnehmer interessierte, die fähig waren, seinen komplexen Lehrsätzen zu folgen.

Maniel genoss die Aufmerksamkeit, die der Professor ihm entgegenbrachte, sie spornte ihn an. Rasch verlor er seine Selbstzweifel und arbeitete seine Theorien aus.

Er schloss das Seminar als Bester ab, und kurz danach fragte man ihn, ob er sich vorstellen könne, am Lehrstuhl mitzuarbeiten. Es war nicht Borchard, der ihn dazu aufforderte, sondern einer von Borchards Assistenten, doch er tat es in Borchards Auftrag.

Dieses Mal brauchte Maniel nicht lange zu überlegen und sagte umgehend zu. Sein Selbstvertrauen war gewachsen.

Rasch stieg er in den Kreis der engsten Mitarbeiter des Professors auf und rückte näher an Borchard heran. Der Neid der übrigen Assistenten ließ ihn kalt, er kannte diese Gefühle aus seiner Jugend in Mannheim. Fast schien es, also ob der Professor ihn auf eine verschrobene Art mochte, denn immer öfter bestellte er ihn ein, um mit ihm die neuesten Erkenntnisse zu diskutieren.

Trotzdem hielt Borchard Distanz, zog eine klare Linie und vermied es, Beruf und Privates zu vermischen. In der Welt der künstlichen Intelligenz galten persönliche Sympathien als irrational, und Emotionen waren fehl am Platz. Maniel gedieh auf diesem Nährboden inmitten harter Anforderung, kühler Rationalität und nüchterner Bestätigung. Schon bald war er von Borchards Seite nicht mehr wegzudenken. Schließlich besorgte der Professor ihm das Thema seiner Doktorarbeit und nahm sich die Zeit für seine Betreuung. Irgendetwas schien er in Maniel zu sehen, das ihn an sich selbst erinnerte.

Das grelle Neonlicht in der Kabine brannte in seinen Augen, und mit einem Mal begannen seine Hände zu zittern.

Die Erinnerungen an die Zeit am Lehrstuhl schlugen in besorgte Gedanken um, die sich rasch zu angstbesetzten Fantasien auswuchsen.

Pius Borchard war tot, war mit einem Kurzmesser bestialisch abgeschlachtet worden, und er, Hugo Maniel, war die Bestie, die man dafür verantwortlich machte.

Eine ruckartige Bewegung ließ ihn aufschrecken, und als er aufblickte, hatte die Krankenschwester den Arm ausgestreckt, um den Halteknopf zu drücken. Ihre Blicke kreuzten sich, und er lächelte verlegen.

»Ich muss hier aussteigen«, sagte sie.

Maniel nickte, um gleich darauf wieder aus dem Fenster zu sehen.

Einen Moment später bemerkte er, dass er ebenfalls aussteigen musste, sprang auf und eilte der Krankenschwester hinterher. Als er sie eingeholt hatte, schaute sie schmunzelnd zur Seite, und er überspielte seine Verlegenheit, indem er fragte: »Hier ist doch der Halt *Lessingstraße*? In der Nähe der *Leibnizstraße*?«

Sie überlegte, und er bemerkte ihre großen blauen Augen. Auf ihren Wangen hatten sich zwei kleine Grübchen gebildet. »Das kommt darauf an, welche Hausnummer Sie suchen.«

»Vierundfünfzig. *Leibnizstraße* vierundfünfzig«, erwiderte Maniel.

»Dann sind Sie richtig.«

Er bedankte sich mit einem Nicken.

Die Bahn stoppte, und die Türen öffneten sich. Maniel ließ ihr den Vortritt und folgte mit einigem Abstand. Eine Gruppe von Pflegern stieg ebenfalls aus und ging in unterschiedlichen Richtungen davon.

»Sie wirken ein wenig verloren«, drang ihre Stimme an sein Ohr. Er hörte einen leichten Akzent heraus, und als er sich umdrehte, stand sie vor ihm und lächelte. Sie war kleiner, als er gedacht hatte, unter ihrer Jeansjacke wölbten sich die Ansätze zweier fester Brüste.

»*Leibnizstraße* sagten Sie doch?«, sie deutete auf eine der umliegenden Straßen. »Das ist auch meine Richtung.«

Sie schmunzelte, und wieder waren da die Grübchen.

Als sie an der Fußgängerampel nebeneinanderstanden, roch er den fast verflogenen Duft ihres Parfums. Eine fruchtige Note mit einem Hauch von Lakritz.

»Das ist nett von Ihnen«, sagte er. »Es ist lange her, dass ich das letzte Mal hier in der Gegend war. Nett, dass Sie sich um diese Uhrzeit um einen Fremden kümmern«, und als er bemerkte, was er gesagt hatte, schob er eilig hinterher: »Mein Name ist übrigens … mein Name ist Frank.«

Sie wirkte amüsiert. »Keine Sorge. Ich traue mir durchaus zu, auch um diese Uhrzeit behilflich zu sein …«, sie schaute ihm lange in die Augen. »… Frank.«

Die Ampel sprang auf *Grün,* und sie überquerten die Straße. Sein Blick streifte ihre schlanken Beine und ihren Apfelpo, der sich unter ihrer engen Jeans abzeichnete.

Einen Moment gingen sie schweigend nebeneinander her, bis sie mit einem Mal, ohne aufzusehen, bemerkte: »Wissen Sie, wenn ich von der Spätschicht nach Hause komme, gehe ich niemals sofort schlafen. Meistens nehme ich noch ein ausgedehntes Schaumbad.«

Endlich fiel ihm ein, mit welchem Akzent sie Deutsch sprach. Sie musste Österreicherin sein, und als hätte sie seine Gedanken erraten, stoppte sie ab und streckte ihm ihre Hand entgegen. »Ich habe mich noch gar nicht vorgestellt. Mein Name ist Katharina, Katharina Hofer aus Graz in der Steiermark.«

Ihre Hand fühlte sich warm und weich an.

»Ich arbeite seit zwei Jahren in Mainz an der Uniklinik. Ein Routinejob, aber die Routine ist schon in Ordnung, lässt mir die Zeit, mich auf die Dinge zu konzentrieren, die mir Spaß machen.«

Er gab ihre Hand frei, registrierte das Himbeerrot ihrer manikürten Fingernägel.

Ihre kokette Art gefiel ihm. Er schätzte sie auf höchstens fünfundzwanzig.

»Weißt du«, sagte sie. »Jeder ist für den Spaß in seinem Leben selbst verantwortlich. Das zu lernen, dafür habe ich lange gebraucht.«

Er nickte, und mit einem Mal verspürte er ein Verlangen nach dieser Frau, nach ihren festen Brüsten, ihrem drallen Po und den sinnlichen Lippen. Er fühlte den Drang, sie nach Hause zu begleiten und mit ihr zu schlafen. Sie sah ihn neugierig von der Seite an, schien seine Erregung zu spüren, und lächelte.

Er legte die Hand um ihre Hüften, spürte die Wärme ihrer Haut durch ihre Jacke. Sie presste sich an ihn und sah ihm tief in die Augen.

Im nächsten Moment ließ er sie los und trat einen Schritt zurück. Ungläubig schüttelte er den Kopf. Was ging mit ihm vor? Er war auf der Flucht, seine Sinne spielten verrückt.

Sie ergriff seine Hand und deutete zu einer Seitenstraße.

»Dort drüben wohne ich. Es ist nicht weit.«

Er schaute zur Seite und löste sich von ihr. »Es geht nicht«, flüsterte er, und in Gedanken quälte ihn die bittere Erkenntnis, beinahe einen Fehler begangen zu haben.

Sie verzog verständnislos das Gesicht. Ein herber, arroganter Zug umspielte ihre Lippen. Vorwurfsvoll sah sie ihn an, doch er verweigerte mit ausdrucksloser Miene eine Reaktion.

Ohne Ansatz wandte sie sich um, hob den Arm und deutete die Straße hinunter.

»Die *Leibnizstraße* ist die nächste Querstraße.«

Noch einmal taxierte sie ihn abschätzig. »Ich weiß nicht, was du für ein Problem hast, aber du hast definitiv ein Problem.«

Ohne eine Antwort abzuwarten, lief sie davon. Er sah ihr nach und beobachtete, wie sie die Straße überquerte.

Er stand da und ordnete seine Gedanken. Die Müdigkeit und die Anstrengungen der letzten Stunden vernebelten seine Sinne. Er durfte sich nicht ablenken lassen, musste sich zusammenreißen. Fast hätte er einen Fehler begangen, und jeder Fehler in seiner Situation würde böse enden.

Mit weitgreifenden Schritten lief er los, seine Miene in Anspannung erstarrt.

Sie hatte nicht gelogen. Das Straßenschild über der nächsten Querstraße wies die *Leibnizstraße* aus.

»Leibnizstraße 54. Immer jemand zu Hause.«

Er begann an der Sinnhaftigkeit der Nachricht zu zweifeln.

Was wollte er tun, wenn er gleich vor dem Haus mit der Nummer vierundfünfzig stand? Er hatte keinen Namen. Wie sollte er denjenigen ausfindig machen, zu dem Borchard ihn schicken wollte? Er konnte unmöglich alle Klingelknöpfe drücken und nach Pius Borchard fragen.

Wut flammte in ihm auf, eine brennende, verachtende Wut auf dieses absonderliche Rätsel.

Er ging die Straße entlang. Die Bürgersteige waren zugestellt mit parkenden Autos.

Er stoppte ab und starrte auf die Nummer an der Hausfassade.

Vierundfünfzig.

Erschrocken sah er sich um, dann näherte er sich zögernd der Haustür.

Er zählte die Klingelknöpfe.

Sechzehn.

Gerade wollte er einen Fluch ausstoßen, als sein Blick auf einen Namen fiel. Er traute seinen Augen nicht.

»Immer jemand zu Hause.«

9

»Herr Dr. Rosenzweig, hier entlang, bitte, der Herr Minister erwartet Sie bereits«, sagte die Frau mit dem dunkelblauen Kostüm, während ihr Blick streng über den Rand ihrer Brille spähte.

Serge Rosenzweig erhob sich aus seinem Sessel, griff nach seiner Aktentasche und hastete der vorauseilenden Sekretärin hinterher. Wie ein Entenpärchen, mit gerecktem Kinn und geschwollener Brust, watschelte das ungleiche Paar den hohen Flur des Ministeriums entlang, ohne sich dabei auch nur die geringste Mühe zu geben, die spontan entflammte gegenseitige Abneigung zu verbergen.

Serge Rosenzweig hatte wenige Stunden nach der morgendlichen Sitzung die Nachricht erhalten, dass man ihn im Justizministerium der hessischen Landeshauptstadt in Wiesbaden erwartete. Er möge vorbereitet erscheinen, um einem Kreis von politischer Bedeutung die bisherigen Ermittlungsergebnisse im Fall Hugo Maniel vorzutragen.

Nun war es also so weit, man lud ihn zum Rapport beim Minister. Es hatte sich also gelohnt, die Pressestelle des Ministeriums neugierig zu machen. Er hatte daraufhin umgehend Wassernagel kontaktiert, der im Gegensatz zu einem anderweitig beschäftigten Oberstaatsanwalt genau über den Ermittlungsstand im Bilde war. Und

Wassernagel, als fleißiger Ermittler, hatte ihn nicht enttäuscht.

Die Sekretärin stoppte ab, wobei ihre hochhackigen Absätze wie ein Weckruf auf dem Parkettboden aufschlugen. Sie öffnete eine holzverzierte Flügeltür und forderte Rosenzweig mit unbewegtem Blick auf, einzutreten.

Mit einer sparsamen Geste der Erkenntlichkeit ging Rosenzweig an ihr vorbei und widmete seine Konzentration der bevorstehenden Aufgabe, einen korrekten und gleichzeitig kompetenten ersten Eindruck zu machen.

Während er auf einen ovalen Sitzungstisch zusteuerte, nahm er aus den Augenwinkeln die Einrichtung des Zimmers wahr. Stuckverzierte Decken, holzvertäfelte Wände und ein Kronleuchter mit unzähligen Armen, die an den Kopfschmuck der Medusa erinnerten. Ein riesiges Ölgemälde an der Stirnwand zeigte eine Trutzburg im Rheingau, und schwere Gardinen filterten das einfallende Sonnenlicht.

Je tiefer Rosenzweig in den Raum trat, desto mehr wurde er sich der Bedeutung seiner Rolle bewusst. Fast körperlich spürte er die herausragende Stellung der Anwesenden und die Tragweite ihrer Verantwortung.

Ernsthafte, bebrillte Gesichter mit dem bedingungslosen Willen, die vor ihnen liegende Herausforderung zu meistern, auch wenn im Moment nur die Spitze des Eisbergs sichtbar war und sich die Wahrheit tief unter der Oberfläche verbarg.

In diesem Augenblick wurde Rosenzweig bewusst, dass er nun ein Teil dieser Bedeutsamkeit war, ein Entscheider, ein Big Player, der nirgendwo anders hingehörte als in dieser Sekunde in diesen Raum und an diesen Tisch.

Er, Serge Rosenzweig, war auf dem Weg an die Spitze, dorthin, wo man auf ihn wartete und wo es Männer wie ihn brauchte. Und wie zur Bestätigung dieses überwältigenden Gefühls fiel sein Blick auf seine Schuhe, die blitzeblank glänzten und seinem neuen Verantwortungsbewusstsein den sichtbaren Ausdruck verliehen.

»Ah, der Herr Oberstaatsanwalt, nehme ich an«, ertönte eine vertrauenerweckende, basstiefe Stimme, die zu einem kleingewachsenen, kräftigen Herrn mit ausgeprägten Krähenfüßen um die Augen gehörte.

»Setzen Sie sich zu uns, Rosenzweig.« Es folgte eine einladende Handbewegung und das gefällige Lächeln, das man in der Öffentlichkeit vom Justizminister kannte.

»Wir sind alle schon sehr gespannt, was Sie uns zu berichten haben.«

Rosenzweig nickte, trat schneidig an den Tisch und nahm Platz. Selbstsicher platzierte er seine Unterarme auf der Tischplatte und streckte den Rücken gerade.

»Vielleicht wäre es sinnvoll, die Anwesenden kurz einzuführen«, schlug der Minister vor, während seine Krähenfüße leuchteten. »Mich brauche ich wohl nicht vorzustellen, also beginne ich mit dem Herrn zu meiner Rechten.« Er nickte seinem Sitznachbarn zu.

»Peter Tilmany ist aus dem Kanzleramt mit dem Fall betraut.«

Der Angesprochene rückte seine Brille zurecht, während er Rosenzweig abschätzend musterte.

»Neben Herrn Tilmany sitzt Frau Susanne Weiß-Goldschmidt, Abteilungsleiterin im Bundesverteidigungsministerium«, der Minister lächelte charmant und fügte hinzu: »Frau Weiß-Goldschmidt ist beauftragt, uns ein wenig auf die Finger zu schauen, damit die Dinge schnellstmöglich wieder ins Lot kommen.«

Einen Augenblick lang schien Weiß-Goldschmidt abzuwägen, ob sie die Aussage kommentieren sollte, entschied sich allerdings dagegen und zauberte stattdessen ein routiniertes Lächeln auf ihr Gesicht.

»Zu meiner Linken, aus meinem Ministerium, Herr Ministerialrat Anton Pott.«

Der Vorgestellte nickte dem Minister dienstbeflissen zu, während Rosenzweig das altmodische Jackett des Ministerialrates auffiel, an dessen Revers eine Anstecknadel mit dem hessischen Löwen steckte.

»Und *Last-but-not-least*, meine Damen und Herren, und soweit ich mich hoffentlich korrekt an Ihren Vornamen erinnere«, der Minister wandte sich an Rosenzweig: »Herr Oberstaatsanwalt Serge Rosenzweig aus Frankfurt. Er ist mit der Leitung der Fahndung nach dem Flüchtenden betraut.«

Rosenzweig nickte bestätigend und begleitete seine Vorstellung mit einem formgewandten Lächeln.

»Nun wissen also alle, mit wem Sie es zu tun haben. Ich muss nicht erwähnen, dass es sich bei diesem Fall um eine Angelegenheit von höchstem politischem Interesse handelt, das der strengsten Geheimhaltung unterliegt.«

Mit der Überleitung auf das eigentliche Thema verschwand das Lächeln aus dem Gesicht des Ministers. Seine Miene wurde ernst.

»Herr Oberstaatsanwalt, darf ich Sie bitten, uns auf den letzten Stand der Ermittlungen zu bringen.«

Rosenzweig, den der schnelle Übergang überraschte, räusperte sich und rutschte auf seinem Stuhl ein paar Zentimeter nach vorne.

Dann begann er die Sachlage vorzutragen. Faktisch, Ereignis für Ereignis, ohne eine Wertung oder Deutung, und stets darauf bedacht, den schwarzen Peter der Verantwortung für Hugo Maniels Flucht weit von sich zu weisen. Endlich gelangte er an den Höhepunkt seiner Ausführungen, und noch einmal holte er Atem, um den nachfolgenden Worten die erforderliche Bedeutung zu verleihen.

»Ich wies die ermittelten Beamten also an, sich mit den Schifffahrtsdirektionen in Wiesbaden und Mainz in Verbindung zu setzen, um den Fluchtweg Hugo Maniels nachzuverfolgen.«

Er hielt einen Moment inne, um den Anwesenden die Möglichkeit zu geben, seinen kreativen Einfall zu würdigen, dann fuhr er fort: »Heute Morgen meldete die Wasserschifffahrtsdirektion in Mainz, dass die Kamera an der Rhein-Main Mündung eine verdächtige Person auf dem Deck eines Binnenschiffes aufgezeichnet hat. Der Kapitän des Schiffes, der unmittelbar danach kontaktiert wurde, hatte keine Kenntnis davon. Auf dem Filmmaterial ist deutlich zu erkennen, wie eine männliche Person, auf die die Beschreibung Maniels zutrifft, kurz nachdem das Schiff vom Main in den Rhein einschwenkte, von Bord ging.«

Mit seinem Bericht am Ende, lächelte Rosenzweig und wartete auf eine Belobigung seiner Ausführungen, die allerdings ausblieb.

»Dann ist er also in Mainz?«

»Davon gehen wir aus«, antwortete Rosenzweig.

Der Minister nickte nachdenklich und resümierte: »Wir kennen seinen Aufenthaltsort, und er ist in Sträflingsklamotten unterwegs. Also dürfen wir davon ausgehen, dass wir Hugo Maniel innerhalb kürzester Zeit wieder einfangen werden?«

»Er ist in Rheinland-Pfalz«, sagte Rosenzweig.

Der Minister nickte. »Ich werde mich mit meinem Amtskollegen in Mainz in Verbindung setzen. Er wird nichts dagegen haben, wenn Sie auch weiterhin die Ermittlungen koordinieren.«

Rosenzweig reckte das Kinn nach vorne. Zwar hatte er diese Antwort erwartet, sie aber dennoch aus dem Mund des Justizministers zu hören, war etwas anderes.

»Nun gut. Nachdem uns der Herr Oberstaatsanwalt also auf den letzten Stand der Ermittlung gebracht hat«, er nickte Rosenzweig anerkennend zu, »denke ich, dass es Zeit wird, uns mit den Feinheiten des Falles vertraut zu machen. Frau Weiß-Goldschmidt, was können Sie uns berichten?«

Die Abteilungsleiterin tauschte einen vielsagenden Blick mit dem Minister, strich sich eine Haarsträhne hinter das Ohr und beugte sich nach vorne.

»Natürlich«, ihr Blick glitt über die Gesichter der Anwesenden. »Ich gehe davon aus, dass Ihnen allen der Begriff *autonome Waffen* bekannt ist?«

Schweigen.

»Nein? Also gut, dann werde ich etwas weiter ausholen. Drohnen, unbemannte Lenkkörper für militärische Zwecke, existieren bereits seit dem Ende des Vietnamkrieges, also seit mehr als vierzig Jahren. Seitdem hat die Entwicklung dieser Waffentechnik rasante Fortschritte gemacht, vor allem im Bereich der Elektronik. Intelligente Systeme, hochauflösende Kameras, winzige Steuerungsinstrumente und so weiter. Heute ist es möglich, eine Drohne mit verheerender Vernichtungskraft nur mit einem Laptop zu einem beliebigen Ort auf der Welt zu steuern. Dabei sind die Kosten für diese Systeme inzwischen so weit gesunken, dass sich sogar ein Diktator einer Bananenrepublik dieses Spielzeug leisten kann.«

Sie grinste zynisch. »Eine Wunderwaffe, passend in unsere Zeit. Weichziele, also menschliche Soldaten, müssen in kriegerischen Auseinandersetzungen nicht mehr geopfert werden, gleichzeitig sinken die Ausgaben im Wehretat. Ein Eldorado für psychotische Waffenfreaks.«

Sie trank einen Schluck Wasser und wartete auf Kommentare. Doch außer Rosenzweig, dessen Wangen leicht errötet waren, zeigte niemand eine Reaktion.

»Die Militärstrategen aller Nationen sind sich einig, dass zukünftig zwei Bereiche die strategische Kriegsführung bestimmen werden. Der Cyberkrieg, abgeleitet aus der Informationstechnik, sowie autonome Waffen, also unabhängige, mit künstlicher Intelligenz ausgestattete, vollautomatische Waffensysteme.«

Der Minister wandte sich an Rosenzweig. »Sie können sich unter dem Begriff künstliche Intelligenz etwas vorstellen, Herr Oberstaatsanwalt?«

Rosenzweig fühlte sich wie ein Fünftklässler, den man beim Spicken erwischt hatte, und überlegte fieberhaft, wie er die Frage beantworten konnte, ohne seine Unwissenheit preiszugeben. Doch der Minister wandte sich bereits wieder an Weiß-Goldschmidt.

»Liebe Frau Weiß-Goldschmidt, darf ich Sie bitten, uns etwas klüger zu machen?«

Sie nickte kurz und presste ihre Hornbrille fester gegen die Nasenwurzel. »*Künstliche Intelligenz* wird unter anderem bei der Entwicklung autonomer Systeme, vor allem in der Wirtschaft, aber auch in militärischen Bereichen, angewendet. In letzterem Umfeld sind es vor allem die Kampfroboter, die im Fokus stehen. Gegen sie ist die Drohne nur ein Kinderspielzeug …«, sie amüsierte sich über ihren Scherz, öffnete die Lippen und zwei Reihen kleiner, gelbverfärbter Zähne kamen zum Vorschein. »Allerdings ist der Aufwand, künstliche Intelligenz in einen Steuerungsmechanismus zu implementieren, verhältnismäßig hoch. Die Krönung der militärischen Schöpfung«, ihre blassgrauen Augen leuchteten, »ist ein fliegender Kampfroboter mit mehr oder weniger humanem Antlitz, der während seiner Mission jederzeit in der Lage ist, selbständige Entscheidungen zu treffen. Ein *Homo technicus* also, der anhand komplexer Algorithmen keinerlei menschlicher Steuerung von außen mehr bedarf.«

Erneut führte Weiß-Goldschmidt ihr Wasserglas zum Mund und beobachtete aus den Augenwinkeln die Reaktion der Anwesenden.

»Sie können sich sicherlich vorstellen«, sprach sie weiter, »welch verheerende Zerstörung ein solcher Kampfroboter anrichten kann, wenn man ihn mit der entsprechenden Feuerkraft bestückt. Die bisherige Problematik bestand darin, ein leistungsfähiges Gehirn für diesen Robotertypus zu entwickeln, also ein künstliches Intelligenzzentrum, das die Maschine in die Lage versetzt, in jeder Situation eine militärisch adäquate Entscheidung zu treffen. Dies«, ihr Zeigefinger zuckte nach vorne, »schließt natürlich moralische Überlegungen mit ein, zumindest auf unterster Ebene. Wer möchte schon sehen, dass ein Kampfroboter ein Militärkrankenhaus in Schutt und Asche legt? Dieses Problem wurde mit den sogenannten Prioritätsgesetzen gelöst, die bei einer auftretenden Konfliktsituation den Roboter zwingen, bestimmten Befehlen den Vorrang einzuräumen.«

Ihre Mimik wurde entschiedener. »Maßgeblich ist also, dass dieser Robotertyp, einmal auf sein Ziel programmiert, durchgehend selbständige Entscheidungen trifft. Tut er das nicht, wird er zu einem leichten Opfer für den

Gegner, und dafür ist die hochgerüstete Kampfmaschine schlichtweg zu teuer.«

Weiß-Goldschmidt faltete die Hände ineinander, legte sie vor sich auf den Tisch, um mit einem konspirativen Unterton fortzufahren: »Vor vier Jahren gab der Militärausschuss des Bundestages, kurz nachdem sich die Gremien der Nato nicht auf eine gemeinsame Vorgehensweise beim Thema *künstliche Intelligenz* verständigen konnten, grünes Licht für die Entwicklung eines Kampfroboters. Das war die Geburt des Projektes *Autonomus*.« Wieder entblößte sie ihre kleinen Zähne. »Also begann die Bundesrepublik, sich mit der Konstruktion eines eigenen Kampfroboters zu beschäftigen. Selbst aus dem sonst so sparsamen Finanzministerium kamen keine Einwände. Für das Projekt *Autonomus* wurde eine halbe Milliarde Euro bewilligt.«

»Und hier kam Orban Robotic ins Spiel?«, warf der Minister ein. »Und kurz darauf betrat Professor Pius Borchard die Bühne?«

»Ganz recht«, antwortete Weiß-Goldschmidt, die zur Kenntnis nahm, dass der Minister sie anhielt, zum Wesentlichen zu kommen.

»Der Entwicklungsauftrag für den Kampfroboter wurde an die Privatfirma Orban Robotic vergeben, eine deutsche Rüstungsfirma, spezialisiert auf dem Gebiet der autonomen Waffentechnik und seit mehr als fünfundzwanzig Jahren Partner der Bundeswehr. Die Firma hat etwa fünfhundert Mitarbeiter, die auf einem hermetisch abgeriegelten Gelände bei Frankfurt am Main ihrer Arbeit nachgehen. Man erwartete, dass Orban Robotic vor allem eine Aufgabe löste: die Entwicklung eines hochspezialisierten Gehirns, das den Roboter steuert.«

»Wie es anschließend weiterging, kann sich jeder denken«, sagte der Minister.

Weiß-Goldschmidt nickte. »Ganz genau. Für diese komplexe Aufgabenstellung gelang es Orban Robotic, den weltweit anerkannten Experten für künstliche Intelligenz an Bord zu holen. Professor Doktor Pius Borchard von der Universität Mainz.«

Weiß-Goldschmidt lächelte. »Natürlich bot man dem Professor ein Salär, das weit über dem eines gewöhnlichen Professorengehaltes lag. Orban Robotic hätte Borchard jedes Gehalt gezahlt, zudem die Kosten der Entwicklung des Roboters sowieso vom Bundesverteidigungsministerium getragen wurden.«

»Und Borchard erfüllte alle Voraussetzungen? Und überstand auch die nachrichtentechnische Überprüfung?«, erkundigte sich der Minister.

»Er und jeder Mitarbeiter seines Teams, auch Maniel, wurden überprüft«, antwortete Tilmany, der sich als Adressat der Frage angesprochen fühlte.

»Und natürlich gab es keinerlei Unregelmäßigkeiten, die zu einer Ablehnung Anlass gegeben hätten?«, bohrte der Minister nach.

Tilmany sah verstohlen zu Weiß-Goldschmidt, um im nächsten Moment den Minister anzuschauen.

»Nun«, sagte Tilmany, während die Anwesenden spürten, dass die Frage ihm ein Stück seiner Selbstsicherheit genommen hatte. »Pius Borchard hatte natürlich einen einwandfreien Leumund, ebenso die meisten seiner Mitarbeiter. «

»Die meisten?«, fragte der Minister.

Tilmany zögerte, während sich die Blicke der Anwesenden auf ihn richteten.

»Hugo Maniel«, sagte er, »stammt aus Mannheim, genauer gesagt aus einem Problemviertel in Mannheim, dem *Jungbusch*. Er wuchs bei Pflegeeltern auf, nachdem sein Vater und seine Mutter bei einem Autounfall ums Leben gekommen waren.«

»Daran ist nichts Strafbares«, sagte der Minister.

»Maniel hat einen Eintrag im Strafregister, der allerdings bereits Jahre zurückliegt. Als er sechzehn war, griff ihn die Polizei gemeinsam mit zwei Jugendlichen auf. Die Teenager hatten unter Alkoholeinfluss die Scheibe eines Wagens eingeschlagen, um das Autoradio zu klauen. Der Jugendrichter verdonnerte sie zu einem Monat Sozialstunden. Es kam zu einem Eintrag ins Führungszeugnis, der allerdings mit dem Erreichen der Volljährigkeit gelöscht wurde.«

Anton Pott, der Berater des Ministers, mischte sich ein. »Man wusste also um Maniels kriminelle Energie, und trotzdem wurde eine Anstellung bei Orban Robotic akzeptiert, ebenso wie die Mitwirkung in einem militärpolitisch hochsensiblen Projekt?«

Rosenzweig, der die Debatte interessiert verfolgte, triumphierte innerlich. Er hatte es gewusst. Hugo Maniel war ein Emporkömmling, ein Asozialer, dem es nur durch faule Tricks gelungen war, sich in die wissenschaftliche Elite des Landes einzuschleichen, obwohl er diesem Druck niemals gewachsen war und so letzten Endes Opfer seiner kriminellen Energie wurde.

»Wir konfrontierten Professor Borchard mit dem Eintrag. Doch er wiegelte ab und bestand auf eine Anstellung«, Tilmany räusperte sich: »Zudem kannten sich Borchard und Maniel seit Jahren durch ihre Zusammenarbeit am Lehrstuhl in Mainz. Deshalb stuften wir das Risiko als überschaubar ein.«

Für einen Moment erging sich die Runde in nachdenkliches Schweigen.

»Nun gut«, unterbrach der Minister die Stille. »Die Anstellung Maniels ist nun nicht mehr rückgängig zu machen. Ich schlage vor, wir konzentrieren uns auf das, was wir beeinflussen können. Was ist mit dem Kampfroboter? Hatte Borchard mit seiner Konstruktion Erfolg?«

»Die Fertigstellung des Robotergehirns stand kurz vor dem Abschluss. Es waren nur noch wenige Algorithmen zu programmieren«, antwortete Weiß-Goldschmidt.

»Und kurz vor Beendigung seines Lebenswerkes wird der Professor von Hugo Maniel brutal ermordet«, mischte sich Rosenzweig ein.

»Maniel leugnet es«, entgegnete der Minister und sah Rosenzweig herausfordernd an. Rosenzweig allerdings, getragen von einer Woge der Selbstüberschätzung, parierte forsch: »Natürlich leugnet er es, wie die meisten Beschuldigten ihre Taten leugnen. Die Indizienbeweise allerdings sind erdrückend.«

»Nichtsdestotrotz würde ich gerne wissen, was er zu seiner Verteidigung vorgebracht hat?«

»Natürlich, Herr Minister«, antwortete Rosenzweig, der bemerkte, dass er sich zu weit nach vorne gewagt hatte: »Hugo Maniel wirkte zu Beginn seines Verhörs verstört. In wirren Sätzen, während denen er sich ständig unterbrach, erzählte er, was der Professor ihm vermeintlich mit seinen letzten Worten mitgeteilt hatte.«

Rosenzweig, um Nachsicht für die nächsten Worte bittend, lächelte verlegen. Beschämt führte er aus: »Etwas Furchtbares wird passieren, etwas Unvorstellbares und noch nie Dagewesenes, das der Professor zu verantworten hat.«

Er schüttelte verständnislos den Kopf: »Wir wussten natürlich sofort, dass Maniel das nur sagte, um von seiner Tat abzulenken …«

»Hat er noch mehr gesagt?«, unterbrach Tilmany den Oberstaatsanwalt.

Rosenzweig sah entgeistert zu Tilmany. »Nichts von Bedeutung. Später, als die zweite Einlassung erfolgte, schwieg er zu dem Thema. Er wirkte konzentrierter und versuchte die Fakten zu widerlegen, indem er uns erklärte, warum er genau in dem Moment am Tatort war, als Borchard ermordet wurde.«

Die Anwesenden schwiegen, während Rosenzweig erleichtert aufatmete, froh darüber, dass niemand einen detaillierteren Bericht einforderte. Die skurrilen Ausflüchte Maniels in dieser Runde vorzutragen, war ihm peinlich.

»Vielen Dank, Herr Oberstaatsanwalt«, sagte der Minister. »Wenn jemand am Tisch Interesse verspürt und die Zeit dazu hat, können die Einlassungsprotokolle eingesehen werden«, er blickte zu Rosenzweig. »Fürs Erste haben wir genug gehört. Ich werde mich gleich nach der Sitzung mit meinem Amtskollegen in Rheinland-Pfalz in Verbindung setzen und ihn bitten, dass Sie den Fall weiter koordinieren. Ich gehe allerdings davon aus, dass es nicht allzu lange dauern wird, einen flüchtigen Mörder in Sträflingskleidung dingfest zu machen. Mainz ist keine Metropole mit unbegrenzten Möglichkeiten, sich zu verstecken. Deswegen erwarte ich ein rasches Ergebnis.«

Rosenzweig nickte gehorsam.

»Dann können wir also unsere Sitzung beenden«, sagte der Minister.

Niemand hatte etwas einzuwenden.

Vor dem Büro erwartete Rosenzweig dieselbe Sekretärin, die ihn hergeleitet hatte, und mit der gleichen Abneigung wie zu Anfang begleitete sie ihn zum Ausgang.

10

Am frühen Morgen stört man niemanden in seiner Privatsphäre, und schon gar nicht, wenn man denjenigen nicht einmal kennt und ihn zudem mit unangenehmen Fragen konfrontieren muss. Der Überraschte wird abwarten, im besten Falle zuhören, auf jeden Fall aber den Mund halten und hoffen, dass der Störenfried schnell wieder verschwindet.

Hugo Maniel schwirrten negative Gedanken durch den Kopf. Wie das Kaninchen auf die Schlange starrte er auf den Klingelknopf.

In der Straße war es lebhafter geworden, Autos rangierten mühsam aus den schmalen Parktaschen, verschlafene Nachbarn machten sich auf den Weg zur Arbeit, und Kinder mit viel zu großen Schulranzen bummelten zu ihrer ersten Schulstunde.

Er musste sich entscheiden, bald schon würde er die Aufmerksamkeit auf sich ziehen. Gerade hatte er sich dazu durchgerungen, zu klingeln, als sich die Haustür öffnete. Ein kleines Mädchen kämpfte mit dem Gewicht der Tür, und als sie Maniel sah, hob sie den Kopf und schenkte ihm ein argloses Lächeln. Mit kindlicher Energie tänzelte sie an ihm vorbei, während ihre schmalen Schultern eine riesige Schulmappe auf ihrem Rücken ausbalancierten.

Maniels Hand schoss nach vorne und fing die Haustür ab, bevor sie ins Schloss fiel. Rasch schlüpfte er durch den Spalt und trat in ein zwielichtiges Treppenhaus.

Die blassblau gekachelten Wände ließen vermuten, dass die letzte Renovierung Jahrzehnte zurückliegen musste. In den Öffnungen einiger der Briefkästen steckten druckfrische Tageszeitungen, an der Seite klebte ein Aufkleber des heimischen Fußballvereins. Namen waren nachlässig mit einem Filzstift über die Schlitze gekritzelt. Neben der Tür zum Innenhof lehnten rostige Fahrräder, und in der Luft hing der Geruch eines scharfen Putzmittels.

Vor der Eingangstür einer der Erdgeschosswohnungen lag ein Fußabtreter mit dem Konterfei von Ernie und Bert, daneben standen Kinderschuhe in bunten Farben.

Maniel inspizierte die Namensschilder.

Fehlanzeige.

Er musste weiter nach oben.

Die Holztreppe zu den oberen Stockwerken begrüßte ihn mit einem geräuschvollen Knarren. Erschrocken blieb er stehen und horchte. Durch eine der Wohnungstüren aus der Etage über ihm drangen die Geräusche spielender Kinder.

Vorsichtig stieg er weiter hinauf.

Auch auf den nächsten beiden Etagen hatte er kein Glück.

Durch ein Fenster sah er in den Innenhof. Ein verwittertes Wellblechdach bedeckte großflächig eine Garage, und eine Mauer teilte den Hof zum Nachbargrundstück mit einem gepflegten Garten und einem bunten Blumenbeet.

Unterschiedlicher konnten die beiden Innenhöfe nicht sein.

Tristesse neben Idylle.

Er stieg weiter hinauf, aber auch im nächsten Stockwerk fand er den Namen nicht.

Ein letzter Treppenabsatz führte zum Dachgeschoss.

Mit einem Mal lärmte es im Hausflur. Gedankenschnell presste er sich mit dem Rücken gegen die Wand und hielt den Atem an.

Kinder schrien, dazwischen eine mahnende Frauenstimme. Schnell verloren sich die Geräusche in die unteren Etagen. Die Haustür öffnete sich und fiel ins Schloss. Der Lärm verstummte.

Maniel holte Atem, und sein Blick wanderte das verbliebene Treppenstück hinauf. So leise wie möglich stieg er die Stufen nach oben, neben ihm begann die Hauswand schräg abzufallen.

Vor einer Wohnungstür blieb er stehen. Sein Puls beschleunigte sich, während er fieberhaft nach dem Namensschild suchte.

Gerade hatte er sich entschlossen, an die Tür zu klopfen, als sie sich wie von Geisterhand öffnete. Erschrocken wich Maniel zurück und starrte in das nicht minder überraschte Gesicht eines alten Mannes. Seine Augen waren gerötet, und in der Hand hielt er einen Müllbeutel. Zerzauste, graue Strähnen fielen ihm in die Stirn, im Nacken waren die Haare zu einem Zopf gebunden. Ein Bademantel mit Leopardenmuster bedeckte die Schultern, und auf dem dichten Haarpelz der schmächtigen Brust baumelte ein hölzernes Amulett an einem Lederriemen. Lilafarbene, verwaschene Boxershorts verbargen seine Scham, und die Füße steckten in ausgelatschten Sandalen.

Wortlos standen sich die beiden Männer gegenüber, und während Maniel überlegte, wie er das Gespräch eröffnen wollte, trat sein Gegenüber einen Schritt nach vorne und flüsterte ihm ins Ohr: »Du kommst wegen

Pius, nicht wahr? Geh schon mal hinein, ich bin gleich wieder zurück.«

Lässig schlurfte er an Maniel vorbei und stieg die Treppen hinunter, während Maniel ihm sprachlos hinterherschaute.

Hatte der Hippie ihn etwa erwartet, oder war er einfach nur zugedröhnt?

Die Schritte des Mannes verloren sich in den unteren Teil des Treppenhauses.

Maniel betrat die Wohnung.

Die Luft war zum Schneiden dick, augenblicklich umgaben ihn der Geruch von Tabak und die Ausdünstungen eines süßlich herben Männerschweißes. Im Flur hing ein verblichenes Poster von *Serge Gainsbourg,* und vor dem Durchgang zum Wohnzimmer türmten sich Dutzende von Sandalen.

Die Dachschräge im Wohnzimmer erlaubte es nur in der Mitte des Zimmers aufrecht zu stehen, während sich ein schwacher Lichtstrahl durch ein mit Krepppapier abgeklebtes Dachfenster quälte und einen Schleier aus Staubpartikeln sichtbar werden ließ.

Unter der Fensterschräge standen ein zerschlissenes Polstersofa und ein Holztisch, davor ein mintgrüner Cordsessel. Unzählige Regale waren lückenlos mit Büchern befüllt, und nur eine alte Musikanlage, die an einen selbstgebauten Altar erinnerte, unterbrach die Reihe der Druckwerke. Neben dem Plattenspieler lehnte die Hülle von *Deep Purples Child in Time*.

Auf dem Tisch lagen mehrere aufgeschlagene Bücher, daneben stand ein Aschenbecher, auf dem sich Dutzende von Zigarettenstummeln türmten, die Joseph Beuys nicht besser hätte arrangieren können.

Maniel begutachtete die Buchrücken. Philosophische Werke von *Jean-Paul Sartre, Rousseau* und *Horkheimer*, außerdem Biografien von *Mao Tse-tung* und *Karl Marx*.

Ungläubig schüttelte er den Kopf. Was sollte er hier? Welche Verbindung bestand zwischen diesem Althippie, der sich bereits am Morgen zukiffte, und einem hochdekorierten Professor für künstliche Intelligenz?

Mit einem Mal hatte er das Gefühl, Zeit zu verschwenden.

»Nimm Platz«, ertönte eine keuchende Stimme in seinem Rücken, und als er sich umdrehte, grabschte der Hippie gerade nach einer Packung Zigaretten und angelte ein filterloses Stäbchen aus der Schachtel. Er begutachtete die Zigarette, um sie einen Moment später wieder zurück in die Packung zu stecken. Seine Spinnenfinger deuteten auf den Cordsessel. »Nun setz dich endlich, oder willst du Wurzeln schlagen?«

Er zog den Kopf ein, ging um den Holztisch herum und ließ sich ungelenk auf das Sofa fallen. Als er die Beine übereinanderschlug, kamen unter dem Bademantel zwei dicht behaarte Unterschenkel zum Vorschein. Eindringlich musterte er seinen Gast, und obwohl seine Augen von kleinen roten Adern durchzogen waren, hatte sein Blick etwas Durchdringendes.

Zögerlich nahm Maniel Platz.

»Und? Gefällt dir meine Bude?«, fragte der Hippie und breitete die Arme aus. »Das ist meine Antwort auf den Empirismus und die prozessuale Versklavung unserer Zeit.«

Er angelte sich einen Stummel vom Zigarettenturm, schob ihn zwischen die Lippen und zündete ihn an. Ein süßlicher Geruch breitete sich aus. Provozierend blies er den Rauch zur Decke.

»Ständig umgeben uns kommerzielle Werbebotschaften und flüstern uns ein, dass unser Leben ein unendliches Potenzial an Möglichkeiten bereithält, damit wir uns glücklicher und besser fühlen. Vorausgesetzt natürlich, wir konsumieren diese Produkte«, er nahm einen langen Zug aus seinem Haschischstummel. »Soll heißen, dass die Art, wie wir leben, noch weiter übertroffen werden kann, wenn wir es nur schaffen, die Erwartungen, die die Konsumgesellschaft an uns stellt, zu erfüllen«, mit einem Fingerstrich er sich über die Oberlippe. »Unsere Gegenwart ist nichts wert, denn sie entspricht nicht unserem eigentlichen Potenzial. Schuld daran sind wir allerdings selbst, da wir nicht versuchen, unser wahres Potenzial zu erkennen. Und so leben wir in einem Dauerzustand des *Mehr-Wollens* und erwarten das Gleiche auch von unseren Mitmenschen.«

Er sah Maniel an. »Die ewige Frage nach dem Sinn des Lebens, die eigentlich nur dadurch zur Frage wird, weil unser Leben endlich ist und wir die verdammte Pflicht haben, es mit Sinnhaftigkeit zu füllen«, er grinste, und ein Stück Asche fiel vom Joint auf das Sofa. »Das Selbstverständnis in unserer modernen Gesellschaft besteht darin, Individuum zu sein, Freiheit als Befreiung zu realisieren, und Glück als Maximierung von Lust zu erstreben. Und dabei prallen ständig die Antagonismen Empirie und Idealismus aufeinander, unlösbar wie das Rätsel der Liebe. Letzten Endes bestätigt sich stets immer wieder die These des guten, alten Marx; *das ökonomische Sein bestimmt das gesellschaftliche Bewusstsein.* Daran gibt es auch zweihundert Jahre später noch immer nichts zu rütteln.«

Er inspizierte seinen Joint, der aufgehört hatte zu glühen, und drapierte ihn zurück auf den Stummelturm.

Mit einem Mal wurde sein Gesichtsausdruck bedeutsam, und mit ernster Miene sah er Maniel an. »Hast du Pius auf dem Gewissen?«

Die Frage war ohne Vorwurf.

Maniel fuhr zusammen. Nach einem Moment der Verlegenheit erwiderte er: »Ist das die Schlussfolgerung aus Ihrem kleinen Vortrag? Glauben Sie, dass ich Sie aufsuche, weil ich Pius Borchard umgebracht habe?«

»Die Zeitungen behaupten, dass er ermordet wurde«, entgegnete der Hippie.

»Aber wieso ich?«, fragte Maniel.

Der Hippie angelte sich einen neuen Stummel vom Turm, zündete ihn an und bedachte Maniel mit einem langen, schweigsamen Blick.

»Wieso tauchst du am frühen Morgen bei mir auf? Pius hat dich kaum hierhergeschickt.« Er amüsierte sich über seinen Scherz und lachte hysterisch, bis ihn ein Hustenanfall stoppte. Zittrig goss er sich Kaffee aus der Karaffe in eine Tasse und trank in hektischen Schlucken.

»Ihnen scheint sein Tod nicht viel auszumachen?«

Augenblicklich wich alle Ironie aus der Mimik des Hippies, und feindselig starrte er Maniel über den Rand seiner Tasse an. Aber schon in der nächsten Sekunde schlug er die Augen nieder und schüttelte den Kopf.

»Ich werde mich nicht mit dir streiten«, flüsterte er: »Du bist nur eine Schachfigur aus Pius' Welt, ein Klon seines Rationalismus', genauso austauschbar wie all die anderen.«

Er verbiss sich die nächsten Worte, bemüht, seine Gefühle unter Kontrolle zu bringen. Seine Lippen zitterten.

»Weißt du überhaupt, wer ich bin?«, und ohne eine Antwort abzuwarten: »Ich bin sein ältester Freund. Wir haben jede erdenkliche Scheiße miteinander durchlebt.

Ich begleitete ihn durch sein Leben, erlebte mit, wie sich sein Charakter ausprägte, half ihm seine philosophische Seele zu entwickeln«, sein Gesicht verwandelte sich in eine jähzornige Grimasse. »Und nun kommst du in meine Wohnung, ein Grünschnabel, und fragst mich, ob mir sein Tod nahegeht? Ich hätte große Lust, dich im hohen Bogen hinauszuwerfen, du ignoranter, kleiner Klugscheißer.«

Maniel war zu weit gegangen. Die Verhöre in der Untersuchungshaft und die ständige Anspannung hatten seine Empathie perforiert wie einen wurmstichigen Apfel, sein Einfühlungsvermögen war in den hintersten Winkel seiner Persönlichkeit verbannt. Ihm war schwindelig, und ein Schweißfilm klebte auf seiner Stirn. Er musste sich zusammennehmen und versuchen, das Vertrauen des Hippies zu gewinnen, und während er überlegte, wie er das bewerkstelligen sollte, wandte sich sein Gegenüber ab und kämpfte mit den Tränen.

»Wir fangen am besten nochmal von vorne an«, flüsterte Maniel. »Ich sollte mich vielleicht erst einmal vorstellen«, er bemühte ein Lächeln. »Mein Name ist Hugo Maniel, ich bin … ich war Pius Borchards engster Mitarbeiter bei Orban Robotic. Wir kannten uns, seitdem ich am Lehrstuhl in Mainz für ihn gearbeitet habe.«

Der Hippie schielte ihn misstrauisch von der Seite an, wirkte ein wenig überfordert von dem unerwarteten Stimmungswechsel. Er zog an seinem Joint, hielt den Rauch lange in den Lungen, öffnete die Lippen, und der Qualm entwich zur Decke.

Maniel wagte nicht zu atmen und wartete auf eine Reaktion. Unentschlossen sahen sich beide in die Augen, lauerten, und kämpften mit ihren nächsten Worten.

Mit einem Mal hoben sich die Mundwinkel des Hippies. »Du hast recht. Lass es uns noch einmal versuchen. Pius hätte es so gewollt. Mein Name ist Achim Kolle.«

Maniel atmete lautlos auf.

»Ich bin im selben Haus wie er, hier im Viertel, aufgewachsen. Man könnte sagen, wir waren so etwas wie Brüder, beide auf der Suche nach der Bedeutung dieses Lebens.«

Er nippte an seiner Tasse und verzog angewidert das Gesicht. »Ich brauche jetzt was Stärkeres. Willst du auch einen Whiskey oder einen Schnaps?«

Maniel entschied sich für ein Glas Wasser, und Kolle rappelte sich auf und verschwand in die Küche.

Während Maniel wartete, versuchte er die Verbindung zwischen Kolle und Borchard zu analysieren. Kolle war ein Intellektueller, der stapelweise philosophische Literatur in seinen Regalen hortete. Ein nüchtern denkender Mensch war er nicht, aber dennoch musste er gemeinsame Werte mit einem durch und durch rationalen Menschen wie Borchard geteilt haben. In ihrer Jugend war die Neustadt ein Arbeiter- und Migrantenviertel, ein proletarischer Schmelztiegel, das wusste Maniel aus seiner Zeit in Mainz, Typen mit großen Herzen, viele von ihnen gestolpert über die naiven Vorstellungen von Glück und Wohlstand. In einem solchen Milieu galt es, hart gegen andere zu sein, aber vor allem hart gegen sich selbst. Hier wurden lebenslange Freundschaften geschmiedet wie jene zwischen Achim Kolle und Pius Borchard.

Kolle kam zurück und reichte Maniel ein Glas Wasser. Er selbst genehmigte sich einen doppelten Whiskey, die Flasche hatte er gleich mitgebracht.

»Aufklärung und Chancengleichheit. Kant und Marx«, sagte er, nachdem er einen großen Schluck getrunken hatte. »Nach Jahren der Diskussion konnten wir uns auf diesen gemeinsamen Nenner einigen.«

Er sah Maniel fragend an. »Passt das zusammen?«, eine rhetorische Frage, also wartete er die Antwort nicht ab. »Diese einfache Formel hielten wir für unsere Lösung, zumindest damals. Wir hatten jede Menge Zeit«, er deutete mit dem Finger in Richtung des Innenhofs. »Dort hinten im Hof lagen wir auf dem Wellblechdach der Garage«, er schmunzelte. »Pius war bis über beide Ohren in ein Mädchen verliebt. Sie hatte dunkelrote Locken und riesengroße, grüne Augen und wohnte auf der anderen Seite des Blocks, sozusagen auf der Sonnenseite des Lebens. Ihr Vater war der französische Generalkonsul in Mainz. Sie hieß Roquine Delafon, ein Engel mit elfenbeinfarbener Haut, unerreichbar für den Arbeitersohn Pius Borchard. Trotzdem lagen wir stundenlang auf diesem Dach, weil Pius hoffte, wenigstens einen Blick auf sie zu erhaschen«, er lächelte nachsichtig. »Pius war viel zu schüchtern, um ihr seine Gefühle zu beichten.«

Kolle zog an seiner Zigarette und überlegte. »Wenn ich manchmal darüber nachdenke, bin ich mir allerdings nicht mehr so sicher, ob es ihm wirklich um Roquine ging oder nur um die Schmetterlinge in seinem Bauch. Dieses Gefühl, das sich einstellt, wenn man verliebt ist, und das Pius' vertrauten, stets rationalen Gedankenkreis durcheinanderwirbelte und ihm einen Einblick in eine gefühlsbetonte und für ihn rätselhafte Welt gewährte.«

Die Erinnerungen ließen Kolles Augen feucht werden. Verschämt wandte er den Blick zur Seite, während er ein Taschentuch aus dem Bademantel nestelte.

»Was geschah mit Roquine Delafon?«, fragte Maniel.

Kolle sah überrascht auf. »Wieso Roquine? Roquine war nur eine Fata Morgana. Sie war die Geburtshelferin eines neuen, durchdringenden Gefühls. Ein Impuls, der Pius' weitere Karriere bestimmte. Mit seinen Wahrscheinlichkeitstheorien gelang es ihm, die Liebe, oder wie er sie nannte, die biochemische Anomalie, in rationale Formeln und Algorithmen zu packen und in künstliche Intelligenz zu verwandeln. Karriere?« Kolle seufzte und verzog das Gesicht. »Dieses Wort, wie ich es verabscheue«, dann lächelte er nachsichtig. »Sein Lebensweg war fortan bestimmt von der Idee einer Transformation dieser biochemischen Anomalie in seriöse Strukturen, also der Umwandlung von menschlichen Gefühlen in informationstechnische Prozesse. Diese Obsession machte ihn zu einem vollends besessenen Menschen, zu einer Arbeitsmaschine, die nur noch das eine Ziel hatte, die Irrationalität von dieser Welt zu verbannen.«

Maniel hatte schweigend zugehört. Er ahnte, wovon Kolle sprach, auch wenn er niemals so tief in Borchards Psyche vorgedrungen war. Jenseits seiner Begabung besaß Borchard eine dunkle Seite, eine fließende Grenze zwischen Genialität und Wahnsinn. Manchmal schien er nicht von dieser Welt zu sein, je nachdem auf welcher Seite er sich gerade befand.

»Damals, auf dem Wellblechdach, philosophierten wir über gemeinsame Ideale«, riss Kolle Maniel aus seinen Gedanken. »Unser Ziel war es immer, aus diesem verdammten Viertel herauszukommen, voranzukommen, etwas Großes zu erreichen. Und während ich mich den philosophischen Theorien dieser Welt verschrieb, stellte Pius fest, dass ihn die Philosophie nicht befriedigte, also suchte er nach etwas anderem und wandte sich schließlich der Empirie zu. Sie schien ihm eindeutiger, fassbarer, damit konnte er seinen Geist dazu zwingen, etwas Konkretes zu erschaffen.«

Kolle lächelte, und die Enttäuschung darüber, dass zwei Freunde sich auf ihrem Lebensweg auseinandergelebt hatten, war lange verziehen.

»Pius bitterster Feind war der Zufall«, Kolle schnaubte verächtlich. »Nicht der Zufall hatte sich Pius ausgesucht, sondern Pius hatte sich den Zufall ausgesucht. Irrationalität, Chaos, Unordnung, all das war ihm zuwider, und genau das symbolisierte der Zufall«, Kolle schmunzelte. »Wusstest du, dass Pius es liebte, zu wetten? Er war geradezu versessen darauf. Für ihn war eine Wette ein Ereignis, bei dem er den Zufall zum Duell fordern konnte. Der Glaube an den Zufall war für Pius nur ein Hirngespinst, ein tausend Jahre alter Aberwitz. Er war davon überzeugt, dass alles berechenbar ist und niemand gezwungen ist, zu spekulieren.«

Kolle riss die Augen auf. »Jetzt weiß ich, warum du hier bist.« Er schüttelte den Kopf und lachte. »Wieso bin ich nicht gleich darauf gekommen? Pius wusste, dass sein Tod uns beide zwingen würde, miteinander zu reden und uns über ihn auszutauschen. Er wusste, dass ich dir vertrauen würde.«

Maniel sah Kolle überrascht an. Der Hippie lag gar nicht so falsch. Borchard kannte beide gut und setzte auf ihre beidseitige Neugier und Intelligenz.

Doch etwas anderes ging ihm nicht aus dem Kopf: »Sie erwähnten, dass Roquine Delafon letztlich für Pius' Lebensweg verantwortlich war?«

Kolle sah ihn ungläubig an. »Das ist nur so ein Gedanke von mir.«

»Nein, bitte. Ihre Meinung interessiert mich«, insistierte Maniel.

Kolle nippte an seinem Whiskeyglas. Mit einem Mal wurde sein Blick verlegen, und es schien, als bereue er, Delafon überhaupt erwähnt zu haben. Gedankenverloren strich er mit der Hand über das Sitzpolster.

»Ich weiß nicht«, er zögerte und sah unsicher auf, »ob du das verstehen wirst. Na ja, nun ist es sowieso egal. Damals gab es nur zwei Möglichkeiten, aus dem Viertel herauszukommen. Entweder du glaubst an die Arbeiterklasse und an ihre Ideale und frisst alles an sozialistischem Gedankengut in dich hinein, was du kriegen kannst, um dich zumindest intellektuell zu distanzieren … oder du akzeptierst deinen Status, saugst Betrug und Bosheit, die dir überall im Viertel begegneten, in dich auf und bringst es zum skrupellosen Geschäftsmann. Mit beiden Möglichkeiten gelingt dir eine Distanz, obwohl du deiner Herkunft niemals entkommen kannst.«

»Und Pius Borchard?«, sagte Maniel. »Er hat einen anderen Weg gewählt.«

»Pius war intelligent und immer schon der Klügste im Viertel. Er nutzte seine geistige Kapazität. Für ihn stellte sich niemals die Frage des *Ob*, für ihn war es stets nur eine Frage des *Wann*.«

Kolle nahm einen großen Schluck aus dem Whiskeyglas. Die Erinnerung an die Vergangenheit ließ seine Hände zittern.

»Ich glaube, dass es Pius' Ziel war, beide Welten miteinander zu verbinden … was er letzten Endes ja auch getan hat.«

Maniel runzelte die Stirn. »Indem er künstliche Gehirne für Roboter entwickelte?«

Kolle warf ihm einen verständnislosen Blick zu. »Indem er seelenlose Eisenschädel mit Leben füllte und ihnen etwas von dem einprogrammierte, was er verinnerlicht hatte«, er lächelte, »… die Moral unseres Viertels. Wenn du ihn besser gekannt hättest, wüsstest du, wovon ich rede.«

»Und Sie? Was ist mit Ihnen?«

Kolle wich Maniels Blick aus. Verlegen griff er nach dem Glas und trank.

»Ich? Wegziehen aus der Neustadt? Wohin denn? Um irgendwo an einem anderen Ort neue Regeln zu akzeptieren? Mich mit Fremden zu umgeben, damit ich nicht allein bin? Nein«, er schüttelte den Kopf. »Das hier ist meine Welt. Alles, was sich hier im Viertel abspielt, ist meine Wirklichkeit und meine Wahrheit. Hier bin ich aufgewachsen, und hier werde ich sterben. Warum soll ich mich verändern? Veränderung erzeugt Druck, vertraute Dinge aufzugeben. Man wird oberflächlicher. Ich bin niemand, der sich anpasst …«, er winkte ab. »Außerdem möchte ich jetzt nicht darüber nachdenken, es ist sinnlos, darüber nachzudenken. Dieses Viertel ist es nicht wert.«

Erneut nippte er an dem Glas, und als er wieder aufsah, umspielte ein spöttisches Lächeln seine Lippen.

»Aber solltest du nicht eigentlich im Knast sitzen?«

Maniel schreckte zusammen. Kolle hatte es von Anfang an gewusst. Er hatte nichts gesagt und abgewartet, weil er wissen wollte, wer sich hinter dem Menschen Hugo Maniel verbarg, davon hatten ihn auch die Zeitungsberichte über den gefährlichen Mörder nicht abbringen können.

»Ich war bei ihm, als er starb«, sagte Maniel. »Ich hielt das Messer in der Hand, mit dem man ihm die Kehle aufgeschlitzt hatte. Er vertraute mir noch etwas an.«

Maniel berichtete von Borchards letzten Worten. Als er fertig erzählt hatte, schüttelte Kolle energisch den Kopf.

»Niemals! Pius war ein Idealist, auch wenn er für diese Waffengangster gearbeitet hat.«

»Wir alle haben unsere Geheimnisse«, erwiderte Maniel und zuckte mit den Schultern. »Der Professor war ein außergewöhnlich intelligenter Mensch, vielleicht waren deshalb seine Geheimnisse auch finsterer als die von anderen Menschen.«

»Aber warum?«, flüsterte Kolle. »Das passt nicht zu ihm.«

Unsicher griff er nach der Whiskeyflasche.

»Wann haben Sie Pius das letzte Mal gesehen? Hat er irgendetwas angedeutet, oder ist Ihnen eine Veränderung an ihm aufgefallen?«

Kolle überlegte und blickte gedankenverloren ins Leere. »Nein«, murmelte er, »nicht, dass ich wüsste. Vielleicht wirkte er ein bisschen fahriger als sonst, aber das kann ich mir auch einbilden«, mit einem Mal sah er erschrocken auf. »… doch, warte … er sprach über Geld.«

Maniel warf ihm einen ungläubigen Blick zu. »Was ist daran verwunderlich? Reden wir nicht alle von Zeit zu Zeit über Geld?«

Abschätzig sah Kolle ihn an. »Wir sprachen niemals über Geld. Das Thema hatten wir seit unserer Jugend aus unseren Gesprächen verbannt.«

Mit einem Mal wurde es laut in der Straße, Polizeisirenen näherten sich. Kurz darauf quietschten Bremsen, Fahrzeugtüren öffneten sich und wurden wieder zugeschlagen. Knappe Befehle hallten über die Straße.

»Sie kommen«, sagte Kolle. »Du musst verschwinden.«

Maniel blickte sich hektisch um, während Kolle bereits aufgesprungen war und auf eine Zimmertür zumarschierte. Er winkte Maniel, ihm zu folgen.

Der Lärm verlagerte sich von der Straße ins Treppenhaus, und schwere Stiefel trampelten die Stufen herauf. Im Hausflur hob Stimmengewirr an. Verängstige Kinder weinten, dazwischen die zeternde Stimme einer Mutter.

Kolle durchquerte eine Dachkammer, eilte auf eine kleine Tür zu, und riss sie auf. »Lauf bis zum nächsten Treppenhaus, dann die Stufen hinunter in den Keller. Die Kellergeschosse des ganzen Wohnblocks sind miteinander verbunden.«

Es klingelte an der Wohnungstür, Fäuste donnerten gegen das Holz, Stimmen drangen drohend in die Wohnung.

»Nun mach schon, dass du wegkommst.«

Maniel zögerte.

»Geh zum *Rosengarten*. Finde Patrick Maréchal, einen reichen Franzosen. Er wird dir weiterhelfen.«

Maniel sah Kolle ungläubig an.

»Pius konnte ihn nicht ausstehen.«

Im nächsten Moment barst die Wohnungstür, und Maniel registrierte noch, wie sich die kleine Tür hinter ihm schloss, dann stürmte er los.

11

Er hetzte einen schmalen Korridor entlang, über ihm klobige Holzbalken. Er hielt den Kopf gesenkt. Seine Gedanken rasten, aber er hatte keine Zeit, sich darum zu kümmern. Er musste weiter, immer weiter.

Er erreichte eine Tür und riss sie auf. Ein Treppenhaus. Er lauschte. Sein Herzschlag hämmerte in seiner Brust, die Panik tobte in seinem Kopf. Die Treppe hinunter. Zwei drei Stufen auf einmal. Das Gewicht auf die Arme verlagern, um das Treppengeländer schwingen und weiter. Tak, tak, tak, donnerten seine Schritte auf den hölzernen Treppenstufen. Arme durchdrücken, um das Geländer schwingen und weiter.

Im Erdgeschoss stoppte er ab. Sein Atem ging schwer. Durch die Milchglasscheibe der Haustür zuckten die Blaulichter der Polizeiwagen, er sah Silhouetten, die sich bewegten wie in einem Schattenspiel.

Sein Gehirn produzierte Schreckensbilder. Polizisten mit Stahlhelmen und Maschinenpistolen, ihre Augen funkelten finster durch die Schlitze ihrer Sturmhauben.

Er rannte weiter, den Treppenabsatz hinunter. Fahrräder lehnten gegen eine Wand, daneben ein Dreirad ohne Sitz.

Die Kellertür.

Zitternd entriegelte er das Balkenschloss. Eine schmale, kalkweiße Treppe führte steil nach unten und verlor sich in der Dunkelheit.

Er spürte, wie Schweiß seinen Rücken hinunterlief. Gab es diesen mysteriösen, unterirdischen Tunnel, der die Häuserblocks miteinander verband, tatsächlich? Falls Kolle gelogen hatte, saß er in der Falle.

Von der Straße drang Lärm ins Treppenhaus.

Er setzte den Fuß auf die erste Stufe. Muffiger Kalkgeruch stieg ihm in die Nase, seine Hände suchten Halt an der schimmeligen Kellerwand.

Schnell umgab ihn die Dunkelheit, während seine Fußspitzen nach der nächsten Stufe tasteten. Seine Hand fuhr die Wand entlang, die sich anfühlte wie die schuppige Haut eines dösenden Reptils.

Eine Beule in der Mauer. Ein Knopf.

Er presste den Finger darauf, und über ihm begann es zu summen. Ein leises, stetiges Geräusch, wie der Atem eines erwachenden Insekts.

Zögernd sprang die Beleuchtung an und lenkte seinen Blick auf nackte, an losen Kabelenden baumelnde Glühbirnen an der Decke.

Das spärliche Licht schaffte es kaum bis zum Boden.

Einen Fuß vor den anderen setzend, stolperte er los.

Unter seinem Schuh spürte er etwas Hartes, und bevor er das Gewicht verlagern konnte, zerbrach das Ding klirrend unter seinen Füßen.

Eine Glasscherbe.

Er drängte sich dichter an die Mauer. Im Kellerlabyrinth wurde es kälter. Trotz der Lederjacke fröstelte es ihn.

Der Flur wurde schmaler und die Decke niedriger. Er zog den Kopf ein. Feuchter Kalkgeruch reizte seine Schleimhäute.

Die Kellerwand wurde von Gittertüren aus fauligem Sperrholz unterbrochen. Rostige Vorhängeschlösser sicherten die Verschläge.

Es fiel schwer, sich vorzustellen, dass irgendjemand dieses Gewölbe jemals betreten hatte. Außer den Ratten, deren trippelnde Schritte von den Wänden widerhallten. Sie wussten, dass er hier war.

Plötzlich prallte seine Schulter gegen einen Widerstand. Erschrocken stoppte er ab. Sein Puls beschleunigte sich. Er kniff die Augen zusammen, um besser sehen zu können.

Eine der Gittertüren hatte sich aus ihrem Verschluss gelöst und versperrte den Korridor. Er musste an seine Zelle in der Untersuchungshaft denken.

Vorsichtig schob er die Tür zur Seite. Sein Blick fiel in den Kellerraum. Ein heilloses Durcheinander aus gestapelten Pappkartons, wahllos zusammengeworfenen Klamotten und alten, zerschlissenen Plastikstühlen. Es stank nach Fäulnis und dem Urin der Ratten.

Etwas glitzerte zwischen dem Unrat. Eine Kiste aus Metall stach aus einem Stapel durchgescheuerter Pullover hervor. Neugierig näherte er sich der Metallkiste, die zwischen dem Abfall glitzerte wie eine Perle in einem Misthaufen. Er versuchte sie herauszuziehen, doch sie war schwerer als gedacht. Er schob ein paar Klamotten zur Seite und nahm beide Hände zur Hilfe.

Alles hätte er erwartet, aber nicht das.

In der Kiste lag ein silberner Revolver mit einem marmorierten Griff aus Elfenbein. Behutsam hob er die Waffe heraus. Sie wog schwer in seiner Hand. In der Trommel steckten sechs Patronen. Er überlegte kurz, dann entschied er, die Waffe mitzunehmen. Auf dem Gelände von Orban Robotic hatte er schießen gelernt. Es gab dort einen Schießstand, den er ein-, zweimal besucht hatte, weil die Geschäftsleitung es gerne sah, wenn die Mitarbeiter mit den eigenen Produkten umzugehen wussten.

Aus der Ferne drangen Stimmfetzen an sein Ohr.

Waren die Polizisten ihm bereits auf der Spur? Als er die Ohren spitzte, waren die Stimmen wieder verstummt.

Er musste sich beeilen, musste weiter, den Flur entlang, einen Ausgang finden.

Rasch steckte er den Revolver in den Hosenbund und schob die Lederjacke darüber. Der kalte Stahl drückte gegen seine Wirbelsäule.

Noch einmal lauschte er in die Dunkelheit. Entweder hatte er sich die Stimmen nur eingebildet, oder es waren die Ratten.

Er trat aus dem Verlies heraus, orientierte sich und setzte seinen Weg mit kurzen, schnellen Schritten fort.

Nach wenigen Metern erreichte er eine Eisentür. Er schob einen Metallriegel zurück und schlüpfte durch den Spalt auf die andere Seite des Korridors. Kolle hatte also nicht gelogen, die Keller waren tatsächlich miteinander verbunden. Er schob die Tür ins Schloss und schlich auf Zehenspitzen weiter bis zu einer Holztür auf der gegenüberliegenden Seite des Kellerraums.

Vorsichtig legte er sein Ohr dagegen.

Stille.

Langsam öffnete er die Tür. Ein mit Stuck verziertes Treppenhaus nahm ihn in Empfang. Eine Marmortreppe führte nach oben.

In diesem Haus musste Roquine Delafon gewohnt haben, nur wenige Meter von Borchard entfernt und dennoch Welten voneinander getrennt.

Im Erdgeschoss wechselte der Marmorboden in einen mit Mosaiksteinen getäfelten Fußboden über. Es gab nur eine Wohnung mit einer hohen Eingangstür.

Maniel lauschte, noch immer war es still.

Ein kleiner Treppenabsatz führte zur Haustür ins Freie. Nur noch wenige Schritte, dann hatte er es geschafft.

Mit einem Mal öffnete sich die Wohnungstür, und eine übergewichtige Frau mit ungepflegten, von silbrigen Fäden durchzogenen Haaren starrte ihn an. Die zu kurzen Ärmel ihres altmodischen Kostüms klemmten ihre speckigen Oberarme ein. Schweigend humpelte sie an Maniel vorbei und schleppte sich den Treppenabsatz hinunter. Schwerfällig öffnete sie die Haustür und verschwand auf die Straße.

Maniels Blick fiel auf das vergoldete Schild neben der Wohnungstür. *Zahnarzt* stand dort eingraviert.

Rasch stieg er den Treppenabsatz hinab. Durch die Milchglasscheibe verschwammen die Strahlen der morgendlichen Sonne.

Die Grabesstille im Hausflur machte ihn nervös, und von einem auf den anderen Moment hatte er einen bitteren Geschmack auf der Zunge. Sein Herzschlag beschleunigte sich, und seine Hände begannen zu zittern. In seinem Kopf verloren sich seine Gedanken in wirren, unzusammenhängenden Sequenzen. Das Licht der einfallenden Sonnenstrahlen erschien ihm mit einem Mal unerträglich hell.

Er rang nach Sauerstoff, und seine Beine knickten ein. Instinktiv schaffte er es noch, die Arme auszustrecken, bevor er mit dem Rücken an der Wand herunterrutschte und mit dem Hintern unsanft auf dem Steinboden aufschlug.

Eine Panikattacke, die er nicht mehr kontrollieren konnte.

Er hielt den Atem an, kämpfte gegen die entfesselten Explosionen in seinem Kopf und zwang sich, rationale Gedanken zu fassen.

Er spürte, wie sein Brustkorb sich hob und senkte, und mit einem Mal hatte er das Bild seiner Lunge vor Augen, wie sie sich gleichmäßig aufpumpte, um kurz darauf wieder zusammenzuschrumpfen.

Nach einer Weile begann er zu entkrampfen.

Seine Atmung beruhigte sich. Kalter Schweiß stand ihm auf der Stirn, und noch immer zitterten seine Hände.

Die Bilder vor seinen Augen gewannen wieder an Klarheit.

Mühsam rappelte er sich auf, und nachdem er den festen Boden unter seinen Füßen spürte, gewann sein Verstand die Kontrolle über seine Gedanken zurück.

Er strich sich mit der Hand über die Stirn. An seinen Fingerkuppen klebte Schweiß.

Er holte tief Atem.

Es half nichts, er hatte keine Zeit, er musste weiter zum *Rosengarten* und einen Mann namens Patrick Maréchal ausfindig machen. Nur dieser Mann konnte ihm weiterhelfen.

Er sammelte sich, dann öffnete er die Haustür.

12

Ein mit breiten Steinplatten gepflasterter Weg führte zum Bürgersteig. Die morgendlichen Sonnenstrahlen trafen warm auf sein Gesicht, und gemeinsam mit dem Duft der bunten Blumen am Wegesrand weckten sie in ihm das Gefühl von Sommeridylle.

Unsicher stakste er aus dem Haus. Von der gegenüberliegenden Straßenseite glitzerte die Keramikfassade der neuen Synagoge. Er erinnerte sich, dass der Name der Straße *Hindenburgstraße* war, benannt nach dem General im Ersten Weltkrieg und Reichspräsidenten der Weimarer Republik. Eine weitläufige Allee mit Platanen, die hinauf bis zu den Dächern der vielen Altbauten reichten. Als er noch Assistent am Lehrstuhl war, hatte er in der Gegend eine Freundin. Damals war er die Straße oft entlanggeschlendert und hatte das dichte Blätterdach zum Schutz gegen die Sonne oder den Regen genutzt.

Er orientierte sich nach Süden. An einer Haltestelle warteten einige Passanten auf den Bus, und für einen Augenblick spielte er mit dem Gedanken, ebenfalls zu warten. Das Risiko allerdings, dass er erkannt wurde, war einfach zu groß.

Er überquerte die *Josefstraße*. Weiter oben, an der Kreuzung zur *Leibnizstraße,* versperrte eine Menschenmenge die Straße. Ein Polizeibus bahnte sich im Schritttempo seinen Weg.

Sie suchten nach ihm. Rasch lief er weiter.

Sobald sie bemerkten, dass er nicht mehr in der Nähe war, weiteten sie den Suchradius aus. Je schneller er also Abstand zwischen sich und seine Häscher brachte, desto besser.

Wie spät es wohl sein mochte? Neun Uhr, höchstens halb zehn? Er hatte noch ein gutes Stück Weg vor sich, musste mitten durch die Innenstadt und hoffte, dass ihn niemand erkennen würde. Aber wenigstens hatte er einen neuen Hinweis, einen Namen und eine Straße, eine Anlaufstelle. Kolle hatte ihm nicht wirklich weiterhelfen können, also hoffte er, dass dieser Maréchal es konnte.

Borchards Rätsel trieb ihn quer durch die Stadt wie einen Esel, dem man eine Karotte vor die Nase gebunden hatte. Aber was sollte er tun? Er hatte keine Wahl und musste daran glauben, dass es die richtige Spur war, der er folgte.

Er erreichte die *Kaiserstraße*. Zu seiner Linken erhob sich die *Christuskirche* mit ihrem glitzernden Kupferdach. Noch immer kämpfte er mit den Nachwirkungen seiner Panikattacke, hatte Angst davor, die Angst könne zurückkehren.

Die Fußgängerampel sprang auf *Grün,* und er überquerte die Hauptstraße samt ihrem Grünstreifen, danach weiter in Richtung Hauptbahnhof. Er wollte in eine der

Querstraßen, die *Zanggasse*, einbiegen, danach durch das *Bleichenviertel*. Zwischen all den Krämerläden und Kneipen war er nur ein weiteres, uninteressantes Gesicht.

In regelmäßigen Abständen schossen Autokolonnen an ihm vorbei, die von der Ampelanlage weiter oben an der Straße *grünes Licht* bekommen hatten. Immer wieder warf er einen scheuen Blick auf die vorbeihetzenden Autos.

Wieder raste ein Pulk auf ihn zu, doch dieses Mal schreckte er auf. Inmitten der Blechlawine erhoben sich über die Fahrzeugdächer die Blaulichter eines Polizeiwagens. Er ging schneller, doch die Meute jagte erbarmungslos in seine Richtung. Selbst wenn er losrannte, war es unmöglich, die *Zanggasse* noch zu erreichen. Er verlangsamte seine Schritte und wandte sein Gesicht zur Hausfassade. Sein Herz hämmerte gegen seinen Brustkorb, seine Knie zitterten. Aus Verzweiflung begann er zu zählen.

Eins, zwei, drei.

Schon hetzten die ersten Wagen heran, und er spürte den Luftstrom, der ihn wie eine Windböe erfasste. Aus den Augenwinkeln sah er den Polizeiwagen, einen blauweißen Opel Insignia.

Vier, fünf, sechs.

Die Motoren heulten auf, und der Pulk jagte vorbei. Vorsichtig wandte er den Kopf und spähte den Fahrzeugen hinterher. Rasch entfernte sich die Kolonne, mittendrin der Insignia, mit den blauen Hörnern auf dem Dach.

Seine Hände zitterten. Er holte tief Luft, dann ging er weiter.

Endlich erreichte er die *Zanggasse* und bog ein. Sofort hatte er das Gefühl, den rettenden Burggraben zu überqueren, während hinter ihm die Zugbrücke nach oben gezogen wurde.

Eine andere Welt.

Vor kleinen Krämerläden stapelten sich Holzpaletten mit frischem Obst und Gemüse, bunt gekleidete Frauen mit Kopftüchern begutachteten die Auslage, und südländische Gesichter feilschten um Preise.

Niemand nahm von ihm Notiz.

Vor dem Schaufenster eines Elektroladens blieb er stehen.

Er musste nachdenken und sich entscheiden, welchen Weg er nehmen wollte. Am einfachsten würde es sein, wenn er geradewegs durch die Innenstadt ging und sein Gesicht in der Menschenmenge versteckte. Von hier zum *Neubrunnenplatz*, dann über die *Große Bleiche*, die *Römerpassage* durchqueren und weiter an dem ehemaligen Schallplattenladen vorbei, danach über die *Ludwigstraße* und durch die Altstadt. Anschließend die *Neutorstraße* entlang, am Gebäude der *DB Cargo* vorbei und unter der Brücke hindurch zum Stadtpark. Dort war er dann fast schon am *Rosengarten*. Er schätzte, dass er etwa dreißig Minuten brauchte, wenn er zügig ging und sich nicht verlief.

In Gedanken wog er alternative Strecken ab, blieb jedoch bei seiner ersten Entscheidung. Fast war er ein bisschen stolz, wie gut er sich noch auskannte.

Nun musste er allerdings los, und mit beherzten Schritten ging er die Gasse hinunter.

Vor einer Kneipe lehnte ein Rocker mit tätowierter Glatze und Ohrring lässig an der Eingangstür. Interessiert musterte er den Fremden, während er sich eine selbstgedrehte Zigarette anzündete. Maniel erschrak. Hatte er ihn etwa erkannt? Doch schon im nächsten Moment lächelte der Rocker verlegen.

Eine Verwechslung.

Maniel schob sich vorbei, und mit ausholenden Schritten beeilte er sich, ins Stadtzentrum zu kommen. Im dichten Getümmel durchquerte er die Fußgängerzone und eilte über etliche Kreuzungen.

Etwa fünfundzwanzig Minuten später näherte er sich dem Flamingo-Weiher im Stadtpark, in dem die rosa Vögel mit ihren dürren Beinen durch den künstlich angelegten Teich stolzierten.

Durch die weitläufigen Grünflächen des Parks schlängelten sich asphaltierte Wege wie graue Adern, und auf dem kurzgeschnittenen Rasen wuchsen Ahorn- und Kastanienbäume.

Er musste den Hügel hinauf, die Allee *Am Rosengarten* verlief parallel zum Stadtpark. Von den Terrassen der Villen dort oben hatte man einen atemberaubenden Blick bis hinunter zum Rhein.

Und eines dieser Anwesen gehörte Patrick Maréchal.

Was aber um alles in der Welt hatte ein Althippie wie Kolle, der in einer verwahrlosten Dachwohnung in der Neustadt hauste, mit einem steinreichen Franzosen wie Maréchal zu tun?

Maniel verbot sich, weiter darüber nachzudenken. Hoffentlich vergeudete er nicht sinnlos die wenige Zeit, die ihm noch blieb.

Am Ausgang des Parks kam ihm ein älterer Herr mit ärmelloser Weste und einem Jack Russell Terrier entgegen. Der Hund zerrte sein Herrchen zu einem Rasenstück und setzte zu einer Pirouette an.

Maniel verließ den Stadtpark. Direkt hinter dem Ausgang entsprang die Straße *Am Rosengarten*, eine weitläufige Allee mit breiten Bürgersteigen und jahrhundertealtem Baumbestand vor prachtvollen Herrenhäusern.

Allerdings hatte Maniel dafür gerade keinen Blick, denn es blieb ihm nichts anderes übrig, als sich jedes Klingelschild einzeln vorzunehmen, um Maréchals Villa zu finden. Und es fiel nicht schwer, sich vorzustellen, dass hinter den Metallzäunen und den dichtgewachsenen Holundersträuchern moderne Alarmsysteme mit Spezialkameras darüber wachten, ungebetene Fremde von den Grundstücken fernzuhalten. Er konnte nur hoffen, dass sich niemand für ihn interessierte.

Unwillig ging er los.

Die ersten Klingelschilder brachten keinen Erfolg. Er überquerte eine schmale Straße, die seitlich von der Allee abzweigte. Weiter die Straße hinein wehte vor einem prunkvollen alten Gebäude eine Fahne mit weißem Halbmond auf rotem Grund.

Urplötzlich begann nur wenige Häuser von ihm entfernt eine Signallampe zu blinken, während sich im selben Augenblick ein Garagentor öffnete. Rasch versteckte er sich hinter einem Baum.

Die Schnauze eines schwarzen Mercedes schob sich aus der Garage, und einen Moment später rollte der Wagen an ihm vorbei. Der Mann hinter dem Steuer hatte dichtes, dunkles Haar und plauderte selbstbewusst mit einer jungen Blondine auf dem Beifahrersitz, die sich im Spiegel der Sonnenblende die Lippen schminkte, während sich ihre schweren Brüste gegen die Konsole pressten.

Neugierig löste sich Maniel aus dem Schatten des Baumes und marschierte auf das Anwesen zu. Hektisch suchte er nach dem Klingelschild.

Auf einer vergoldeten Platte mit einem ausladenden Klingelknopf fand er den Namen. »Maréchal Asset Management.« Darüber war ein Logo eingraviert, das an ein trauriges Surfsegel erinnerte.

Für einen Augenblick überwog die Freude, Maréchals Villa gefunden zu haben, doch schon kurz darauf stellte sich Ernüchterung ein, und Maniel befürchtete, der Franzose könnte einen längeren Ausflug geplant haben.

Er verdrängte den Gedanken und wandte sich dem Anwesen zu. Eine protzige Villa mit einem runden, seitlich dem Haupthaus angebauten Turm. Das Dach war mit Schiefer gedeckt, und an der Haustür diente ein bronzener Löwenkopf als Türklopfer. Üppige Holunderbüsche und hohe Pinienbäume verdeckten die Sicht auf den unteren Teil der Hausfassade, während ein schulterhoher Eisenzaun mit einem Gartentor den Zutritt zum Grundstück versperrte.

Es machte wenig Sinn, auf der Straße auf Maréchals Rückkehr zu warten. Selbst wenn der Franzose schon bald zurückkehrte, würde er Maniel kaum freiwillig in sein Haus bitten.

Die im Gartenzaun eingebaute Sicherheitstechnik stammte aus den achtziger Jahren. Durch die Gitterstäbe floss Schwachstrom, der, sobald der Stromfluss unterbrochen wurde, einen Alarm auslöste. In der Vergangenheit hatte man eine ähnliche Methode für einfache Prozesse in der Robotertechnik benutzt. An der unteren Stahlstrebe im Zaun gab es eine mit dem bloßen Auge kaum sichtbare Ausbeulung, mit der man den Mechanismus kurzzeitig außer Kraft setzen konnte, wenn man einen Metallgegenstand in die Kerbe hielt.

Maniel hatte die Wölbung bereits entdeckt und seine Entscheidung getroffen. Er ging in die Hocke, zog den Revolver aus dem Hosenbund und hielt das Korn in die Ausbeulung.

Vorsichtig blickte er sich um.

Vom Ausgang des Stadtparks näherte sich der Mann mit dem Jack Russel Terrier. In der Entfernung sah der Hund aus wie ein Pelzknäuel, das den Bürgersteig entlang rollte.

Am Gartenzaun tat sich nichts. Maniel konzentrierte sich auf den Revolver und presste das Korn fester in die Kerbe.

Inzwischen waren die Ohren und die Schnauze des Hundes zu erkennen. Es wurde Zeit.

Mit einem Mal hob ein leises Summen an, und eine Sekunde später ertönte ein Klicken.

Das Gartentor war aufgesprungen, und mit zwei großen Schritten war Maniel am Tor und sprang auf das Grundstück. Geräuschlos schob er das Tor zurück ins Schloss und hechtete hinter einen Holunderbusch.

Schon schnüffelte die Schnauze des Terriers durch die Gitterstäbe, und seine Krallen schabten über den Metallzaun.

»Was machst du denn da, Bruno?«, ertönte eine strenge Stimme. »Da ist doch niemand zu Hause. Komm weiter.«

Ein kurzes, widerborstiges Bellen hob an, und einen Augenblick später entfernten sich widerwillige Hundepfoten.

Maniel hielt die Luft an. Steif stand er hinter dem Holunderbusch, sein Herz raste. Erst nach einer Weile warf er einen vorsichtigen Blick auf die Straße. Der Hund war mit seinem Herrchen verschwunden.

Ein schmaler Kieselweg führte zur Rückseite des Anwesens. Vorsichtig löste sich Maniel aus seinem Versteck und schlich geduckt hinter das Haus. Ein weitläufiger Garten mit einer dicht bewachsenen Hecke und einem tadellos gepflegten Rasen nahm ihn in Empfang. Die üppigen Kronen mehrerer Kastanienbäume ragten hoch in den Himmel. Auf einer Terrasse standen einige Gartensessel um einen ovalen Tisch, daneben thronte eine imposante Grillanlage. Eine Tür führte aus dem Innern des Hauses über einen kleinen Treppenabsatz auf die Terrasse.

Maniels Blick wanderte die Rückwand des Hauses hinauf. Ein von Efeu überwachsener Balkon streckte sich über die gesamte Breite der Fassade.

Eine der Fensterscheiben über der Brüstung reflektierte die Sonnenstrahlen etwas stärker als die anderen, und Maniel trat einen Schritt zurück. Tatsächlich, jetzt sah er es deutlich, das Fenster stand offen. Es war nur ein kleiner, aber deutlich sichtbarer Spalt.

Er klappte die Feuerleiter nach unten und kletterte hinauf. Geschickt stieg er über die Brüstung auf den Balkon und schlich zum Fenster. Das Fenster entpuppte sich als Balkontür, und vorsichtig presste er seine Finger gegen den Rahmen. Die Tür schwang zurück, und auf allen vieren krabbelte er über die Schwelle.

In dieser Position verharrte er und wartete, ob ein Alarm ausgelöst wurde. Er lauschte seinem eigenen unruhigen Atem und spürte das Gewicht des Revolvers, das ihm kalt ins Kreuz drückte.

Alles blieb ruhig, also rappelte er sich auf. Durch das Fenster und die Stämme der Kastanienbäume sah er die nahgelegene Eisenbahnbrücke, deren Stützpfeiler matt in der Sonne glänzten. Auf der gegenüberliegenden Seite bohrte sich das Ufer spitz in den Fluss, und dort, wo der Main in den Rhein mündete, schien der Strom für einen Augenblick von seinem sanftmütigen Charakter abzulassen, um den Ankömmling aus dem Osten in sich aufzunehmen und ihm die neue Richtung zu weisen.

Maniel wandte sich ab und begutachtete das Zimmer.

Die wild übereinandergeworfenen Bettdecken ließen vermuten, dass das Wasserbett vor Kurzem noch benutzt worden war. Auf einem der Nachttische lagen unzählige Dildos in unterschiedlichen Größen und Farben. Ein Spiegel an der Decke reflektierte die einfallenden Sonnenstrahlen in einem bizarren Lichtspiel.

Auf Zehenspitzen schlich er zur Tür, legte sein Ohr dagegen und drückte die Klinke herunter. Sein Puls beschleunigte sich, und vorsichtig betrat er einen weitläufigen Flur, dessen Wände mit modernen Gemälden ausgeschmückt waren. Eine Holztreppe führte hinunter ins Erdgeschoss. Langsam stieg er hinunter, als auf einmal eine der Stufen knarrend aufschrie. Erschrocken verharrte er auf der Stelle und lauschte in die Halle.

Alles blieb ruhig. Er war allein im Haus. Rasch stieg er die restlichen Stufen hinab, und als er den weichen Perserteppich in der Eingangshalle unter seinen Füßen spürte, atmete er auf.

Er sah sich in der Halle um, und ein Durchgang mit einem hohen Deckenbogen erregte seine Aufmerksamkeit. Als er über die Schwelle trat, fand er sich in einem großräumigen Salon wieder. Orientteppiche verdeckten den größten Teil des haselnussbraunen Marmorbodens. Vor einem Kamin stapelten sich kleine Holzscheite, und um einen ovalen Esstisch standen mehrere Louis XIV Stühle mit ihren auffälligen Formen. Aus einer Ecke starrte ein ausgestopfter Leopard mit gefletschten Zähnen in seine Richtung.

Er entdeckte einen Ohrensessel, und sofort wusste er, dass er darin auf Maréchals Rückkehr warten würde. Als er Platz genommen hatte, umschmeichelte ihn das kühle Nappaleder wie eine zweite Haut. Er zog den Revolver aus dem Hosenbund und legte ihn auf den Oberschenkel.

Schon begannen ihn die harmonische Atmosphäre des Salons und die unbestechliche Gemütlichkeit des Sessels zu entspannen. Er lauschte dem rhythmischen Ticken der Standuhr.

Seine Kraft reichte nicht aus, sich gegen die Annehmlichkeiten seiner Umgebung zu wehren, und mit einem Mal fiel alle Anspannung von ihm ab.

Kurz darauf war er eingeschlafen.

13

Ein weißer, kreisrunder Fleck an der Wand mit einem Durchmesser von etwa fünfundzwanzig Zentimetern. Im Abstand von zehn Sekunden nähert sich die Fliege und setzt sich hinein, verharrt, um im nächsten Moment erneut davonzuschwirren. Sie dreht eine Runde und kehrt zurück, wieder und immer wieder die gleiche Prozedur.

Ein Urinstinkt, fest verankert im Mückengehirn, eine genetische Bestimmung, die sich einem Außenstehenden nicht erschließt.

Der Lichtkegel, von einer unsichtbaren Quelle irgendwo aus der Decke gespeist. Die Fliege, ein schwarzglänzender, ovaler Körper, hauchdünne Flügel, mit einer für das menschliche Auge nicht messbaren Geschwindigkeit.

Erneutes Davonschwirren, Verlieren in der Dunkelheit und abermaliges Auftauchen im Licht.

Sie umkreist den Fleck und setzt zur Landung an.

Wofür entscheidet sie sich? Die Mitte, rechts oder links von der Mitte, darüber oder darunter? Vielleicht auch direkt auf dem Rand, links, rechts, oben oder unten.

Vierundzwanzig zu zweiundzwanzig.

Jonathan Nowaks Trefferquote liegt bei vierundzwanzig zu zweiundzwanzig. Vierundzwanzig Mal liegt er richtig, zweiundzwanzig Mal hat er falsch geraten.

Zu Anfang lag er fast immer falsch, ab und zu ein Zufallstreffer, dann begann die Analyse, er nahm sich Zeit und studierte die Fliege.

Inzwischen liegt er beinahe jedes Mal richtig.

Er ist sich sicher, dass seine Gedanken die Fliege jetzt lenken. Telepathie, mit der er ihr seinen Willen übermittelt und sie zwingt, dort zu landen, wo er sie hinhaben will.

Sein Spiel, seine Regeln, ansonsten macht es keinen Spaß.

Das Hotelzimmer ist abgedunkelt.

Nowak liegt in der Mitte des Bettes, nur die Schuhe hat er ausgezogen und die Bettdecke glattgestrichen. Sein Körper ruht, leicht wie eine Feder, auf der Matratze. Sein Hinterkopf liegt auf dem Kopfkissen, seine Gesichtszüge sind entspannt.

Abwechselnd spannt er seine Muskeln an. Zuerst den rechten Arm, dann den linken, danach beide gleichzeitig. Im Anschluss die Oberschenkel, zuerst den rechten, dann den linken und schließlich beide zusammen.

Sein Atem geht ruhig und gleichmäßig. Die Entspannung ist perfekt, und zwischendrin kommandiert er sein kleines Spielzeug mit den zappeligen Flügeln. Das Zeitgefühl hat er verloren, verharrt bewegungslos, nur seine Pupillen bewegen sich. Keine Bedürfnisse, keine Wünsche, keine Angst, einfach nur Leere. Selbst seine Mimik ist in einem schadenfrohen Lächeln erstarrt, einem Urzustand.

Die Fliege kreist erneut um den Lichtkegel und setzt zur Landung an.

Jonathan denkt an Peter und Carl, seine beiden älteren Brüder.

Sie schleichen höhnisch um das Haus und hoffen, dass er schreit oder zumindest panisch gegen den Holzverschlag trommelt und sie anfleht, ihn frei zu lassen.

Dad arbeitet im Maisfeld und versprüht Chemie, um das Ungeziefer von den Stauden fernzuhalten. Unzählige Reihen hochgewachsener Maispflanzen.

Aber auch wenn Dad hier wäre, würde ihn nicht interessieren, was mit Jonathan passiert. Dad würde ins Haus torkeln, eine zweite Flasche Whiskey suchen, einen großen Schluck nehmen und darauf hoffen, dass das Leben ihn vergisst.

Mom ist am Morgen vierzig Meilen in die Stadt gefahren, und die Chance, dass sie bis zum Abend zurück ist, ohne vorher Milton McInerney, dem verwitweten Besitzer des Krämerladens, einen Besuch abzustatten, ist gering.

Also bleibt Jonathan keine andere Möglichkeit, als in der brütenden Hitze in seinem Bretterverschlag auszuharren und zu hoffen, dass die Klapperschlange, die sich regelmäßig hierher verirrt, heute eine andere Idee hat, als sich durch die Ritze des Verschlages zu schlängeln, um sich mit ihm zu beschäftigen.

Als Jonathan von Peter und Carl zum ersten Mal eingeschlossen wurde, dachte er, die Panik würde ihm den Verstand rauben. Er schrie wie ein bei lebendigem Leibe Verbrennender. Schweiß lief ihm über das Gesicht und drang ihm in die Augen. Von draußen hörte er das Gelächter seiner Brüder, und je verzweifelter er schrie, desto lauter lachten sie.

Im Laufe der Zeit lernte er, sich die seelischen Schmerzen zu verbeißen, gleichmäßig zu atmen und seine Ängste zu verdrängen, während er sich an den Lichtbalken der Hoffnung klammerte, einen kleinen Spalt zwischen zwei Holzlatten, durch den das Tageslicht zu ihm hereinfiel.

Als Peter und Carl die Lust an ihrem Spiel zu verlieren drohten, weil Jonathan aufgehört hatte zu schreien, warfen sie ihm Ratten in den Verschlag. Kleine, bissige Kreaturen mit glänzend schwarzem Fell und nackten, langen Schwänzen, die sich, von seinen Ausdünstungen angezogen, im Dunkeln näherten, um ihm ihre spitzen, bakterienverseuchten Zähne in sein schweißnasses Fleisch zu schlagen, bis es nicht mehr aufhörte zu bluten.

Es dauerte Wochen, bis er gelernt hatte, die Nager mit einem raschen Handgriff zu packen, und es dauerte nochmals Tage, bis er den Ekel überwand, ihnen mit einem Biss die Gurgel aus dem Hals zu reißen, um ihnen anschließend bei ihrem Todeskampf zuzusehen, wie ihr Blut an den Wänden hochspritzte und sie nach all dem widerlichen Zucken irgendwann bewegungslos liegen blieben.

Eines Tages während dieser bedeutungslosen Jahre entschied sich Mom, ganz bei Milton McInerney in der Stadt zu bleiben, und ein paar Monate später fand man Dad tot im Maisfeld. Seine Lunge war von der Chemie zerfressen, die er auf die Stauden sprühte, weil er dieses

Mal das Zeug in die falsche Richtung gespritzt hatte, absichtlich oder unabsichtlich, wer wusste das schon.

Peter, inzwischen erwachsen, meldete sich zur Army, und Carl und Jonathan schickte man ins Waisenhaus.

Carl, ohne Peters Führung orientierungslos und im ständigen Widerstreit mit seinen Erziehern, verlor den Verstand, weil die Pädagogen irgendwann beschlossen, die Gespräche mit ihm aufzugeben und ihm seine andauernden Wutausbrüche mit dem Knüppel auszutreiben. Eines Tages steckte man ihn in eine Zwangsjacke und ließ ihn von einem geschlossenen Wagen abholen.

Jonathan hielt Abstand zu den anderen Waisen im Heim. Er schaffte seinen Schulabschluss, und weil er danach nicht wusste, was er mit sich anfangen sollte, meldete er sich zur Army.

Gemeinsam mit einer Ansammlung sozialer Härtefälle steckte man ihn zu den Pionieren, einem Haufen verlorener Seelen und desillusionierter Versager. Um der ständigen Querelen innerhalb der Truppe Herr zu werden, hetzte man das Platoon von morgens bis abends durch sumpfige Felder und trieb sie in das nassfaule Unterholz der abgestorbenen Wälder.

Jonathan ertrug die Schikanen, gehorchte den Befehlen seiner Unteroffiziere, die ihn an Peter und Carl erinnerten.

Drei Jahre später jedoch entließ man ihn aus der Army. Er hatte nichts ausgefressen, war einfach nur das Opfer einer Budgetkürzung im Militärhaushalt, die zwei Drittel seiner Kompanie arbeitslos machte.

Nun stand er in Zivilklamotten und mit einem Seesack vor der Kaserne und musste sich entscheiden, wohin er gehen wollte. Außer Disziplin, Entbehrung und dem Gebrauch von Waffen hatte er nichts gelernt.

Die Fliege ist schon eine ganze Weile nicht mehr im Lichtkegel aufgetaucht, und Nowak beginnt langsam misstrauisch zu werden.

Wo ist sie? Er überlegt den Kopf zu heben, als er etwas hört. Ein leises, vertrautes Brummen und einen Augenblick später taucht der winzige, schwarzglitzernde Torso im Licht auf und leitet das Landemanöver ein.

Richard Donne war Metzger. Allerdings kein Metzger im gewöhnlichen Sinne. Richard Donne war Großmetzger. Ein Geschäftsmann, der eine ganze Region im Mittleren Westen der Vereinigten Staaten mit Fleisch versorgte. Alle Sorten von Fleisch. Rind und Schwein, natürlich auch Ziege und Pferd und, wenn es gewünscht wurde, auch Klapperschlange.

Donne kaufte alles an Fleisch auf, das er kriegen konnte, um es in seine gigantische Zerstückelungsmaschine zu werfen, die in einem Vorort von *Kansas City* stand.

Die Maschine löste Probleme, wie Donne es nannte. Alle Probleme, die mit Fleisch zu tun hatten, das anschließend von den silbernen, an Haifischzähne erinnernden Messerreihen zerstückelt wurde. Es musste Fleisch sein, denn alles andere verschmutzte die Apparatur, und die Hygiene der Maschine war eines von Donnes höchsten Prinzipien.

Donne war großgewachsen, schlank, immer elegant gekleidet und ließ seine Fingernägel maniküren. Stets duftete er nach kostspieligem, französischem Parfum, seine Worte wählte er überlegt, und er verstand es, seine Ansichten durchzusetzen.

Jonathan Nowak war nach seiner Entlassung von der Army wochenlang mit dem Greyhound Bus kreuz und quer durch das Land gefahren, bis er an einem Tag, seinem inneren Kompass folgend, an einer Haltestelle direkt gegenüber Donnes Fleischfabrik ausstieg.

Während Nowak der hochgewachsene, gut gekleidete Herr mit dem strengen Gesichtsausdruck sofort ins Auge fiel, bemerkte Donne die bewundernden Blicke des gutaussehenden, drahtig gebauten jungen Mannes, der auf der anderen Straßenseite stand.

Er winkte Nowak zu sich herüber, und es entspann sich ein Gespräch. Sogleich fühlte Nowak die Anziehungskraft und Autorität der Vaterfigur. Er blieb und begann für Donne zu arbeiten.

Anfangs trug er Schweinehälften bis zum Rand des Trichters der Maschine, doch schon bald begann er, seinem Mentor bei dessen Problemen zu helfen.

Meist handelte es sich um leblose, nackte Körper, doch manchmal wimmerten sie noch um Gnade, bevor sie in den Kessel gestoßen wurden und rotierende Messerspitzen ihre Arbeit verrichteten.

Nowak fühlte nichts dabei, dachte nicht darüber nach, was er tat, oder ob das, was er tat, moralisch richtig war. Eine Arbeit wie jede andere, eine Arbeit, die Donne gefiel.

Jonathan Nowak verehrte Richard Donne. Er bewunderte seinen Stil, die Autorität und sein nüchternes Auftreten, das keinerlei Emotionen kannte.

Schon bald begann er ihn zu imitieren, kleidete sich wie er, lernte zu sprechen wie er und lächelte wie er.

Nowak bekam neue Aufgaben.

Von nun an löste er Probleme im ganzen Land. Mit Feuerwaffen wusste er umzugehen und mit einem Fleischermesser inzwischen auch.

Bald schon war Jonathan Nowak ein gefragter Mann. Er gewann an Selbstvertrauen und erwarb sich einen hervorragenden Ruf.

Einen Tag flog er nach Chicago, den nächsten Tag nach New York City und zwei Tage später nach Dallas. Er löste alle Probleme ohne Beanstandungen, und aus dem einfachen Bauernburschen war ein schnittiger Kosmopolit geworden.

Eines frühen Morgens, er hatte gerade ein Problem gelöst und lag auf dem Bett seines Hotelzimmers, um sich die Wiederholung eines Baseballspiels vom Vortag anzusehen, klingelte das Telefon.

Er hörte schweigend zu und hängte ein. Dann stand er auf, holte sein Jackett aus dem Schrank und bürstete es ab. Er putzte seine Schuhe und legte sich wieder auf sein Bett, faltete die Hände ineinander und starrte zur Decke.

Richard Donne war tot, exekutiert worden. Der Anrufer riet Nowak, nicht nach *Kansas City* zurückzukehren.

Eine Stunde später buchte Nowak einen Flug nach *New York City*, und am Nachmittag hatte er ein kleines Apartment in *Brooklyn* gemietet.

Von diesem Tag an lebte er an der Ostküste, vermied soziale Kontakte und verrichtete seine Arbeit. Luxus war ihm gleichgültig, das Einzige, was ihn interessierte, war, niemals wieder in diesen dunklen Bretterverschlag zurückkehren zu müssen.

Das Licht im Kegel zittert. Ein kurzer Energieabfall, wie es ab und zu geschieht, eine winzige Instabilität. Trotzdem beunruhigt es die Fliege, und panisch schwirrt sie umher.

Nowak, der bereits seine Wette abgeschlossen hat, flucht lautlos. Er verbietet sich, seine getroffene Entscheidung rückgängig zu machen, obwohl sich eine Stimme in seinem Kopf darüber empört.

Die Fliege landet, und er hat gewonnen.

Vierundfünfzig zu vierundzwanzig.

Anfangs wollte er nicht für sie arbeiten. Politische Weltanschauungen waren ihm egal, aber religiöse Ideologien waren ihm suspekt, irrational und unberechenbar.

Irgendwann allerdings empfand er so etwas wie Respekt. Die ernsten Ansichten und die Konsequenz in der Ausführung. Sie hatten ihre Werte und Überzeugungen.

Man ließ ihm bei der Lösung der Probleme freie Hand, manchmal trug man ihm auf, besondere Grausamkeit walten zu lassen, ansonsten kümmerte man sich nicht um ihn und bezahlte ihn gut.

Die Unschuld der Toten oder die Schuld der Auftraggeber waren eine moralische Frage, die Nowak nicht interessierte, weil er keine moralischen Fragen beantwortete. Jedes Mal, nachdem er ein Problem gelöst hatte, gab es kurz danach ein mediales Feuerwerk, das er aufmerksam beobachtete, und bei dem er mitfieberte wie sonst nur bei einem Baseballspiel.

Dieses Mal ist es jedoch anders. Sein letzter Auftrag hat nur wenige Schlagzeilen produziert. Doch er weiß, dass es dieses Mal nur etwas länger dauert, bis er sich ausruhen und zusehen kann. Dieses Mal ist es etwas wirklich Großes.

Er konzentriert sich auf die Fliege, die sich dem Lichtkegel nähert, und in dem Moment, in dem er die Wette abschließen will, klingelt das Telefon.

14

Zügig glitt der S-Klasse Mercedes die A66 entlang, während die beiden Passagiere tief versunken im Lederpolster der Rückbank durch die getönten Seitenfenster die vorbeigleitende Landschaft betrachteten. Serge Rosenzweig hatte den Dienstwagen, der normalerweise nur der Behördenleitung der Frankfurter Staatsanwalt vorbehalten war, höchstpersönlich angefordert und der Fahrbereitschaft mit deutlichen Worten zu verstehen gegeben, dass es sich um eine unaufschiebbare Notwendigkeit handelte.

Insgeheim trieben ihn jedoch zwei andere Überlegungen. Zum einen wollte er wissen, wie es sich anfühlte, von einem persönlichen Chauffeur zu einem dienstlichen Termin gefahren zu werden, so wie es ihm zukünftig sowieso zustehen würde, und zum Zweiten erschien es ihm geboten, seinem Mainzer Amtskollegen, den er im Begriff war aufzusuchen, von Anfang an zu verdeutlichen, wer dort aus der Mainmetropole zu Gast in die Provinz kam, denn der Bitte um Amtshilfe des hessischen Justizministers an seinen rheinland-pfälzischen Kollegen war innerhalb kürzester Zeit stattgegeben worden. Rosenzweig war sich sicher, dass das Bundesjustizministerium das Seine dazu beigetragen hatte und man in Berlin froh darüber war, einen erfahrenen und nicht gänzlich unbekannten Oberstaatsanwalt aus Frankfurt vor Ort zu wissen, der den Verantwortlichen im Hinterland ein bisschen auf die Finger schaute, mehr noch, sie anwies, die notwendigen Entscheidungen zu treffen.

Nun, er war bereit, seinen Beitrag dazu zu leisten.

So war es also nur rechtens, mit der Limousine mit dem Frankfurter Kennzeichen den erforderlichen Respekt einzufordern und von Anfang an den richtigen Takt vorzugeben.

Rosenzweig schielte zur Seite, und ein zufriedenes Lächeln legte sich über sein Gesicht.

Der Mann, der neben ihm sitzen durfte und entspannt aus dem Seitenfenster schaute, während in der Ferne gerade das Weindorf Hochheim am Main an ihnen vorbeizog, schien der bevorstehenden Aufgabe ebenfalls mit Zuversicht entgegenzusehen. Seine Hände, die aus den Ärmeln eines unmodischen und in die Jahre gekommenen Jacketts hervorschauten, ruhten friedlich auf den Oberschenkeln, und das dichte, graue Haar, das sich wie ein Helm um den ovalen Kopf legte, war frisch geschnitten und ordentlich frisiert. Selbst die Krawatte, wenn auch ein wenig aus der Zeit gefallen, war einwandfrei gebunden und saß löblich, streng geknotet um den Hals.

Es gab keinen Zweifel, dass Axel Wassernagel seine Aufgabe ernst nahm und sich seiner Rolle als sekundierender Hilfsbeamter des Oberstaatsanwaltes vollends bewusst war. Zudem war er loyal, und Loyalität, das hatte Rosenzweig von seinem Vater gelernt, war das Wichtigste in der Beziehung eines Mitarbeiters zu seinem Vorgesetzten.

Ohnehin hatte Rosenzweigs Vater, bevor er vor zwei Jahren verstarb, seinem Sohn viel Kluges mit auf den Weg gegeben. Der intelligente Kopf trifft wichtige Entscheidungen stets für sich allein, vertraue niemandem und verschwende nicht deine Zuneigung an Menschen, die deine Dominanz nicht anerkennen. Schließlich wusste er als langjähriger Vorstand einer Privatbank, wovon er sprach.

Nur so hatte er es geschafft, seiner Familie alles zu ermöglichen, und nur so konnten Serge und seine beiden Geschwister, mit denen er allerdings seit Jahren keinen Kontakt mehr hatte, die renommiertesten Schulen und Universitäten in ganz Europa besuchen. Leider war Mutter zu schwach und zu ignorant, um Vaters Genie zu verstehen, weswegen es wohl auch das Beste für alle war, dass sie sich nach einer Welle von Depressionen dazu entschlossen hatte, freiwillig aus dem Leben zu scheiden.

Wie sein Vater immer sagte: Ein Edelmann der Gesellschaft schaut in den Spiegel. Erkennt er die Strenge und den Willen, so weiß er um die Herausforderungen des Lebens, erblickt er den Lächler, so schaut er in die Grimasse des Versagers.

Man scherzte nicht im Hause Rosenzweig, entweder trug man etwas Sinnvolles zur Konversation bei, oder man schwieg still. Werte, die über alle Gezeiten Bestand hatten.

Serge Rosenzweig riss sich aus seinen Gedanken. Nichts hasste er mehr, als sich in seiner Seelenwelt zu verlieren und sich seinen Gefühlen hinzugeben. Ja, er vermisste seinen Vater, vermisste dessen Zurechtweisungen, und vor allem vermisste er dessen mentale Führung. Mit jedem Atemzug bemühte er sich, ihm ähnlich zu sein, und ging dabei seinen Weg, den einzig richtigen Weg, den Weg nach oben.

Die Limousine steuerte eine Brücke hinauf, und durch die Scheibe funkelten die goldenen Dächer der Domstadt in der Mittagssonne. Der breite Fluss floss dicht an der Stadt vorbei, ganz so, als lege er seinen kräftigen Arm schützend um die alte Römersiedlung.

Einige Minuten später rollte der Mercedes in die Tiefgarage der Mainzer Staatsanwaltschaft und parkte auf dem zugewiesenen Platz.

Rosenzweig, der ein Empfangskomitee erwartet hatte, wies den Fahrer grimmig an, im Auto zu warten, während er ausstieg und steif durch die spärlich beleuchtete Garage stelzte, um nach einem Aufzug Ausschau zu halten. Wassernagel folgte ihm in angemessenem Abstand.

Auch im Erdgeschoss erwartete niemand die Frankfurter Delegation, also kommandierte Rosenzweig Wassernagel zum Empfang, um die Ankunft des Oberstaatsanwalts anzukündigen.

Unterdessen begutachtete er misslaunig und mit düsterer Miene die Fotografien an den Wänden in der Eingangshalle. Was konnte man auch schon von Menschen erwarten, die mit bemalten Gesichtern, spitzen Hüten und bunten Kostümen dümmlich in eine Kamera grinsten? Ganz genau so hatte er sich die Provinz vorgestellt.

Es verging eine gefühlte Ewigkeit, währenddessen Rosenzweig, die Miene starr wie eine Steinskulptur, in der Empfangshalle stand und seinen Ärger in sich hineinfraß. Indes hielt Wassernagel Abstand und hoffte, dass nicht er es sein würde, der den aufgestauten Zorn des Oberstaatsanwalts zu spüren bekam.

Mit einem Mal hörte man auf der Treppe Schritte, und einen Moment später kam eine Person mit schlohweißen Locken, einer goldgeränderten Nickelbrille und geröteten Pausbacken um die Ecke. Seine untersetzte Figur steckte in einem enganliegenden, ockerfarbenen Glencheck-Anzug. Dazu trug er ein orangefarbenes Hemd mit einer roten Fliege. Mit seinen lustig um die Hüften baumelnden, viel zu kurzen Armen stelzte er die Treppe hinunter, und während es den beiden Frankfurtern gleichermaßen die

Sprache verschlug, kam der Mann mit ausgestreckter Hand und einem entwaffnenden Lächeln auf die beiden Wartenden zu.

Überwältigt von der Erscheinung, war Rosenzweig zu keiner Reaktion fähig, und seine Verstimmung verpuffte wie die Bedeutung der Tageszeitung vom Vortag.

Der vermeintliche Gastgeber griff Rosenzweigs Hand und schüttelte sie herzlich. »Ei, Sie müssen die Kollegen aus Frankfurt sein«, seine Mimik deutete so etwas wie eine Entschuldigung an. »Es tut mir so leid, dass Sie warten mussten«, und vielsagend lächelnd: »Unser Leitender Staatsanwalt hatte gestern nämlich Geburtstag, müssen Sie wissen, und deswegen hat er heute Morgen die Belegschaft zu einem nachträglichen Brunch eingeladen. Er lässt Sie herzlich grüßen und lässt Ihnen ausrichten, dass er später nochmal vorbeischaut, wenn er es zeitlich schafft.«

Noch immer hielt er Rosenzweigs Hand. »Mein Name ist übrigens Güstaff, Romain Güstaff.«

Endlich gab er die Hand des Oberstaatsanwalts frei. »Ich würde vorschlagen, Sie folgen mir erst einmal in mein Büro. Dort können wir uns in Ruhe unterhalten.«

Mit einem wendigen Hüftschwung, den man seiner untersetzten Figur nicht zugetraut hätte, machte Güstaff kehrt und stieg die Treppe hinauf, während Rosenzweig nur die Augenbrauen hob, um schließlich festzustellen, dass ihm nichts anderes übrigbleiben würde, als dieser jovialen Person mit dem breiten hessischen Akzent zu folgen.

Einige Stockwerke weiter oben lotste Güstaff die Frankfurter in ein geräumiges Büro und bat sie, in einer Sitzecke Platz zu nehmen. »Darf ich Ihnen etwas anbieten? Eine Tasse Kaffee, einen Tee oder ein Glas Wasser?

Sie müssen entschuldigen, aber meine Sekretärin ist noch bei der Einladung unseres Chefs.«

Rosenzweig, der auf einem in die Jahre gekommenen Sessel Platz genommen hatte, wollte ablehnen, doch Wassernagel hatte bereits zugestimmt, und so war Güstaff schon wieder auf den Beinen und verschwand aus dem Zimmer.

Wassernagel kramte einen Kugelschreiber und einen Notizblock aus seiner Tasche, während Rosenzweig die Gelegenheit nutzte, um sich im Zimmer umzusehen. Vorsichtig, als bestünde die Gefahr, auf irgendetwas zu stoßen, das seine Abneigung weiter nähren könnte, nahm er das Dienstzimmer in Augenschein.

Farblos und ohne Aussage, allerdings erregten die Fotos an den Wänden seine Aufmerksamkeit. Der Gastgeber in eine seltsam anmutende, bunte Uniform gekleidet und mit einem Dreispitz auf dem Kopf von dem eine kleine, an einem Faden baumelnde Silberkugel vor seinem feisten Pausbackengesicht baumelte. Fast konnte man glauben, dass die Aufnahmen hier im Gebäude der Staatsanwaltschaft gemacht worden waren, obwohl diese Vorstellung zu abwegig war, also verdrängte Rosenzweig den Gedanken sofort wieder. Gerade wollte er sich herablassen, bei Wassernagel nachzufragen, ob er etwas über die Bedeutung dieser absonderlichen Kostüme wusste, als Güstaff wieder ins Zimmer kam und drei Kaffeetassen und mehrere kleine Flaschen Mineralwasser auf einem Tablett balancierte.

Er verteilte die Getränke auf dem Tisch, nahm sich einen Augenblick Zeit, seine Gäste näher in Augenschein zu nehmen, bevor er unvermittelt in die Hände klatschte und mit einem nachsichtigen Gesichtsausdruck bemerkte: »Nun möchte ich mich aber doch noch einmal ordentlich vorstellen. Vor lauter, lauter und ganz in Gedanken«, er grinste breit. »Meinen Namen kennen Sie ja bereits, Romain Güstaff. Und als Staatsanwalt in Mainz bin ich sozusagen Ihr Äquivalent auf dieser Seite des Rheins. Der Leitende Staatsanwalt hat mir gestern Abend noch die Akten zukommen lassen, nachdem sich der Herr Minister bei ihm gemeldet hatte.«

Rosenzweig verzog keine Miene. »Sie wurden mir also zur Unterstützung zugeteilt?«

Güstaff schmunzelte. »Sie leiten natürlich die Ermittlungen«, und während er antwortete, zerstreuten sich auch seine letzten Zweifel, sein Gegenüber erinnerte ihn in Aussehen und Auftreten an die jüngste Eroberung seiner kleinen Schwester. Oder sollte er besser sagen, an den letzten Irrtum seiner Schwester. Mit ihren aus der Familienart geschlagenen schlanken Beinen, dem hübschen Gesicht und den festen Brüsten hatte sie zwar die optischen Voraussetzungen, gutaussehende Freier anzulocken, doch ihr Spatzenhirn ließ die Auswahl des Liebhabers jedes Mal wieder in einem Desaster enden. Es war aussichtslos, zu hoffen, dass sie jemals einen geeigneten Mann finden würde, der tüchtig genug war, um das Weingut der Familie Güstaff weiterzuführen, wenn die Eltern einmal nicht mehr in der Lage dazu waren. Und beide waren schon weit über siebzig.

Dunkle Locken, dunkle Augen und das schmale Gesicht mit der Aristokratennase. Kein Zweifel, Rosenzweig erinnerte ihn an den Neuen. Ein Schönling mit Einstecktuch, auch wenn der Frankfurter in seiner Funktion zumindest über ein wenig mehr Verstand verfügen sollte als die liebestollen Don Juans, die seiner Schwester nachstellten. Und da es Güstaff nicht gelang, die Assoziationen aus seinem Kopf zu bekommen, tat er das, was er in solchen Situationen immer tat, und lächelte. »Ich werde Ihnen dabei behilflich sein, die Verbindung zu unseren Ermittlungsbeamten herzustellen, und darauf achten, dass alles möglichst reibungslos abläuft«, sagte Güstaff in einem höflichen Tonfall, wobei er sich schwertat, das Gesicht seines Gegenübers zu verdauen.

Rosenzweig, der von der Seelenqual seines Gastgebers nicht das Geringste ahnte, nahm zufrieden zur Kenntnis, dass der Mainzer Staatsanwalt die Rollenverteilung zwischen ihnen zu akzeptieren bereit war, wenngleich er sich allerdings die Frage stellte, was um alles in der Welt er mit diesem Harlekin anfangen sollte.

»Sie wurden bereits über Hugo Maniel orientiert?«, riss Wassernagel die beiden Juristen aus ihren Gedanken.

Güstaffs Lächeln wandelte sich in eine ernste Miene, und sein Blick streifte Wassernagel. »Sie sind Hauptkommissar Wassernagel?«

Wassernagel nickte, während Güstaff ihn flüchtig musterte. »Ich habe mir die Akten angesehen. Viel hat die Frankfurter Staatsanwaltschaft allerdings nicht freigegeben, aber in groben Zügen bin ich informiert.«

»Trauen Sie sich trotzdem eine Einschätzung zu? Mich würde Ihre Meinung interessieren«, sagte Wassernagel.

»Ich weiß nicht, ob wir Herrn Güstaff zumuten wollen, sich mit den Details dieses Falles zu beschäftigen«, mischte sich Rosenzweig ein. »Er hat sicherlich genug mit seiner eigenen Arbeit zu tun.«

»Die Sache hat hohe Wellen geschlagen«, ignorierte Güstaff Rosenzweigs Einwand, »zuerst nur in informierten Kreisen, inzwischen ist der Fall über die Presse auch an die Öffentlichkeit gelangt.« Er warf einen Blick zu Rosenzweig, bevor er sich erneut Wassernagel zuwandte:

»Professor Borchard ist hier in Mainz kein unbeschriebenes Blatt, schließlich hat er lange Jahre an unserer Universität geforscht und sich aus der Mainzer Neustadt bis ganz nach oben gearbeitet. Er genoss hohes Ansehen. Alle warten darauf, dass sein Mörder gefasst wird.«

Rosenzweig hob die Augenbrauen und sah Güstaff skeptisch an. »Der Mörder? Mit Mörder meinen Sie natürlich Hugo Maniel.«

Güstaff legte den Rand der Kaffeetasse an die Lippen und blickte an Rosenzweig vorbei aus dem Fenster.

»Sie glauben nicht daran, dass es Maniel war?«, fragte Wassernagel.

Rosenzweig wollte gegen die Frage protestieren, aber Güstaff kam ihm zuvor. »Die eine oder andere Frage stellt sich mir schon noch. Was veranlasst zum Beispiel einen Mitarbeiter, der lange Jahre vertrauensvoll mit seinem Chef zusammengearbeitet hat, ja, der ihn in der Zukunft sogar einmal beerben könnte, diesen zu ermorden?«

»Affekt«, erwiderte Wassernagel. »Möglicherweise hat das gute Verhältnis der beiden mit einem Mal Risse bekommen?« Er zuckte mit den Schultern. »Unterschiedliche Vorstellungen über die Arbeit, Details oder vielleicht nur irgendwelche Stimmungsschwankungen. Beziehungstaten werden meistens im Affekt begangen und sind zu achtzig Prozent die Ursache eines Mordes. Zudem sprechen alle Indizienbeweise gegen Maniel.«

Güstaff schwieg und nippte an seiner Kaffeetasse.

Rosenzweig warf einen zufriedenen Blick auf Wassernagel. »Der Affekt hat viele Gesichter«, näselte er. »Vergessen Sie nicht, dass wir Maniel nach dem Mord in Frankfurt verhört haben. Die Erkenntnisse daraus sind natürlich ebenfalls in unsere Schlussfolgerungen eingeflossen.«

Güstaff, der wieder das Gesicht des Liebhabers seiner Schwester vor Augen hatte, setzte die Kaffeetasse zurück auf die Untertasse und warf einen Blick auf seine Uhr.

»Sie haben Ihre Überzeugungen, meine Herren, und ich habe die meinen. Nun wird es allerdings Zeit, dass wir uns den Fragen unserer künftigen Zusammenarbeit widmen.«

Rosenzweig öffnete die Lippen, und zwei tadellos gepflegte Zahnreihen kamen zum Vorschein. Er hatte sein Ziel erreicht, der Harlekin hatte verstanden, wer das Sagen hatte.

»Ich habe Herrn Wassernagel gebeten, mich bei der Koordination der Ermittlungen vor Ort zu unterstützen. Deswegen wird er die Fahndung der hiesigen Polizei stellvertretend für mich überwachen. Leider zwingen mich andere Prioritäten, nach Frankfurt zurückzukehren«, sagte Rosenzweig. »Mainz ist keine Metropole. Es gibt nicht unendlich viele Möglichkeiten, sich zu verstecken.« Er lächelte nachsichtig. »Es sollte nicht allzu lange dauern, einen flüchtigen Mörder in Sträflingskleidung dingfest zu machen.«

Er setzte sich aufrecht und strich ein unsichtbares Staubkorn von seinem Jackett, dann sah er auf und blickte Güstaff herausfordernd in die Augen. »Nun. Da die Fragen der Kompetenzverteilung geklärt sind, schlage ich vor, dass Sie, Herr Güstaff, uns über die letzten Ermittlungsergebnisse in Kenntnis setzen.«

Güstaff nickte und stand auf. »Meine Herren, ich darf Sie bitten, mir zu folgen.«

Über einen langen Korridor erreichten sie einen Aufzug, der sie nach oben brachte. Sie durchquerten ein Labyrinth unzähliger Flure, während ihre Schritte dumpf von den Wänden widerhallten. Endlich hielt Güstaff vor einer Tür an, kramte einen Schlüssel aus der Hosentasche und steckte ihn in das Sicherheitsschloss. Ein hell beleuchteter Raum nahm sie in Empfang. Einige Tische waren zu einer U-Form zusammengeschoben worden, und ein mit einem Laptop verkabelter Beamer warf ein blaues Quadrat an die Wand.

Zwei Männer standen in der Mitte des Zimmers und beobachteten die Ankunft der kleinen Fraktion. Ein dritter Mann saß vor dem Laptop und hob nur kurz den Kopf, bevor er sich wieder dem Rechner zuwandte.

Güstaff führte die Frankfurter heran.

»Meine Herren, wenn ich Sie kurz miteinander bekanntmachen dürfte«, er positionierte sich zwischen die beiden Gruppen. »Die Hauptkommissare Steinert und Kühn. Sie leiten die operative Fahndung nach dem Flüchtigen.« Mit dem Kinn deutete er auf den Mann am Laptop. »Kommissar Jürgen Rompel leistet dabei die technische Unterstützung.«

Ohne aufzusehen, hob Rompel zur Begrüßung den Arm.

»Die beiden Herren«, Güstaff deutete auf Rosenzweig und Wassernagel, »kommen aus Frankfurt. Hauptkommissar Wassernagel arbeitet im Stab des Frankfurter Polizeipräsidiums, und Herr Dr. Rosenzweig ist für die hessische Staatsanwaltschaft tätig. Der Herr Oberstaatsanwalt wurde beauftragt, die Fahndung nach Maniel in Mainz zu koordinieren, nachdem er dafür bereits in Frankfurt verantwortlich zeichnete.«

Rosenzweig quittierte Güstaffs Einführung mit einem anerkennenden Nicken. In seinem maßgeschneiderten Anzug mit dem Einstecktuch, den schwarzen Lackschuhen und seinem aristokratischen Gesicht stach er aus der

Runde heraus wie ein Topmanager aus einer Runde unmodisch gekleideter Bauernlümmel.

Die Hauptkommissare tauschten einen vielsagenden Blick.

Steinert, eher von kleinerer Statur, etwa einssiebzig und auf die drahtige Art jener Männer muskulös, die zu mager sind, um augenfällige Muskeln auszubilden. Aufgrund seiner Spürnase trug er im Präsidium den Spitznamen 00-Steinert. Seitdem ihm eine Freundin einmal erzählt hatte, dass er präsenter wirke, wenn er sich mit Parfum einsprühe, zeichnete ihn eine Vorliebe für herbe Düfte aus. Als beflissener Polizist war er pflichtbewusst, lebte als Single und interessierte sich für Frauenfußball, vor allem, weil er kräftige Frauenwaden mochte.

Hauptkommissar Kühn war seit einem Jahr aus Kabul zurück, wo er geholfen hatte, eine lokale Polizeieinheit aufzubauen. Bei einem Anschlag hätte er fast seinen rechten Arm eingebüßt. Zurückgeblieben war eine riesige Narbe, die vom Arm über die Brust bis unter das Kinn reichte. Seit dieser Zeit spielte auch sein Magen nicht mehr richtig mit, und er hatte mit allerlei Allergien zu kämpfen. Kühn war geschieden und hatte zwei erwachsene Töchter, die allerdings bei ihrer Mutter in Erfurt lebten.

Kommissar Jürgen Rompel, der Techniker, eher ein Mann der zweiten Reihe, interessierte sich seit seiner schwierigen Jugend in einer Eisenbahnersiedlung für Computer. Ein ausgeglichener und bei seinen Kollegen beliebter Zeitgenosse.

»Vielen Dank für die Einführung, Herr Güstaff«, näselte Rosenzweig und sandte ein pflichtschuldiges Lächeln in Güstaffs Richtung. »Meine Herren, Sie werden sehen, unter meiner Führung werden wir diesen Fall schnellstmöglich abschließen und den Mörder Hugo Maniel seiner gerechten Strafe zuführen.« Rosenzweig lächelte formgewandt und warf einen Blick auf seine goldene Armbanduhr. »Ich schlage vor, keine weitere Zeit zu verlieren und gleich zu beginnen.«

Ohne eine Antwort abzuwarten, ging er auf einen der Tische zu und nahm Platz. Wassernagel folgte ihm zögerlich, ebenso Güstaff, der Steinert und Kühn gegenüber entschuldigend mit den Schultern zuckte.

Einen Moment später erlosch die Deckenbeleuchtung, und der Raum versank im Licht des blauen Quadrates. Güstaff gab Rompel ein Zeichen, und der Techniker begann, die Maus über die Tischplatte zu bewegen.

An der Wand erschien das überdimensionale Gesicht Hugo Maniels. Er wirkte müde und angespannt, hatte dunkle, fast schwarze Augenränder und einem trüben, desillusionierten Blick.

»Das ist das Foto, das wir von Maniel von der Frankfurter Staatsanwaltschaft erhalten haben. Aufgenommen, kurz nachdem man ihn verhaftet hatte«, erklärte Steinert.

Das Bild verschwand, und ein anderes erschien. Zwei Männer in weißen Laborkitteln, gut gelaunt und mit Sektgläsern in den Händen. Erst auf den zweiten Blick erkannte man Hugo Maniel. Seine Wangen waren vom Alkohol gerötet, und er lachte fröhlich. Der zweite Mann lächelte ebenfalls, verhaltener als Maniel, aber dennoch schien er den Augenblick zu genießen. Ein hageres Gesicht mit einem schüchternen, intelligenten Blick hinter Brillengläsern. Seine feinen, blonden Haare waren von grauen Strähnen durchzogen.

»Dieses Foto wurde vor etwa zwei Wochen aufgenommen. Es zeigt Professor Pius Borchard und Doktor Hugo

Maniel bei einer Feier auf dem Gelände von Orban Robotic in Frankfurt.«

»Woher haben Sie dieses Foto?«, bellte Rosenzweig.

»Im Zuge unserer Fahndung kontaktierten wir *Orban Robotic* und baten um Informationen, die uns nützlich sein könnten«, antwortete Steinert nüchtern und ignorierte den vorwurfsvollen Tonfall in Rosenzweigs Stimme.

»Auf diesem Foto ist nichts Nützliches zu erkennen«, keifte Rosenzweig, der erst gar nicht den Versuch unternahm, seine Verstimmung zu verbergen. »Ich kann nur hoffen, dass Sie Ihre Arbeitszeit der Fahndung des Mörders widmen und nicht Ihrer Sammelleidenschaft nutzloser Fotografien.«

»Manchmal kann es bei der Fahndung hilfreich sein, den Flüchtigen aus unterschiedlichen Perspektiven zu betrachten«, antwortete Steinert aufmüpfig.

»Papperlapapp«, schnauzte Rosenzweig.

»Aber meine Herren«, schaltete sich Güstaff ein. »Lassen Sie uns doch bitte auf die Fakten konzentrieren. Wir haben einen Mörder zur Strecke zu bringen«, und ohne abzuwarten, ob jemand widersprach: »Herr Rompel, bitte fahren Sie fort.«

Das nächste Foto erschien. Eine hübsche, junge Frau mit großen Augen, vollen Lippen und hohen Wangenknochen. Blondes Haar fiel bis auf ihre Schultern.

»Von dieser Dame kam ein entscheidender Hinweis«, sagte Steinert. »Sie hat Hugo Maniel aufgrund der Beschreibung aus der Zeitung erkannt und uns informiert. Ihr Name ist Katharina Hofberger. Sie arbeitet als Krankenschwester an der städtischen Universitätsklinik. Gestern Nacht hatte sie Spätdienst, danach fuhr sie mit der Straßenbahn nach Hause und traf auf Hugo Maniel.«

»Um wie viel Uhr war das?«, fragte Rosenzweig.

»Um kurz nach acht heute Morgen ging ihr Anruf in der Zentrale ein. Er ist mit ihr an derselben Haltestelle in der Neustadt ausgestiegen und fragte sie nach einer Adresse. Leibnizstraße 54.«

»Wir schickten umgehend unsere Streifenwagen los und sperrten die Straße ab. Ein Spezialkommando drang wenige Minuten später in das Haus ein und stürmte die Wohnungen.«

»Also haben Sie Maniel erwischt?«, überschlug sich Rosenzweigs Stimme.

Einen Augenblick herrschte Schweigen.

»Leider keine Spur von Maniel«, sagte Kühn.

»Dann hat Ihnen die hübsche Krankenschwester also einen Bären aufgebunden?«, sagte Rosenzweig herablassend.

»Nicht unbedingt«, antwortete Kühn, dessen selbstsicherer Tonfall vermuten ließ, dass er noch einen Trumpf im Ärmel hatte.

Rompel zeigte das nächste Foto. Erneut ein Porträtbild. Dieses Mal erschien das hagere, verlebte Gesicht eines alten Mannes.

»Das ist Achim Kolle.«

»Wer bitte ist Achim Kolle jetzt schon wieder, und was hat er mit der Krankenschwester zu tun?«, seufzte Rosenzweig.

Kühn ließ sich mit der Antwort Zeit. »Achim Kolle wohnt in einer Dachwohnung des Hauses Nummer 54 in der Leibnizstraße«, Kühn wandte sich an Rosenzweig: »Kolle ist ein bekannter Mainzer Philosoph. Er verdient seinen Lebensunterhalt mit dem Schreiben politischer Texte und hält Vorträge, zu denen er eingeladen wird. Mit seinen Ansichten kann man übereinstimmen oder auch nicht. Die überwiegende Mehrheit tut es eher nicht, allerdings genießt er ein hohes Ansehen in der linken Szene. Kolle wurde bereits mehrfach wegen Pöbelei und leichterer Drogendelikte von uns in Gewahrsam genommen, kam aber aufgrund seiner guten Verbindungen stets wieder auf freien Fuß. Ein Althippie, der von der Hand in den Mund lebt und seine Überzeugungen mit Krallen und Klauen verteidigt. Man könnte ihn einen Altstar der Linken nennen, ein Artefakt der Mainzer Neustadt, denn dort ist er geboren, aufgewachsen, und dort lebt er noch immer.«

»Und was haben Maniel und Kolle miteinander zu tun?«, fragte Rosenzweig.

Wieder wartete Kühn einen Augenblick, bevor er antwortete: »Maniel und Kolle haben gar nichts miteinander zu tun. Allerdings ist Achim Kolle einer der ältesten Freunde von Pius Borchard.«

»Von Borchard?«, platzte es ungläubig aus Rosenzweig heraus.

»Von Borchard «, bestätigte Kühn. »Die beiden kennen sich seit ihrer Kindheit, sind zusammen in der Mainzer Neustadt aufgewachsen und haben dort einiges auf die Beine gestellt. Eine Jugendfreundschaft.«

»Und weiter?«, schaltete Wassernagel sich ein.

»Borchard«, antwortete Kühn, »hat, wie wir alle wissen, eine Karriere als Wissenschaftler eingeschlagen, Kolle hingegen avancierte zu einem linken Rädelsführer. Der Freundschaft tat das allerdings keinen Abbruch. Vielleicht sahen sich die beiden nicht mehr ganz so oft wie früher, dennoch blieben sie eng miteinander verbunden.«

»Also hatte Maniels Besuch bei Kolle mit Borchard zu tun?«, fragte Rosenzweig.

»Wir gehen davon aus«, sagte Kühn.

»Was heißt, Sie gehen davon aus? Haben Sie Kolle denn nicht verhört?«, fragte Rosenzweig gereizt.

»Selbstverständlich«, antwortete Kühn und bemühte sich um einen ausgleichenden Tonfall. »Aber genauso selbstverständlich erklärt Kolle, dass er Maniel niemals im Leben gesehen hat.«

Rosenzweig hielt es nicht mehr auf seinem Stuhl. Zornig sprang er auf. »Meine Herren, Sie werden mir nicht weismachen wollen, dass Sie nicht über die erforderlichen Verhörtechniken verfügen, um aus Herrn Kolle die Wahrheit herauszubekommen? Wo es sich doch, wie jeder von uns weiß, um einen Fall allerhöchster Priorität handelt.«

Güstaff war ebenfalls aufgestanden und sah Rosenzweig genervt in die Augen. »Lieber Herr Kollege, Sie werden nicht von uns erwarten, dass wir aufgrund einer Vermutung einen stadtbekannten Philosophen aufs Polizeipräsidium schleppen, um ihn dort zu verhören. Wissen Sie, was innerhalb weniger Stunden hier los wäre? Die gesamte linke Szene der Neustadt und wahrscheinlich nicht nur der Neustadt riefe zur Rebellion auf. Dutzende von Anwälten brächten die Leitungen im Rathaus zum Glühen, die Presse hätte einen Aufhänger für einen handfesten Skandal, und unser Herr Oberbürgermeister müsste sich artig für sein juristisches Fehlverhalten bei der Ministerpräsidentin entschuldigen.« Güstaff schüttelte den Kopf. »Ich kann mir nicht vorstellen, dass Sie diese Vorgehensweise als zielführend erachten.«

Rosenzweig, der mit Güstaffs Ausführungen sichtlich nicht einverstanden war, allerdings der Argumentation nichts entgegenzusetzen hatte, nahm widerwillig Platz.

»Was wollen Sie also jetzt unternehmen?«, fragte Wassernagel.

»Unsere Leute haben in Kolles Wohnung einen Durchgang zum Treppenhaus des Nachbarhauses entdeckt. Inzwischen wissen wir auch, dass die Keller des gesamten Wohnblocks miteinander verbunden sind. Ein Überbleibsel aus dem Zweiten Weltkrieg und nicht unüblich für die Neustadt«, antwortete Steinert.

Er sah zu den beiden Frankfurtern. »Sollte Maniel also, was wir vermuten, Kolle aufgesucht haben, dann ist er womöglich durch die Katakomben auf die andere Seite des Blocks entkommen. Inzwischen dürfte er allerdings einen satten Vorsprung haben und kann sich überall verstecken.«

»Natürlich wurden sofort umfassende Fahndungsmaßnahmen eingeleitet«, schob Kühn rasch hinterher und wandte sich an Rompel: »Jürgen, zeig uns die nächste Seite.«

Wieder wechselte das Bild, aber dieses Mal erschien ein Stadtplan. Unzählige Linien durchzogen den Plan, kreuzten einander, um gleich danach wieder abzuknicken und in unterschiedliche Richtungen weiter zu verlaufen. An einigen Punkten durchkreuzten die Linien Quadrate, die mit einem *P* gekennzeichnet waren. Ein breiter, blauer Streifen schlängelte sich im Halbkreis quer über die Karte. Dort, wo viele der Linien sich trafen, markierte das Symbol eines Fotoapparates die Stelle.

»Die Straßenkarte der Stadt Mainz«, erklärte Kühn. »Die Kreise mit den Fotokamerasymbolen zeigen die Standorte, an denen Überwachungskameras installiert sind, also die neuralgischen Orte und Großkreuzungen der Stadt. Die Quadrate wiederum kennzeichnen Polizeistationen, die über die ganze Stadt verteilt sind. Von dort schwärmen Sondereinheiten zu Fuß aus und suchen die unmittelbare Umgebung ab. Obendrein durchkämmen

Streifenwagen das Stadtgebiet und fahnden nach Maniel. Das nächste Bild bitte, Jürgen.«

An der Wand erschienen jetzt kleine Quadrate. Jedes für sich hatte ein Eigenleben, und alle flimmerten bernsteinfarben. Die Vierecke waren mit Namen untertitelt: *Domplatz, Münsterplatz, Ludwigsstraße* oder *Bahnhofsplatz*. Man sah Linienbusse, Autos und Passanten, die über die Straßen und Plätze wuselten.

Mit einem Mal wurde eines der Quadrate größer, verdrängte die anderen und füllte die komplette Stirnwand aus. An einer Fußgängerampel wartete eine Gruppe von Menschen darauf, dass das Signal auf *Grün* sprang. Die Kamera zoomte heran und vergrößerte das Gesicht einer Frau. Auf ihrer Wange war ein Muttermal zu erkennen.

»Mit unseren Spezialkameras können wir jede Auflösung bestimmen. Kein Detail bleibt unerkannt, wie Sie hier bei dieser unbekannten Dame sehen können«, erklärte Kühn. »Jürgen, die nächste Einstellung, bitte.«

Erneut erschien die Straßenkarte der Stadt. Dieses Mal allerdings bewegten sich blaue Punkte wie Ameisen auf den Linien entlang.

»Die Routen unserer Streifenwagen werden von einem Computer berechnet und von einem Team aus dem Polizeipräsidium heraus koordiniert. So stellen wir die höchstmögliche Flächenabdeckung bei der Fahndung sicher.«

Steinert knipste das Licht an, und Kühn wandte sich an die Anwesenden. »Keiner Maus gelingt es, durch dieses Netz zu schlüpfen. Seit etwa zwei Stunden ist die Überwachung komplett installiert. Wir gehen davon aus, dass uns Maniel jede Minute ins Netz geht.«

Güstaff war aufgestanden und wandte sich an Rosenzweig: »Wie Sie sehen können, hat die Mainzer Polizei alle notwendigen Maßnahmen eingeleitet, um den Mordverdächtigen schnellstmöglich dingfest zu machen. Es handelt sich im Übrigen um den zweitgrößten Polizeieinsatz der Stadt, gleich nach den Sicherheitsmaßnahmen für den Besuch des amerikanischen Präsidenten im Jahr 2005.«

Rosenzweig erhob sich ebenfalls und richtete seinen Blick auf die beiden Hauptkommissare. »Nun gut, dann will ich Ihnen einmal vertrauen und hoffe, dass Ihre Maßnahmen zum Erfolg führen.« Er sah auf seine Uhr. »Es ist jetzt fünf vor eins. Bis spätestens heute Nachmittag sollten wir Maniel wieder eingefangen haben. Ich verlasse mich auf Sie.«

Er wandte sich an Güstaff: »Leider wartet in Frankfurt jede Menge Arbeit auf mich«, er deutete auf Wassernagel. »Herr Wassernagel wird vor Ort bleiben und mich über die Ermittlungsergebnisse orientieren. Ich möchte, dass Sie ihn so behandeln, als sei ich selbst zugegen.«

Mahnend glitt sein Blick über die Gesichter der Anwesenden. »Nun, da nun alles soweit geklärt wäre, werde ich mich wieder auf den Rückweg begeben.«

Und während Wassernagel zu den Hauptkommissaren hinüberstiefelte, gesellte sich Güstaff zu Rosenzweig. Mit einem Lächeln bemerkte er: »Sie sehen, die Dinge sind unter Kontrolle.«

Nüchtern erwiderte Rosenzweig: »Ich muss nicht noch einmal betonen, welche Brisanz in diesem Fall steckt. Das Ministerium erwartet umgehend Ergebnisse. Maniel muss auf schnellstem Wege gefasst werden.«

Güstaff nickte wortlos und streckte dem Frankfurter die Hand entgegen.

»Machen Sie sich keine Sorgen, Herr Kollege, wir werden alles Notwendige veranlassen. Im Flur wartet bereits Ihr Chauffeur, er kennt den Weg zu ihrem Wagen.«

Ein wenig irritiert über die rasche Verabschiedung, schlug Rosenzweig ein, um im nächsten Moment mit erhobenem Kinn und weitgreifenden Schritten zum Ausgang zu schreiten.

15

Das geräuschvolle Zischen beim Lösen der Druckluftbremsen hatte etwas Altertümliches und stand ganz im Gegensatz zu der modischen Garderobe der Zugreisenden in ihren Businessanzügen, den eleganten Kostümen und den teuren Kopfhörern. Die Blicke auf die Mobiltelefone gerichtet, blieb keine Zeit für die Umgebung.

Die Schiebefenster des Regionalzuges waren halb geöffnet, und die Bedienung der Klimaanlage, ein Metallhebel, der nur die Funktionen *heiß* oder *kalt* kannte, stand auf *kalt*, ohne allerdings Abhilfe gegen die sengende Sonne zu schaffen, die auf die stählerne Außenhaut des Waggons knallte.

Es musste an der Uhrzeit liegen, dass nur wenige Reisende mit Jonathan Nowak im Abteil saßen. Zu früh für die meisten Banker, um ihren Rückweg nach Hause anzutreten und sich anschließend gut durchwachsene Entrecôtes auf die teuren Weber-Grills in den Gärten ihrer Einfamilienhäuser zu werfen, während eine Flasche Bier im Kühlschrank darauf wartete, getrunken zu werden.

Nowak hätte ein Taxi nehmen oder einen Wagen mieten können, aber er wollte auf Nummer sicher gehen. Niemand sollte seine Route nachvollziehen können, also hatte er sich für eine Fahrt mit dem Zug von Frankfurt nach Mainz entschieden.

Die Internetseite der Deutschen Bahn, Jonathan Nowak sprach ein wenig Deutsch, hatte ihm verraten, dass die Fahrt etwas mehr als eine halbe Stunde dauerte. Der Automat am Bahnhof druckte das Zugticket, und so war er ein ganz normaler amerikanischer Tourist, der sich für die alte Römerstadt am Rhein interessierte. Was gab es Unauffälligeres?

Er bereute es, seinen Businessanzug angezogen zu haben, obwohl er sich dazu entschieden hatte, die Krawatte wegzulassen, was eigentlich einen Stilbruch seiner ansonsten festen Prinzipien bedeutete, doch die jungen Bankmanager in der Stadt, die damit wohl ein Zeichen setzen wollten, dienten ihm als Vorbild.

Die Stoffhose seines teuren Anzuges, den er vor einer Woche im *Macy's* in Manhattan gekauft hatte, klebte an dem verschlissenen Cordbezug seines Sitzes und vermieste ihm die Laune.

Zumindest die nappalederne Arzttasche lag wohlbehalten über ihm im Gepäckfach.

Endlich erbarmte sich der Zug, Geschwindigkeit aufzunehmen, und ächzte quietschend aus dem Frankfurter Sackbahnhof.

Das Telefonat mit einem Mittelsmann seiner Auftraggeber hatte Nowak mit aufschlussreichen Hinweisen versorgt, und im Internet hatte er anschließend nach Informationen über die Stadt gesucht, deren Namen er niemals zuvor gehört hatte. Donne hatte ihm beigebracht, sich detailliert darauf vorzubereiten, was ihn erwarten könnte. Also las er zuerst etwas über die Geschichte der jeweiligen Stadt, denn er war davon überzeugt, aus der Vergangenheit etwas über die Einwohner ableiten zu können. Ein Spleen, den er nicht ablegen wollte.

Mainz war eine alte Römersiedlung und immer schon eine Hochburg des Klerus. Irgendein Mainzer hatte im Mittelalter den Buchdruck erfunden, und die Franzosen waren öfters, wenn auch als ungebetene Gäste, durch die Stadt gezogen. Es gab eine Kathedrale, die auf wundersame Weise den Bombenhagel des Zweiten Weltkrieges überstanden hatte, und die für die Bürger eine fast mystische Bedeutung hatte. Zumindest priesen, lobten und beteten sie ihren Dom in unzähligen Liedern an.

Nachdem er sich ausreichend informiert fühlte, prägte er sich die Hauptstraßen, Plätze und wichtigsten Gebäude ein, die ihm der Stadtplan aufzeigte. Auf das Ergebnis dieser Übung war er immer besonders stolz, denn sein fotografisches Gedächtnis, mit dem er schon seine Ausbilder bei der Army beeindrucken konnte, ließ ihn niemals im Stich.

Der Zug wurde langsamer und stoppte in einem langen Tunnel. Ein Schild wies den Zwischenhalt als Rhein-Main-Flughafen aus. Ein unterirdisches Gewölbe mit blinkenden Lichtern, Einkaufspassagen und Cafés, bevölkert von Tausenden von Menschen, die alle mit einem Ziepen im Bauch darauf hofften, von ihrem Flugzeug sicher an ihr Ziel befördert zu werden. Schon das imposante unterirdische Gewölbe ließ erahnen, welche Ausmaße die Aufbauten an der Oberfläche haben mussten.

Die Zwischentür des Zugabteils öffnete sich, und eine asiatische Gruppe flutete gackernd den Waggon.

Im Abteil wurde es lebhaft, und überall klickten Fotoapparate. Zwei junge Asiatinnen nahmen ihm gegenüber

Platz und spielten mit kindlich anmutendem Gemüt an den Knöpfen ihrer Kameras.

Nowak starrte sie feindselig an, woraufhin sie erschrocken aufsprangen und das Weite suchten. Er rutschte in die Mitte der Sitzbank und streckte die Beine aus.

Er hasste das wuselige Gebaren dieser Reisfresser. Überall traf man auf sie, ertrug das lästige Klicken ihrer Fotoapparate, mit dem sie die Speicherchips ihrer Kameras zuspamten, während sich ihre sorglos lächelnden Gesichtszüge niemals veränderten. Warum blieben sie nicht einfach dort, wo sie hingehörten, warum blieb nicht jeder einfach dort, wo er hingehörte und ließ davon ab, den anderen auf die Nerven zu gehen?

Während sich Nowak seinen aufgewühlten Gedanken widmete, fuhr der Zug wieder an. Er fuhr über eine flache Landschaft, durchquerte kleine Siedlungen, kam an einer gigantischen Autofabrik vorbei und überquerte einen großen Fluss. Schließlich rollte er in den Mainzer Hauptbahnhof ein.

Nowak wartete, bis die Chinesen den Waggon verlassen hatten, dann packte er seine Arztasche und stieg aus dem Zug. Eine monotone Stimme aus dem Lautsprecher kündigte an- und abfahrende Züge an.

Als er das Bahnhofsgebäude verließ, blendete ihn die Sonne. Er angelte seine Sonnenbrille aus dem Jackett und sah sich um. Gemächlich spazierten Menschen über den Vorplatz, warteten geduldig auf ihren Bus oder hielten einen ausgelassenen Plausch. Vor einer Brezelbude hatte sich eine Schlange gebildet.

Die Hitze setzte ihm zu, also suchte er Schutz im Schatten eines Baumes. Er überlegte, sein Jackett auszuziehen, entschied sich allerdings dagegen. Seine Füße schwitzten in den braunen Lederschuhen.

Ein Junge, nicht älter als fünf Jahre, stand mit seiner Mutter unter der Baumkrone und schleckte ein Eis. Als er den Mann mit der dunklen Sonnenbrille, dem blassen Teint und den hellblonden Haaren erblickte, klammerte er sich schüchtern an seine Mutter. Sie lächelte Nowak entschuldigend an.

Ein Relief an der Sandsteinfassade des Bahnhofsgebäudes, das eine Gruppe Reisender abbildete, erregte Nowaks Aufmerksamkeit, und als er sich wieder dem Jungen zuwenden wollte, war der mit seiner Mutter verschwunden.

Eine Straßenbahn schlängelte sich an die Haltestelle heran, während Nowak sich den Stadtplan ins Gedächtnis rief. Vor seinem inneren Auge formte sich eine Karte.

Er prägte sich seinen Weg ein, schaute sich noch einmal um, dann stiefelte er los. Nicht zu langsam und nicht zu schnell, um nicht aufzufallen. Doch wer in diesem arglosen Provinznest interessierte sich schon für einen biederen Anzugträger mit Ledertasche und Sonnenbrille?

Er überquerte den Bahnhofsvorplatz und bog in eine Straße ein. Die Ledertasche baumelte locker an seinem Handgelenk. Eine Kirche stand etwas verloren zwischen zwei Straßenzügen auf einer kleinen Landinsel. Zu seiner Linken erhoben sich zwei Türme hoch über die Dächer der Häuserfront. Sie erinnerten ihn an Frankfurt, auch wenn er fand, dass sie hier nicht ins Stadtbild passten.

Über eine Fußgängerampel überquerte er eine lebhafte Straße, und ein paar Minuten später erreichte er einen kleinen Platz, der eingebettet im Schatten der ihn umgebenden Wohnblocks lag. Ein Bolzplatz bildete das Zentrum des Platzes und ein paar Holzbänke dienten als Sitzgelegenheit. Es gab Kneipen, Cafés und eine Eisdiele.

Auf den Bürgersteigen standen Bierbänke. Junge Menschen mit unreifen Gesichtern saßen an den Tischen und genossen fröhlich plaudernd die Mittagssonne.

Während Nowak den Platz überquerte, spürte er, wie ihm misstrauische Blicke und jugendlicher Argwohn entgegenschlugen.

Wut keimte in ihm auf, Zorn auf diese Milchgesichter und ihre zur Schau gestellte Selbstgewissheit, die sie glauben machte, ihr zukünftiger Lebensweg führe sie steil nach oben. Was wussten sie schon davon, bei brütender Hitze und im eigenen Schweiß ertrinkend in einem Holzverschlag auszuharren, vor Ratten und Schlangen um das Leben zitternd, während niemand zur Hilfe kam, weil es niemanden interessierte?

Jonathan Nowak empfand Hass gegen diese jungen Taugenichtse, Hass auf ihre frischen, naiven Visagen, Hass auf ihr argloses Selbstverständnis, und er hasste diesen Platz und seine entspannte Heiterkeit.

Mit raschen Schritten, den Blick auf den Boden gesenkt, marschierte er weiter, bis er endlich in eine Seitenstraße abbiegen konnte.

Er behielt das Tempo bei, und nur langsam verrauchte sein Zorn. An der nächsten Kreuzung hatte er seine Wut wieder unter Kontrolle, er spürte den kühlen Ledergriff seiner Tasche zwischen den Fingern. Die Gewissheit, dass er eine Aufgabe zu erledigen hatte, erfüllte ihn mit Zuversicht.

Nur noch ein kurzes Stück, dann hatte er sein Ziel erreicht.

Unter einem Straßenschild stoppte er ab und blickte eine Hausfassade hinauf. Eine muslimische Familie mit einem Kinderwagen kam ihm entgegen. Nowak wechselte die Straßenseite und tauchte in den Schatten ein.

Kaum jemand war auf der Straße, die Menschen schienen es vorzuziehen, den heißen Temperaturen in der Kühle ihrer Wohnungen zu trotzen.

Er ging dicht an den Häuserfassaden entlang, bis er vor einem Haus stehen blieb, die Hausnummer überprüfte, sich umschaute, um dann die Fingerspitzen gegen die Haustür zu pressen. Die Tür gab nach, und er trat ins Treppenhaus.

Ein modriger Holzgeruch nahm ihn in Empfang. Flink stieg er auf leisen Sohlen die Stufen hinauf. Vor einer Wohnungstür hielt er inne, sein Atem beruhigte sich rasch. Fachmännisch kontrollierte er den Sitz seines Anzuges und prüfte das Gewicht seiner Tasche.

Durch ein Dachfenster fiel Licht ins Treppenhaus. In dem kleinen Quadrat, das das Sonnenlicht auf die Treppe projizierte, tanzten feine Staubpartikel. Das fröhliche Gezwitscher einer Amsel drang gedämpft durch die Fensterscheibe.

Nowak starrte unbeirrt auf die Wohnungstür, ballte seine Hand zur Faust, bis die Knöchel weiß hervortraten, dann klopfte er zweimal in kurzen Abständen gegen das Holz.

Poch, poch.

Nach einer Weile näherten sich schleppende Schritte, und vorsichtig öffnete sich die Tür.

Eine hagere Gestalt stand barfuß im Türrahmen, eine lilafarbene Leinenhose locker um die Hüften gebunden, während das kragenlose, weit ausgeschnittene Hemd den Blick auf einen faltigen Hals freigab. Die Bewegungen des Mannes wirkten gleichgültig, und aus rotgeränderten Augen musterte er seinen Besucher.

Jonathan Nowak verzog die Lippen zu einem dünnen Grinsen, und mit sanfter Stimme sagte er: »Guten Tag,

Herr Kolle, ich würde mich gerne ein wenig mit Ihnen unterhalten.«

Wie von einem eisigen Lufthauch gestreift, wich Kolle zurück, während sein Besucher selbstsicher über die Schwelle trat und die Wohnungstür hinter sich ins Schloss drückte.

Kolle flüchtete ins Wohnzimmer und verkroch sich hinter dem Couchtisch. Misstrauisch beobachtete er den ungebetenen Gast mit der frostigen Ausstrahlung, der sich inzwischen in aller Gelassenheit im Zimmer umschaute. Mit zitternden Fingern angelte sich Kolle einen Joint von seinem Stummelturm, steckte ihn in den Mundwinkel und versuchte ihn anzuzünden. Gleich darauf nahm er ihn wieder heraus und spielte nervös damit zwischen seinen Fingerspitzen.

Nowak trat an den Tisch und lächelte. Er zog einen Stuhl heran und nahm Platz, während er seine Tasche dicht neben sich auf dem Boden platzierte.

»Setzen Sie sich doch, Herr Kolle«, sagte er und machte eine einladende Handbewegung.

Kolle, dessen Kehle mit einem Mal staubtrocken war, wagte nicht zu widersprechen und sank langsam auf das Sofa herab. Gebannt starrte er in die blassblauen Augen seines Gegenübers.

»Was … was wollen Sie von mir?«, stotterte er mit dünner Stimme. Alle Farbe war aus seinem Gesicht gewichen.

Nowak fixierte ihn, seine Lippen nur ein schmaler Strich.

»Einige Fragen, ein wenig Information, das, was ich wissen muss. Nicht viel, aber dennoch genug.«

Kolle schluckte und drehte den Joint zwischen seinen Fingern. Mit dem Handrücken wischte er sich über die

Stirn, wo sich ein Schweißfilm gebildet hatte, und mit einem letzten Rest an Widerstandsgeist, der seine Stimme wie ein Notstromaggregat versorgte, flüsterte er: »Ich wüsste nicht, was Sie interessieren könnte.«

Nowak lächelte. »Oh doch.« Und langsam, fast bedächtig, wanderte seine Hand zur Ledertasche und nacheinander angelte er ein Skalpell, eine Kneifzange und eine Knochensäge heraus. Er drapierte die Werkzeuge auf dem Wohnzimmertisch und kontrollierte, dass die silberglänzenden Instrumente akkurat nebeneinander lagen.

Kolles Augen weiteten sich, und der Stummel seines Joints glitt ihm aus den zitternden Fingern und fiel wie ein abgestorbenes Stück Holz zu Boden.

16

Eine halbe Stunde später trat Jonathan Nowak aus der Haustür, sah sich unauffällig um und entfernte sich mit kontrollierten Schritten.

Niemand, der dem Mann mit dem blauen Anzug, dem ausdruckslosen Gesicht und der ledernen Arzttasche begegnete, hatte irgendeinen Anlass, etwas Ungewöhnliches zu vermuten.

Dabei hatte es fast fünfzehn Minuten gedauert, sich das dickflüssige, klebrige Blut von den Händen zu scheuern, das wie aus einer Fontäne aus Kolles Kehle herausgespritzt war und sich über das Sofa und den Teppichboden verteilte. Obwohl Kolle, nachdem zwei seiner Finger gebrochen waren, angefangen hatte zu reden, war es unmöglich, ihn am Leben zu lassen, und so musste das Kurzmesser den Rest besorgen.

Nowak schlenderte die Straße entlang und erfreute sich an den wärmenden Strahlen der Sonne, die wohlig auf seinen Wangen und der Stirn prickelten. Es erinnerte ihn an *Kansas City*, als er und die Männer sich vor der Mittagsschicht an der Fleischmaschine noch schnell ein kühles Bier im Sonnenlicht genehmigten. Nur das grelle Licht reizte seine empfindlichen Augen, also angelte er seine Sonnenbrille aus dem Jackett und setzte sie auf die Nase.

Das südliche Ende der *Leibnizstraße* mündete auf einen doppelläufigen Boulevard mit einem Grünstreifen in der Mitte. Nowak stoppte ab und orientierte sich, dann überquerte er die Straße und folgte dem Grünstreifen in Richtung Osten. Auf beiden Seiten jagte der Verkehr an ihm vorbei. Er schwitzte unter seinem Jackett, entschied aber trotzdem, es anzubehalten.

Er durchquerte einen kleinen Park mit einem Springbrunnen. Die zarten Wassertropfen streichelten seine Haut.

Vor ihm erhob sich eine mächtige Kirche mit einer glänzenden Kupferkuppel. Die Sandsteinfassade des Gebetshauses war mit unzähligen Reliefs verziert.

Er musste an seine Mutter denken. Sie hatte immer darauf bestanden, gläubig zu sein, allerdings hatte er nie erlebt, dass sie nach den Prinzipien ihrer Religion gelebt hatte. Seine Großmutter hingegen hatte ihre Erfüllung im katholischen Glauben gefunden und war schon in der Morgendämmerung zum Gottesdienst gerannt. Ihre Frömmigkeit hatte ihr über die schweren Zeiten geholfen, als sie gemeinsam mit Nowaks Großvater aus einem winzigen polnischen Dorf in die Vereinigten Staaten auswandern mussten.

Für einen Moment verschmolzen Nowaks Gedanken mit den Schwingungen des Gotteshauses, und es schien ihm, als richte Gott eine Frage an ihn. Mit einem Mal fühlte er sich klein und unbedeutend. Eine seltsame Energie nahm von ihm Besitz, und es kostete ihn Mühe, diesen obskuren, innerlichen Dialog aufzukündigen, also riss er sich mit Gewalt aus seinen Gedanken und befahl seinen Beinen, schneller zu gehen.

Mit diesem undefinierbaren, verwirrenden Gefühl hastete er an der Kathedrale vorbei, während sich seine Finger fest um die Griffe seiner Arzttasche legten und ihn Glauben machten, die Tasche rechtfertige seine Existenz.

Ein Kreischen über ihm ließ ihn nach oben schauen, und er entdeckte zwei Möwen, die mit weit ausgebreiteten Flügeln über den Dächern kreisten.

Ein würziger Duft stieg ihm in die Nase.

Der Rhein.

Die Vorstellung des nahen Flusses befreite ihn endgültig aus seiner befremdlichen Gedankenwelt.

Er ging schneller und überquerte eine Hauptstraße.

Vor ihm erstreckte sich der mächtige Strom. Das Sonnenlicht ließ die Schaumkronen glitzern, und in der Ferne sah er das gegenüberliegende Ufer. Etwas weiter flussaufwärts spannte sich eine gewaltige Brücke, auf mehrere Stützpfeiler verteilt, über den Fluss. Autos, klein wie Ameisen, stauten sich bis auf die andere Seite.

Eine Möwe sank vom Himmel herab, breitete ihre Flügel aus und landete geschickt auf dem Wasser. Nowaks Blick folgte dem Wellenspiel, das die Landung verursachte.

Er setzte sich auf eine Bank und saß eine Weile nachdenklich da, als sein Mobiltelefon klingelte. Er nahm das Gespräch an, und sofort wurden seine Gesichtszüge ernst. Schweigend lauschte er dem Anrufer. Nach einer Weile legte er auf.

Man hatte ein Hotel für ihn ausfindig gemacht, und nachdem er die Adresse in seinem Gedächtnis abgespeichert hatte, begann er sich darüber zu ärgern, eingestehen zu müssen, dass er länger in der Stadt bleiben musste, als er es ursprünglich geplant hatte.

Schon jetzt empfand er Hass gegen diese Stadt, hasste ihre selbstzufriedenen Einwohner, hasste die unzähligen Kirchen und Kathedralen, die einen glauben machten, man sei mit seinen Sorgen nicht allein. Und er hasste diesen Fluss, der so gelassen vor sich hinfloss und den Eindruck erweckte, er gewähre der Stadt Schutz und Geborgenheit.

Er war voller Zorn auf diese sorglose Harmonie und Zufriedenheit, die ihn überall zu umgeben schienen, seit er aus dem Zug gestiegen war. Es blockierte seinen Willen und machte ihm Angst. Sein Leben war ein steter Überlebenskampf, bei dem es notwendig war, das Adrenalin im Körper zu spüren. Es hielt einen wachsam, und es warnte vor Gefahren, warnte vor den Ratten und Schlangen, die im Bretterverschlag lauerten.

Er wollte so schnell wie möglich wieder fort von hier, raus aus der Stadt, sie tat ihm nicht gut.

Und all das verdankte er nur diesem Bastard Maniel, der ihn zum Narren hielt und der ihm immer einen Schritt voraus war. Doch er würde ihn finden und ihm den Garaus machen, bevor die ganze Sache aus dem Ruder lief.

Der Gedanke an die nächsten Stunden hauchte ihm Leben ein und zauberte ein Grinsen auf sein Gesicht. Und schon spürte er eine tiefe Genugtuung und genoss die Vorfreude auf die bevorstehende Jagd.

Zwei Möwen schwebten dicht über dem Wasser dem gegenüberliegenden Ufer entgegen.

Er musste los. Zum *Rosengarten* war es ein gutes Stück zu laufen.

17

Ein Summen entfaltete sich aus der Tiefe, wanderte lethargisch herauf, dehnte sich aus und nahm an Intensität zu. Der beharrliche Wunsch, das Geräusch zurückzudrängen, schien aussichtslos, und mit einem Mal gesellte sich ein optischer Eindruck hinzu.

Ein Garagentor öffnete sich.

Erschrocken riss Maniel die Augen auf und sog seine Umgebung wie ein Blitzlichtgewitter in sich auf.

Ein Zimmer, eine hohe Decke, ein Kronleuchter, der wie die Arme eines Kraken auf ihn zeigte, eine Standuhr mit einem auffälligen Ziffernblatt und die Anrichte mit der Karaffe aus Kristall. Im Bruchteil einer Sekunde fügte sein Gehirn die Details zusammen, und er erinnerte sich, wo er sich befand.

Er fühlte den kühlen Griff des Revolvers, den seine Finger fest umklammerten. Augenblicklich lichtete sich der Nebel der Müdigkeit, und Adrenalin schoss ihm ins Blut.

Das Garagentor schloss sich.

Maniel war aufgesprungen. Ein rascher Blick auf die Uhr verriet ihm, dass er fast eine halbe Stunde geschlafen hatte.

Maréchal war zurück. Panisch sah Maniel in Richtung der Eingangshalle. Er musste sich verstecken. Schritte erklangen und wurden lauter. Im Foyer öffnete sich eine Tür.

Hektisch kreiste Maniels Blick auf der Suche nach einem Versteck.

Der Revolver lag in seiner Hand wie etwas Fremdes, etwas, das nicht zu ihm gehörte, und mit einem Mal kam er sich lächerlich vor, wie ein Kind, das sich vor seinen Eltern in einem Schrank verstecken wollte.

Aus der Eingangshalle näherten sich selbstbewusste Schritte, die sich alsbald dumpf im Teppich verloren. Maniel sprang hinter den Sessel und ging in Deckung.

Im nächsten Augenblick betrat jemand den Salon.

Maniels Herz hämmerte gegen seinen Brustkorb. Er hielt den Atem an und horchte. Ein Glas wurde auf der Anrichte abgestellt, Kristall klirrte.

Er wartete einen Moment, dann hob er vorsichtig den Kopf und schielte über den Rand des Ohrensessels.

Vor dem Büffet stand mit dem Rücken zu ihm ein Mann und goss Cognac aus der Karaffe in ein Glas. Maniel erkannte die dichten, dunklen Haare wieder und sah schmale Schultern, die in einem maßgeschneiderten Jackett steckten. Das war derselbe Mann, der vorhin in der Limousine an ihm vorbeigefahren war.

Patrick Maréchal.

Mit gesenktem Kopf stand Maréchal vor der Anrichte und strich gedankenverloren mit dem Zeigefinger über den Rand des Cognacschwenkers.

Maniel überlegte, ob er einfach aufstehen und den Revolver auf ihn richten sollte, um ihn zu bitten, sich zu setzen, während er ihm gleichzeitig erklärte, dass er nicht hier war, um ihm etwas anzutun, vielmehr wollte er nur mit ihm reden, weil Kolle ihm geraten hatte, ihn aufzusuchen, nachdem Borchard ihn zuvor zu Kolle gelotst hatte.

»Darf ich Ihnen etwas von diesem erlesenen, sechzig Jahre alten französischen Cognac anbieten? Es wäre eine Schande, ihn nicht zu kosten, wenn Sie nun schon einmal hier sind«, dröhnte Maréchals dunkle Stimme durch den Salon.

Verwirrt riss Maniel die Augen auf. Rasch erhob er sich aus der Hocke, die zitternde Hand hielt den Revolver, während Maréchal sich in aller Ruhe umwandte und das Cognacglas schwenkte. Aus einem hageren Gesicht mit fahlem Teint, das Kinn von einem dunklen Bartschatten bedeckt, lächelte er seinen ungebetenen Gast an.

Maniel richtete unentschlossen die Mündung des Revolvers auf Maréchal. Seine Hand zitterte.

Maréchal deutete nachlässig auf die Waffe. »Was würden Sie dazu sagen, wenn wir uns wie zwei erwachsene Menschen benehmen, uns beide ein Glas von diesem hervorragenden Weinbrand gönnen und uns dabei entspannt unterhalten?«

Maniel starrte ihn nervös an. Seine Gedanken tobten im Widerstreit zwischen einer harten Vorgehensweise und der friedlichen Gesprächseinladung Maréchals. Zu müde, eine nüchterne Entscheidung zu treffen, stand er einfach nur da, hielt den Revolver ungelenk in der Hand und haderte mit sich selbst.

»Nun nehmen Sie schon Platz. Im Sitzen plaudert es sich angenehmer«, und ohne eine Antwort abzuwarten, schlenderte Maréchal hinüber zu dem zweiten Ohrensessel und setzte sich. Locker schlug er die Beine übereinander und schnupperte an seinem Cognacglas.

Maniel wartete, dann trat er hinter seinem Sessel hervor und rutschte vorsichtig auf das Lederpolster.

»Na also, das ist doch schon einmal ein Anfang«, sagte Maréchal. »Und nun versuchen Sie, ein wenig zu entspannen.«

Plötzlich tauchte ein Schatten auf, der sich eine Sekunde später in eine mahagonibraune Dogge verwandelte und lässig in den Salon trabte.

Unmittelbar vor Maniel blieb sie stehen und funkelte ihn finster über die mächtige Schnauze mit den nadelspitzen Fangzähnen an. Außerstande sich zu bewegen, umklammerten Maniels Finger den Griff des Revolvers fester.

»Keine Angst«, hörte er wie durch Watte Maréchals Stimme: »*Money* tut Ihnen nichts«, und an den Hund gewandt: »Komm zu mir, mein Lieber, lass unseren Gast sich ein wenig entspannen.«

Die Dogge blickte zu Maréchal, dann erneut zu Maniel, und schließlich trabte sie zu ihrem Herrchen und legte sich neben ihn auf den Boden. Maréchal begann, ihren Nacken zu kraulen.

»*Money* ist eine Bordeauxdogge. Früher verwendete man sie zur Jagd von Wölfen und Bären. In einigen Bundesländern ist ihre Haltung noch immer verboten.« Er sah den Hund fürsorglich an. »Aber mein *Money* ist ein braver Hund, der niemandem etwas Böses will.«

Er grinste zu Maniel hinüber. »Sie können allerdings von Glück reden, dass er in der Garage auf meine Rückkehr gewartet hat.«

Maréchal nippte an seinem Glas, und als er aufsah, hatten sich seine Gesichtszüge verändert, und mit strenger Miene musterte er Maniel. »Nun, Herr Maniel, ich bin sehr gespannt, was Sie mit mir besprechen möchten.«

Im ersten Moment wusste Maniel nicht, was ihn mehr beeindruckte: Glück gehabt zu haben, dass das Riesenviech nicht im Haus herumgeschlichen war, als er sich Zutritt verschafft hatte, oder dass Maréchal seinen Namen kannte.

Verunsichert sah er zu Maréchal. »Sie kennen meinen Namen?«

Maréchal ließ sich mit der Antwort Zeit. »Sagen wir einfach, ein Bekannter aus vergangenen Tagen hat mir einen Tipp gegeben.«

»Kolle?«, fragte Maniel.

»Spielt das eine Rolle?«

Es spielte keine.

»Dann wissen Sie sicherlich auch, weswegen ich hier bin«, sagte Maniel.

Maréchal schwieg, während Maniel sich fragte, wie weit er seinem Gegenüber vertrauen konnte. Zumindest hatte Maréchal nicht sofort die Polizei gerufen, als Kolle ihn vorgewarnt hatte, dass er Besuch bekommen würde.

Maniel sah sich demonstrativ um. »Man würde nicht vermuten, dass Achim Kolle so gut mit Ihnen bekannt ist.«

Maréchals Augen blitzten auf. »Vielleicht haben wir beide nur nicht die gleiche Lebensphilosophie«, er nippte an seinem Glas und sah zu Maniel. »Vielleicht ist das aber auch gut so.«

Maniel nickte, war mit der Antwort auf seine unangemessene Frage einverstanden und hielt Blickkontakt.

»Und Pius Borchard? Gehörte er auch zu Ihren Freunden?«

Über Maréchals Gesicht huschte ein Schatten, der so schnell wieder verschwand, wie er gekommen war.

»Ich kannte ihn«, sagte er. »Er bat mich ab und an um einen Ratschlag.«

»Einen Ratschlag?«, runzelte Maniel die Stirn.

»Einen finanziellen Ratschlag«, konkretisierte Maréchal.

Maniel überspielte seine Verwunderung mit einer nächsten Frage: »Dann muss er Ihnen wirklich vertraut haben. Im Allgemeinen war Pius Borchard niemand, der andere um Rat fragte, meistens war es umgekehrt.«

Die Andeutung eines Lächelns umspielte Maréchals Lippen. »Jeder hat seine Stärken. Meine ist die Finanzwelt«, erwiderte er, und als wolle er seine Antwort rechtfertigen, schob er hinterher: »Sie haben ihn gekannt, mit ihm zusammengearbeitet. Wenn man jemanden täglich sieht, entsteht ein Vertrauensverhältnis, man arbeitet an gemeinsamen Zielen und stellt sich aufeinander ein.«

Maniel wusste nicht, worauf Maréchal hinauswollte, also formulierte er seine Frage direkter: »Sie kannten Borchard gut?«

Maréchal hob die Augenbrauen, als verstehe er die Nachfrage nicht.

»Wie ich bereits sagte. Er bat mich um Rat in finanziellen Angelegenheiten.«

Die Standuhr schlug zur halben Stunde, zwei tiefe, dumpfe Schläge. Die Dogge blickte träge zur Uhr, um gleich darauf den schweren Kopf wieder auf die Pfoten zu legen. Maréchal streichelte ihr über den Hals.

»Wollte er eine bestimmte Auskunft?«, erkundigte sich Maniel, der nur schweren Herzens akzeptierte, dass Maréchal nicht über seine Verbindung zu Borchard sprechen wollte.

Maréchal nippte abwesend an seinem Cognacglas, und als er wieder aufsah, sagte er: »Es liegt schon einige Zeit zurück.« Er nahm die Hand vom Kopf des Hundes und setzte sich aufrecht.

»Pius erkundigte sich nach Orban Robotic, wollte wissen, ob die Firma solide sei und welchen Ruf sie im Wirtschaftsumfeld genoss.« Er strich sich über das Kinn. »Ich bot ihm an, mich zu erkundigen und ihn bei unserem nächsten Treffen darüber zu informieren, was ich erfahren hatte.«

»Hat es Sie verwundert, dass er eine Stelle in der freien Wirtschaft in Erwägung zog?«, fragte Maniel.

»Zu Anfang ja. Pius war für mich der geborene Universitätsprofessor. Wissenschaft und Lehre, das interessierte ihn, Geld war für ihn nur Mittel zum Zweck und bedeutete ihm nicht viel. Allerdings wurde mir bald klar, warum er Interesse an Orban Robotic hatte. Die Firma versprach ihm ein Budget für seine Forschungen, das er an der Universität niemals bekommen hätte.«

Maniel nickte. »Ja, und zu diesem Zeitpunkt waren seine theoretischen Untersuchungen bereits weit fortgeschritten. Er suchte eine Möglichkeit, seine Algorithmen in Robotergehirne zu implementieren, um zu beweisen, dass er es geschafft hatte, künstliche Gehirne zu schaffen, die in der Lage waren, autonome Entscheidungen zu treffen.«

Maréchal nickte interessiert.

Maniel bohrte weiter. »Also rieten Sie ihm, die Stelle anzunehmen?«

»Wir trafen uns etwa zwei Wochen nach unserem ersten Gespräch erneut, und ich informierte ihn darüber, was ich herausgefunden hatte, obwohl ich spürte, dass er sich bereits entschieden hatte.«

»Und was hatten Sie in Erfahrung gebracht?«, fragte Maniel.

Maréchal schürzte die Lippen. »Nichts, was Ihnen inzwischen nicht auch bekannt sein dürfte. Orban Robotic ist eine weltweit führende Unternehmung auf dem Gebiet der Entwicklung autonomer Waffen. Das Herz der Firma ist die Konzeption humanapplizierter Roboter für Anwendungen in der Wehrtechnik. Ein profitables Geschäft.

Das Management der Firma ist über jeden Verdacht erhaben und höchst erfolgreich, und zudem ist die Bundeswehr am Kapital von Orban Robotic beteiligt.«

Maréchals Feststellung entsprang der Analyse eines Finanzprofis, eine nüchterne Kosten-Nutzen-Rechnung ohne idealistische Beimischung.

»Hat Borchard Ihnen von seiner Arbeit bei Orban Robotic erzählt?«, fragte Maniel.

Maréchal runzelte die Stirn. »Ich verstehe die Frage nicht«, sagte er mit skeptischem Unterton, bevor er ergänzte. »Sie arbeiteten täglich mit ihm zusammen, kennen den Arbeitsalltag bei Orban Robotic besser als ich und wissen, welche Probleme bestehen.«

Maniel formulierte die Frage anders: »Hat er Ihnen etwas erzählt, das er jemandem aus seinem unmittelbaren Umfeld vielleicht nicht erzählen wollte oder konnte?«

Maréchal schüttelte den Kopf. »Wir haben uns nach diesem Treffen nicht mehr gesehen.«

»Aber über irgendetwas müssen Sie doch mit ihm gesprochen haben, etwas, das nichts mit seiner Arbeit zu tun hatte?«

Maréchals Antworten brachten Maniel nicht weiter. Seine Handflächen hatten zu schwitzen begonnen. Er benötigte Informationen, und zwar jetzt sofort. Die Dogge, die seine Stimmungsschwankung zu bemerken schien, funkelte ihn misstrauisch an.

Maréchal gab sich ahnungslos, runzelte die Stirn. »Sie kannten ihn besser als ich. Es gab nicht viel anderes, worüber er redete, außer seiner Arbeit. Er war überzeugt, der Wissenschaft mit seinen Forschungen einen großen Dienst zu erweisen, sprach sogar vom Nobelpreis, sobald er den Prototypen eines autonomen Roboters der Öffentlichkeit vorstellte. Er war beseelt, fast euphorisch über den Fortschritt seiner Arbeit, der ihm durch das Budget bei Orban Robotic ermöglicht wurde. Erst als er bemerkte, dass ich seine Leistung nur bedingt einzuordnen vermochte, hielt er sich ein wenig zurück.«

Maniel wusste, wovon Maréchal sprach. Er selbst hatte Borchard in den Tagen erlebt, in denen der Durchbruch gelungen war und er es geschafft hatte, eine mathematische Gleichung zu entwickeln, die es dem künstlichen Robotergehirn möglich machte, für jedes Problem eine eigenständige Lösung zu finden. Borchards Team hatte die Formel in die leistungsstärksten Rechner bei Orban Robotic eingegeben und alle erdenklichen Optionen durchgerechnet. Es funktionierte. Zumindest in der Theorie.

Maréchal nippte an seinem Glas und wirkte mit einem Mal unentschlossen. Maniel spürte, dass der Franzose ihm etwas verschwieg, und er konnte sehen, dass er mit sich rang, ob er es ihm verraten wollte.

»Was verschweigen Sie mir?«

Maréchal blickte Maniel mit gespielter Verwunderung an, bevor sein Blick zu dem Hund wanderte und er ihn erneut am Hals kraulte.

»Pius ist tot, was soll das Ganze also noch?«

Er schien nervös zu sein.

»Was wollen Sie mir nicht verraten?«, fragte Maniel und sandte einen herausfordernden Blick zu Maréchal.

So saßen sie eine Weile da und fixierten einander schweigend. Maréchals Gesichtsausdruck hatte sich verändert. Die Souveränität, mit der er das Gespräch begonnen hatte, war verflogen.

»Seit dem Tag, als er mir von seinem Superalgorithmus erzählte«, sagte Maréchal mit einem Mal zögerlich, »sah ich ihn nur noch ein einziges Mal«, er schüttelte nachdenklich den Kopf. »Pius hatte all seine Selbstsicherheit verloren, wirkte vollkommen ausgebrannt. Er wollte etwas von mir, aber es fiel ihm schwer, es anzusprechen«, Maréchal nippte an seinem Glas. »Pius war ein stolzer Mensch. Es kostete ihn Mühe, jemanden um etwas zu bitten.«

»Wollen Sie es mir sagen?«, fragte Maniel.

Maréchal war mit seinen Gedanken woanders und erst nach einer Weile antwortete er: »Nun, mittlerweile ist es sowieso egal.«

Maniel horchte auf, und Maréchal begann zu erzählen: »Wie ich schon sagte, es fiel ihm nicht leicht, mich zu fragen, doch schließlich bat er mich um einen Gefallen, er bat mich um … um Geld«, nur zögerlich, als verrate er ein streng gehütetes Geheimnis, krochen die Worte über seine Lippen.

»Geld?«, wiederholte Maniel und sah Maréchal überrascht an. »Borchard bat Sie um Geld?« Maréchal blickte verlegen zur Seite, und Maniel fragte nach: »Pius Borchard war ein bescheidener und sparsamer Mensch. Er interessierte sich weder für Geld noch irgendwelchen Luxus. Soweit ich weiß, wohnte er nur zur Miete in einer spärlich möblierten Zweizimmerwohnung im Frankfurter Nordend. Sein Gehalt war um ein Vielfaches höher als sein Lebensstandard.«

Maréchal winkte ab. »Das war jedermann bekannt. Ich war genauso erstaunt wie Sie. Allerdings«, seine Gesichtszüge wurden ernst, »es war die Höhe, die mich überraschte.«

Maniel runzelte die Stirn. »Die Höhe?«

»Zwanzig Millionen. Er bat mich um zwanzig Millionen Euro.«

Maniel hob die Augenbrauen, und für einen Moment hatten beide Mühe, den Betrag und den Mann, der darum gebeten hatte, in Übereinstimmung zu bringen.

»Haben Sie ihm das Geld gegeben?«, fragte Maniel nach einer Weile.

Maréchal stand auf und ging zur Anrichte. Er goss sich ein weiteres Glas Cognac ein. Die Dogge sah ihm hinterher und schien zu überlegen, ob sie ihrem Herrchen folgen sollte.

Maréchal kehrte zurück, nahm wieder Platz und nippte an seinem Glas.

»Ich hörte etwas von einem Roboter«, wechselte Maréchal das Thema. »Er soll verschwunden sein. Eine absurde Geschichte, nicht wahr?«

Mit einem Mal war Maréchals Selbstsicherheit vom Beginn des Gespräches zurück. Maniel, der die wiedergewonnene Souveränität spürte, befürchtete, dass sich sein Gegenüber nun auf gar keine Aussage mehr einlassen würde.

Doch dann geschah etwas Merkwürdiges.

Es war nur ein kurzer Augenblick, als Maréchal Maniel mit einem Gesichtsausdruck ansah, der sich vollkommen von der Mimik unterschied, die er bisher zur Schau getragen hatte. Nur ein winziger Moment, der jedoch genügte, um Maréchals Seele zu offenbaren und erkennen zu lassen, dass sich hinter seiner geschliffenen Sprache und der kultivierten Gestik eine andere, seine wahre Identität verbarg. Maniel wusste in dieser Sekunde, dass Maréchal und er die gleichen Ängste, die gleichen Vorurteile und die gleichen Sorgen teilten. Ebenso wie Borchard, Kolle und Maniel hatte Maréchal sich nach oben kämpfen müssen, ihm war nichts in die Wiege gelegt worden. Und dieser Augenblick formte ein Urvertrauen zu seinem Gegenüber.

Seine Gedanken reproduzierten die Bilder der vergangenen Stunden, und noch einmal hörte er Borchards letzte Worte, roch den Dieselmotor des Binnenschiffs und sah Achim Kolles deprimiertes Gesicht, wie er um Borchard trauerte.

Alles nur ein Zufall? Die Aneinanderreihung scheinbar unzusammenhängender Ereignisse? Eine vordergründige Kausalkette ohne jeglichen Zusammenhang?

Hinter alldem steckte ein Plan, und Borchard hatte ihn ausgeheckt, derselbe Mann, der behauptete, den Zufall aus der Welt geschafft zu haben.

Nur deswegen saß Maniel hier in einem Ohrensessel in Maréchals Villa am Rosengarten. Er war nur eine Variable in Borchards Algorithmus, eine Figur auf einem unsichtbaren Schachbrett und dazu verdammt, Borchards Spiel zu spielen.

Es kostete ihn Kraft, seine wilden Gedanken zu zügeln, aber es war jetzt wichtig, die Nerven im Griff zu behalten und rational zu denken.

Er wandte sich an Maréchal: »Ich frage Sie noch einmal. Waren Sie mit Pius Borchard befreundet?«

Maréchal blickte auf, und nach einem Moment des Nachdenkens antwortete er: »Sagen wir es so, wir hatten ähnliche Interessen.«

Maniel nickte. »Als ich Borchard im Labor auf dem Boden fand, war er schon fast tot. Überall war Blut, seine Kehle hing in Fetzen, und er war nur noch fähig zu flüstern.«

Maréchal verzog abgestoßen das Gesicht. »Warum erzählen Sie mir das?«

Maniel sah ihm fest in die Augen. »Weil Sie, genau wie ich, auch nur eine Schachfigur sind, ein von Borchard ausgewähltes Zwischenziel, das mir den nächsten Schritt weisen soll. Ich will, dass Sie Bescheid wissen und erkennen, welch ein durch und durch rationaler Mensch Pius Borchard gewesen ist. Vielleicht glauben Sie mir dann, was ich Ihnen jetzt erzähle.« Und ohne eine Antwort abzuwarten, fuhr er fort: »Pius Borchard hatte sich einen Roboter gebaut, dem er den Namen *Rapallo* gab. Im Moment seines Todes sprach er von *Rapallo* und erklärte, dass er einen furchtbaren Fehler begangen hatte. Er beschwor mich, ihm dabei zu helfen, ein schreckliches Unglück abzuwenden.«

Maréchal schüttelte ungläubig den Kopf. »Ich kann Ihnen nicht folgen. Wer oder was ist dieser *Rapallo*?«

Maniel sah, dass er Maréchal mit seinen Ausführungen überforderte, also holte er weiter aus: »*Rapallo* ist der Prototyp eines Kampfroboters mit einem autonom funktionierenden Neutronengehirn. Das Gehirn steuert den Korpus des Roboters und seine Antriebstechnik, einen Düsenantrieb, schnell wie ein Kampfjet. Das ist aber noch nicht alles. Der Roboter verfügt über unterschiedliche Waffensysteme, ein großkalibriges Maschinengewehr und einen Granatwerfer. Jede Granate hat eine Sprengkraft, vergleichbar mit einer Zehn-Zentner-Bombe aus dem Zweiten Weltkrieg. Die Waffensysteme kennen keine Fehlerquote. Sobald dem Gehirn ein Auftrag einprogrammiert wurde, entscheidet der Roboter selbstständig, wie er sein Ziel erreicht, und führt seinen Auftrag aus. Er ist dann so gut wie nicht mehr aufzuhalten.«

»Und was ist nun mit diesem *Rapallo*?«, fragte Maréchal.

»Das genau ist das Problem«, antwortete Maniel. »*Rapallo* ist verschwunden, und zudem weiß kaum jemand von der Existenz dieses Prototyps. Borchard hatte unbegrenztes Budget für seine Entwicklungen, und der Materialbestand unterstand allein seiner Kontrolle. Es ist keinem aufgefallen, dass er sich sozusagen einen Privatroboter baute.«

»Und wo ist der Roboter jetzt?«, fragte Maréchal, der sichtlich Mühe hatte, Maniels Worte zu verarbeiten.

»Das genau versuche ich herauszufinden«, antwortete Maniel. »Ich folge den Brotkrumen, die Borchard ausgelegt hat. Und Sie sind eine dieser Krumen. Der nächste Hinweis sollte also von Ihnen kommen. So zumindest sieht es Borchards Plan vor, denn ansonsten wäre ich nicht hier.«

»Geplant? Sie fantasieren doch«, Maréchal winkte ab.

»Nein. Alles ist geplant. Der Mann, der dem Zufall auf die Spur gekommen ist, entwarf Pläne über seinen Tod hinaus«, antwortete Maniel unbeirrt.

»Sie erwähnten, dass Pius von einem fürchterlichen Fehler sprach, den er begangen hatte.«

Maniel nickte.

»Und dieser Fehler hat mit dem Roboter zu tun?«

»Die Wahrscheinlichkeit ist zumindest sehr hoch«, antwortete Maniel.

Maréchal rieb sich nervös am Kinn. »Wenn der Roboter, dieser *Rapallo*, mit Pius' Fehler zu tun hat und die Maschine über die Waffentechnik verfügt, die Sie beschreiben, dann haben wir ein Problem.« Er sah Maniel mit großen Augen an. »Und Sie haben überhaupt keine Idee, wo sich diese Todesmaschine befinden könnte?«

Maniel schüttelte den Kopf. »Der Professor hat es mir nicht mehr verraten. Mit Sicherheit hatte er Angst davor, dass die Information in die falschen Hände geraten könnte, falls man mich erwischte. Also entwickelte er seinen Plan, weil er wusste, dass ihm etwas zustoßen würde. Am Ende vertraute er niemandem mehr.« Er sah Maréchal fest in die Augen. »Sie sind das nächste Puzzleteil. Es muss etwas geben, womit Sie mir weiterhelfen können.«

Maréchal schüttelte ungläubig den Kopf. »Verzeihen Sie mir, aber das passt irgendwie alles nicht zu Pius. Er bittet mich um Geld, ein Roboter verschwindet, und nun tauchen Sie auf und prophezeien eine Katastrophe.«

»Haben Sie mit der Polizei darüber gesprochen?«, fragte Maréchal.

Maniel verzog das Gesicht. »Natürlich habe ich das versucht, aber wer glaubt schon einem auf frischer Tat ertappten Mörder? Der Staatsanwalt tat es jedenfalls nicht.«

»Dann muss ich mit der Polizei reden? Vielleicht ist das Pius' Plan. Er wollte, dass Sie mich informieren, damit ich mit der Polizei rede?«

Maniel schüttelte den Kopf. »Und was wollen Sie denen erzählen? Dass sie nach einem verschwundenen Kampfroboter suchen sollen, den niemand vermisst und der an einem unbekannten Ort versteckt ist? Niemand wird Ihnen glauben. Außerdem fehlt uns dazu die Zeit.«

»Zeit? Was ist mit der Zeit?«, fragte Maréchal.

»Es geschieht schon bald, heute Nacht, soviel hat mir Borchard noch verraten. Ihr Hinweis ist also so etwas wie eine letzte Hoffnung.«

Maréchal lehnte sich zurück und überlegte. Im nächsten Moment stand er unvermittelt auf und ging wortlos aus dem Salon.

Maniel, von der plötzlichen Aktion überrumpelt, überlegte ebenfalls aufzustehen, als die Dogge bereits aufgesprungen war und ihn grimmig anknurrte.

Mit einem Mal beschlich Maniel ein ungutes Gefühl.

Wieso war Maréchal verschwunden?

Hatte Maniel ihm am Ende doch zu sehr vertraut und sich irrtümlicherweise von seinem Bauchgefühl leiten lassen? Maréchal war ein Finanzprofi, der es gewohnt war, delikate Gespräche zu führen. Und dass er dabei nicht immer den Kürzeren zog, bewies diese Villa und alles, was sich darin angesammelt hatte.

Maniels Wut richtete sich gegen sich selbst. Auch der Revolver in seiner Hand war wertlos, denn die Dogge lauerte dicht vor seinem Sessel und würde ihm bei der ersten falschen Bewegung sofort an die Gurgel springen.

Mit einem Mal stand Maréchal wieder im Türrahmen und lächelte verwegen. Mit einem Koffer in der Hand ging er zum Esstisch. Er legte den Koffer auf dem Tisch ab und angelte etwas aus der Innentasche seines Jacketts.

Eine Fotografie.

Verstohlen warf er einen Blick auf das kleine Bild. Ein wehmütiges Lächeln umspielte seine Lippen, und die Hand, die das Foto hielt, zitterte. Sein Atem ging schwer.

»Kommen Sie zu mir«, befahl er Maniel.

Der Hund setzte sich auf die Hinterläufe, und Maniel stakste hinüber zum Tisch. Sein Blick fiel auf das Foto.

Drei junge Männer, höchstens zwanzig Jahre alt, und eine junge Frau. Auf den Gesichtern lag ein unbeschwertes Lachen. Die Männer trugen helle Anzüge und bunte Krawatten, die Frau, vorne im Bild, wirkte mädchenhaft in ihrer Bluse mit dem Bubikragen. Ihr Teint war blass, und um ihren Kopf lockten sich dichte, dunkelrote Haare. Ihr Blick verriet Stolz.

Maniel erkannte die Männer sofort, auch wenn die Aufnahme über dreißig Jahre alt sein musste und die Gesichter jung und unverbraucht waren. Weiche Züge, denen die Mühlen des Lebens noch bevorstanden.

Kolle, Maréchal und Borchard.

Maréchal, der noch immer auf die Fotografie starrte, hatte Tränen in den Augen. Mit dünner Stimme flüsterte er: »Roquine Delafon. Zeigen Sie ihr dieses Bild, und sie wird Ihnen weiterhelfen.«

Er reichte das Foto wie ein wertvolles Schmuckstück an Maniel weiter.

»Wo? Wer?«, stammelte Maniel, doch Maréchal hob abweisend die Hand.

»Sie finden Madame Delafon in der Abendmesse im Dom. Sie trauert dort um Pius.«

Er wandte sich ab, beugte sich gedankenversunken zu der Dogge hinunter und streichelte ihr über den Kopf.

Das Foto hatte alte Erinnerungen wachgerufen. Maréchal, Kolle und Borchard verband eine gemeinsame Vergangenheit. Und es gab diese Frau, und wer immer sie auch war, sie spielte eine wichtige Rolle im Leben der drei Freunde und allem Anschein nach nun auch in Maniels Leben.

Maréchal ließ von dem Hund ab und öffnete den Koffer.

»Das hier wird Ihnen ein wenig Zeit verschaffen«, sagte er und breitete den Inhalt auf dem Tisch aus.

Er griff nach einer Kunststoffmaske und hielt sie in die Höhe. »Verkleidungen gehören in Mainz zum zweiten Naturell. Ich habe mir dieses gute Stück von einem Maskenbildner am Theater anfertigen lassen. Ein sündhaft teurer Spaß, aber der war es mir wert. Damit erkennen selbst Ihre besten Freunde Sie nicht mehr.«

Mit einem geübten Blick taxierte er Maniel und nickte zufrieden.

Eine halbe Stunde später und unter Zuhilfenahme verschiedener Cremes und kleiner Silikonbeutel starrte Maniel ungläubig in den Badezimmerspiegel. Ein fremdes Gesicht mit hohen Wagenknochen, schwarzgelockten und an den Schläfen graumelierten Haaren schaute ihn erstaunt durch die Gläser einer Hornbrille an. Nur die braunen Augen erinnerten noch an den alten Hugo Maniel.

»Niemand, der nach Hugo Maniel sucht, wird Sie jetzt noch erkennen. Es wird zwar mit der Zeit etwas warm unter der Maske, aber für ein paar Stunden wird es schon gehen«, kommentierte Maréchal das Ergebnis.

Maniel nickte, und der Unbekannte im Spiegel nickte ebenfalls.

»Es wird Zeit, dass Sie sich auf den Weg machen«, sagte Maréchal.

Maniel streifte die Lederjacke über, und Maréchal reichte ihm den Revolver. »Nehmen Sie den besser mit. Ich hoffe zwar nicht, dass Sie ihn brauchen werden, aber man kann nie wissen.«

Auf dem Weg durch das Foyer wandte sich Maniel noch einmal zu Maréchal um. »Eine Frage müssen Sie mir noch beantworten.«

»Natürlich. Bitte fragen Sie.«

»Was hat Sie dazu bewogen, mir doch noch zu helfen?«

Maréchals Miene wurde ernst, und nach einem Moment des Zögerns antwortete er: »Ich will wissen, wer Pius ermordet hat, und niemand außer Ihnen, dessen eigenes Schicksal mit der Antwort verknüpft ist, ist besser geeignet, Licht ins Dunkel zu bringen.«

Wortlos öffnete Maréchal die Haustür. Maniel warf ihm einen letzten, dankbaren Blick zu, dann verschwand er durch das Gartentor auf die Straße.

Im selben Augenblick, als Maniel um die Ecke bog, näherte sich dem Anwesen eine unauffällige Gestalt. An ihrem Arm baumelte eine lederne Arzttasche.

18

»Kolle ermordet?«, bellte Rosenzweig in sein Mobiltelefon, während sich der *Flight* an Loch vierzehn neugierig zu ihm umwandte.

Die beiden Männer und die Frau, allesamt in kostspieliger Golfbekleidung, tauschten einen vielsagenden Blick und vergaßen für einen Moment die atemberaubende Aussicht über die östlichen Taunusausläufer bis hinüber auf die in der prallen Sonne glitzernde Skyline Frankfurts.

Rosenzweig, der bemerkte, dass er seine Stimme etwas zu sehr erhoben hatte, wandte seinen Golffreunden den Rücken zu und stiefelte den Hang hinab, um ungestört telefonieren zu können.

Am anderen Ende der Leitung informierte Wassernagel seinen Vorgesetzten über die neuesten Entwicklungen in Mainz.

»Mit einem Kurzmesser die Kehle aufgeschlitzt? Genau wie bei Borchard?«, wiederholte Rosenzweig Wassernagels Worte und schob missmutig hinterher: »Bereiten Sie alles vor, ich komme ins Polizeipräsidium nach Mainz.«

Er beendete das Gespräch, blinzelte einen Moment lang nachdenklich in die Sonne, dann ging er mit weitgreifenden Schritten den Hügel wieder hinauf.

Sogleich bildete sich eine Traube der Neugier um ihn.

Rosenzweig wusste, was er seinen Freunden jetzt schuldig war, also lächelte er geheimnisvoll und trieb die Spannung auf den Höhepunkt. »Ich muss nach Mainz.«

Seine Mitspieler blickten einander an. »Wegen dieses flüchtigen Mörders? Diesem Fall aus dem Bundesverteidigungsministerium?«, brach es aus der Frau heraus. Ihre Augen glänzten, und mit ihrer lederbehandschuhten Hand strich sie sich eine blonde Strähne aus dem Gesicht.

Rosenzweig lächelte ihr zu, wusste um ihre nützliche Fantasie und ahnte, dass, sobald die Golfrunde auseinanderging, sie umgehend ihre Freundin, die für ein auflagenstarkes Lifestyle Magazin tätig war, kontaktieren würde, um ihr unter dem Mantel der Verschwiegenheit die letzten Neuigkeiten zuzuflüstern. Es konnte also nicht schaden, wenn er sich schon jetzt für eine Titelstory in Stellung brachte.

»Genau deswegen«, antwortete er und rollte die Augen. »Um alles muss man sich selbst kümmern.«

Einer der beiden Männer, ein schlaksiger Enddreißiger mit schwarzem, zur Seite gescheiteltem Haar, dunkler Hornbrille und einem ovalen Leberfleck am Kinn, stützte sich betont lässig auf seinen Golfschläger. Sein Vater, angeblich ein enger Vertrauter des Innenministers, saß für die Christdemokraten im Bundestag.

»Aber bei Cornelius' Willkommensparty im Reiterhof heute Abend bist du doch dabei? Er ist seit ein paar Tagen aus *Guernsey* zurück, wo er sich ein neues Springpferd zugelegt hat. Wir wollen nicht verpassen, wenn er den Gaul präsentiert. Er soll ein Vermögen gekostet haben.«

Der zweite Mann, ein untersetzter Zwerg mit verschwitzten roten Locken und einem Schmierbauch, der deutlich unter einem zu engen Rhomben-Pullover spannte, hatte die Frage gestellt. Normalerweise war Rosenzweig bemüht, ihm aus dem Weg zu gehen, allein schon deswegen, weil sein unattraktives Äußeres die falschen Blicke anzog. Allerdings eilte ihm der Ruf eines erstklassigen Vermögensverwalters voraus, und zudem verfügte er über beste Verbindungen.

»Ich werde bis heute Abend zurück sein. Cornelius' Party lasse ich mir auf keinen Fall entgehen. Muss nur kurz nach dem Rechten schauen und einige Anweisungen geben«, erwiderte Rosenzweig.

»Wenn du erst einmal für die Bundesstaatsanwaltschaft in Karlsruhe tätig bist, dann hast du mit diesem Kleinkram sowieso nichts mehr zu tun«, sagte die Frau, während sie Rosenzweig einen begierigen Blick zuwarf.

»Und das wird schon sehr bald sein«, feixte die Hornbrille.

»Sobald dieser Killer hinter Gittern ist«, ergänzte der Rhomben-Pullover.

Die Runde amüsierte sich, stolz darauf, dass einer der Ihren alles unter Kontrolle hatte.

»Aber sag, Serge, musst du denn sofort los?«

Rosenzweig blinzelte abwägend über den Golfplatz, um einen Augenblick später zu antworten: »Diese Runde spielen wir natürlich zu Ende.«

19

Zwei Stunden später saß Rosenzweig frisch geduscht und dezent parfümiert einem übermüdeten Wassernagel gegenüber, der seinen Vorgesetzten über die letzten Ermittlungsergebnisse informierte. Eine schalldichte Scheibe trennte das Besprechungszimmer von der Operationszentrale, wo auf

Flachbildschirmen die Bilder der Kameras von den zentralen Orten der Stadt übertragen wurden.

Rosenzweigs bedeutsamer Blick lastete auf Wassernagel. »Wie konnte das passieren? Noch vor ein paar Stunden wimmelte es in Kolles Wohnung von Polizisten.«

»Kolle hat darauf bestanden, dass die Beamten seine Wohnung verlassen. Es lag nichts gegen ihn vor, was eine Überwachung gerechtfertigt hätte, zudem verfügte er über gute Kontakte zur Kommunalpolitik, und mit ein paar Anrufen hätte er einen Aufruhr in der Stadtverwaltung ausgelöst.«

»Wissen Sie, was das heißt, Wassernagel?« knurrte Rosenzweig mit zornrotem Gesicht. Er war aufgestanden und starrte mit verschränkten Armen in die Operationszentralle.

Er warf Wassernagel einen frostigen Blick zu. »Der Minister wird mich fragen, wieso dieses Chaos hier herrscht. Und ich muss ihm dann erklären, dass die Unfähigkeit der Beamten dazu geführt hat, dass mittlerweile ein Doppelmörder durch die Stadt spaziert, von dem wir nicht die geringste Spur haben.«

Er zupfte seine Krawatte zurecht und machte eine abfällige Handbewegung in Richtung der Operationszentrale. »Ein Provinzkaff ist das hier mit Provinzkaffpersonal.«

Wassernagel schwieg und wich Rosenzweigs anklagenden Blicken aus, indem er sich auf die Dokumente auf dem Tisch konzentrierte. Rosenzweig, der zur Kenntnis nahm, dass seine Empörung an Wassernagels Passivität verpuffte, nahm wieder Platz. »Also, dann berichten Sie mir von den Ermittlungsergebnissen.«

Auf Rosenzweigs Gesicht glänzte die reichlich aufgetragene Feuchtigkeitscreme.

»Wenn Sie nichts dagegen haben, würde ich gerne Hauptkommissar Steinert zu unserem Gespräch hinzubitten. Er kann uns von den Details am Tatort berichten«, sagte Wassernagel.

Rosenzweig machte eine gleichgültige Handbewegung. »Bitte, wenn Sie glauben, dass das notwendig ist.«

Wassernagel tippte etwas in sein Mobiltelefon, und kurz darauf betrat Steinert den Raum. Sofort breitete sich der Geruch eines herben Parfums aus. Steinert nahm Platz, während Rosenzweig ihn keines Blickes würdigte. Wassernagel, mit einem Mal sichtlich entspannter, wandte sich an Steinert: »Herr Steinert, wenn Sie bitte so freundlich wären und den Herrn Oberstaatsanwalt auf den letzten Stand der Ermittlungen bringen würden.«

Steinert nickte, warf einen flüchtigen Blick zu Rosenzweig und begann zu berichten: »Am späten Vormittag wollte eine Freundin von Kolle ihm einen Besuch abstatten. Sie besitzt einen Zweitschlüssel zu seinem Apartment, und als sie die Wohnungstür öffnete, schlug ihr ein abscheulicher Gestank entgegen. Im Wohnzimmer lag Kolle, die Kehle aufgeschlitzt. Überall war Blut. Kein schöner Anblick für die Frau.«

Rosenzweig verzog angeekelt das Gesicht und gab Steinert mit einer Handbewegung zu verstehen, ihm die weiteren Einzelheiten zu ersparen.

»Bei der Tatwaffe handelt es sich um ein ähnliches Messer wie bei Borchard.«

»Maniel also«, schnaubte Rosenzweig verächtlich. »Er ist noch einmal zurückgekommen.«

Steinert neigte den Kopf zur Seite.

»Sie zweifeln doch nicht etwa immer noch daran?«, fragte Rosenzweig.

»Die Spurensicherung hat noch keine eindeutigen Ergebnisse. Die Tat ähnelt natürlich dem Mord an Professor Borchard … allerdings …«, schob Steinert hinterher.

»Es gibt kein *allerdings*«, knurrte Rosenzweig. »Maniel ist ein Psychopath, das sollte spätestens nach dem Mord an Kolle jedem klar geworden sein. Er muss ihn noch einmal aufgesucht haben, warum auch immer. Er ist ein Mörder, so wie ich es immer schon gesagt habe.«

Rosenzweig hielt es nicht länger auf seinem Platz. Er sprang auf und starrte wütend auf Wassernagel und Steinert herunter. »Meine Herren, mir scheint, Sie sind sich immer noch nicht der Bedeutung dieses Falles bewusst. Wir haben die Anweisung, einen Landesverräter und Mörder zu fassen. Ein Bundesauftrag, der von höchster Stelle legitimiert ist«, Rosenzweig holte Atem. »Es kann nicht sein, dass Sie weiterhin Zweifel hegen und nicht mit ganzer Kraft daran arbeiten, diesen Psychopathen endlich dingfest zu machen.«

Er schlug mit der flachen Hand auf den Tisch. »Ich erwarte von Ihnen, dass Sie sich mit ganzem Engagement auf die Fahndung nach Hugo Maniel konzentrieren.« Entschlossen fixierte er Steinert und Wassernagel. »Habe ich mich jetzt ein für alle Mal deutlich ausgedrückt?«

Seine ausschweifende Gestik blieb in der Operationszentrale nicht verborgen, und neugierige Augenaare richteten sich auf die schalldichte Scheibe des Besprechungszimmers. Rosenzweig, der die Blicke bemerkte, setzte sich zurück an den Tisch, während er mit seiner Hand über die Stirn strich und ein weißer Streifen Feuchtigkeitscreme an seinen Fingerkuppen kleben blieb.

»Wir sind gerade dabei, einem Hinweis nachzugehen«, wechselte Wassernagel das Thema.

»Welcher Hinweis?«, knurrte Rosenzweig, während er genervt sein Einstecktuch aus der Brusttasche zog und sich die Finger abwischte. Wassernagel tauschte einen Blick mit Steinert.

»Wir haben bei Kolle ein Mobiltelefon gefunden.«

»Und weiter?«, fragte Rosenzweig.

Steinert räusperte sich. »Kurz nachdem unsere Beamten heute Morgen aus seiner Wohnung abgezogen waren, hat er einen letzten Anruf getätigt.«

Rosenzweig hob interessiert die Augenbrauen.

»Die Nummer wurde von uns umgehend überprüft. Sie gehört zu einem Mobiltelefon, dessen Besitzer am Rosengarten gemeldet ist. Sein Name ist Patrick Maréchal, ein Finanzmakler.«

»Haben Sie den Mann verhört?«, fragte Rosenzweig.

»Ein Streifenwagen ist gerade auf dem Weg zu ihm«, antwortete Steinert.

Rosenzweig nickte und steckte das Taschentuch, sorgfältig gefaltet, zurück in die Brusttasche. »Dann wollen wir doch für Sie hoffen, dass etwas Verwertbares dabei herauskommt. Ich werde mich inzwischen um die leidvolle Aufgabe kümmern, den Herrn Minister zu informieren.«

Rosenzweig stand auf, als im selben Moment die Tür aufflog und Kühn ins Besprechungszimmer stürmte. »Wir müssen sofort zum Rosengarten.«

20

Vierzig Minuten später, Rosenzweig hatte darauf bestanden noch mit dem Minister zu telefonieren, bog ein dunkelblauer Audi in die Allee am *Rosengarten* ein. Schon von

Weitem waren die zuckenden Blaulichter der Streifenwagen zu erkennen, die vor einem Anwesen standen. Als der Audi heranrollte, winkte ein Uniformierter den Wagen in eine Parklücke vor der Villa Maréchals.

Mehrere Polizisten hatten eine Kette gebildet, um die Schaulustigen vom Haus fernzuhalten. Die aufgewühlte Menschenmenge wirkte in der friedlichen Allee deplatziert. Die Vögel in den Baumkronen hatten aufgehört zu singen. Im Vorgarten des Anwesens liefen Beamte der Spurensicherung in weißen Overalls wie verlorene Astronauten über den Rasen. Im Gras neben dem Eingang lag ein junger Uniformierter mit wachsbleichem Gesicht. Ein Sanitäter flößte ihm eine Flüssigkeit ein, während ein älterer Polizist beruhigend auf ihn einredete. In den Fensterscheiben des Hauses spiegelten sich die Sonnenstrahlen wie blutrote Glut in einem Schmelzofen.

Es schien, als hätte die gesamte Umgebung den Atem angehalten.

Die Gruppe aus dem Polizeipräsidium bahnte sich einen Weg durch die Traube der Neugierigen. Kühn und Steinert gingen vorneweg, dicht dahinter Wassernagel und Rosenzweig. In der Eingangstür zur Villa stand ein Uniformierter. Sein braungebranntes, faltiges Gesicht, das sich winzig zwischen einer grauen Lockenmähne versteckte, wirkte angespannt. Mit düsterem Blick hing er seinen Gedanken nach, und erst, als er Kühn und Steinert erkannte, hoben sich seine Mundwinkel. Mit einem vertrauten Handschlag begrüßte er die beiden Hauptkommissare und bedachte Wassernagel und Rosenzweig mit einem kurzen Nicken.

»Da habt ihr euch einen Scheißtag ausgesucht«, er deutete mit dem Kinn in Richtung des Hauses und gab Kühn einen aufmunternden Klaps auf die Schulter. Steinert sah ihm nach, wie er sich zu einem Beamten gesellte, der die Aussage des Mannes mit dem Hund aufnahm.

Steinert blies die Backen auf und sandte einen bedeutungsvollen Blick zu Kühn. Rosenzweig nestelte ein Stofftaschentuch aus dem Jackett und knetete es in der Hand.

»Dann müssen wir wohl da rein«, sagte Kühn und ging schweren Schrittes voran. Steinert blieb an seiner Seite, Wassernagel und Rosenzweig folgten in kurzem Abstand. Wie eine Bande von Teenagern, die zum ersten Mal die Geisterbahn auf dem Jahrmarkt besucht, dackelte die Gruppe ins Haus. Rosenzweig hielt sich das Taschentuch unter die Nase, sein Gesicht war kreidebleich.

Ein süßlicher Geruch schlug ihnen entgegen, fremd, aber dennoch organisch. Nur Steinerts herbes Parfum wehrte sich hartnäckig gegen den Gestank und verband sich mit dem Verwesungsgeruch zu einer absonderlichen Duftmischung.

Rosenzweig fiel ans Ende der Gruppe zurück, vor ihm Wassernagel, dessen Kopf sich mechanisch hin und her bewegte, als erwarte er jeden Augenblick eine Überraschung. Vorne an der Spitze gingen Steinert und Kühn.

Rosenzweig presste das Taschentuch fester gegen Nase und Mund. Verzweifelt bemühte er sich, den Verwesungsgeruch zu ignorieren, der sich wie ein unsichtbarer Schleier immer mehr verstärkte. Aus seinem Magen kroch Übelkeit herauf.

»Vorsichtig, hier liegt etwas«, drang Kühns Stimme in sein Ohr. Im Aufschrei des Hauptkommissars schwang Ekel mit.

»Was für ein Dreckskerl macht denn so was?«, knurrte Steinert mit einer Mischung aus Abscheu und Wut, und als Rosenzweig einen scheuen Blick wagte, sah er etwas in der Diele liegen, ein großes, pelziges Knäuel.

Er hielt sich dicht hinter Wassernagel, dessen Kopf inzwischen noch unregelmäßiger zuckte. Rosenzweig spürte, wie Schweiß seinen Rücken hinunterlief, ein unangenehmes, warmfeuchtes Gefühl.

»Eine Dogge mit aufgeschlitzter Kehle«, flüsterte Wassernagel fassungslos. »Hier ist alles voller Blut.«

Rosenzweig, der die Augen geschlossen hatte, zwang sich, sie zu öffnen, um im nächsten Augenblick festzustellen, dass sein Magen ein Eigenleben entwickelte.

Das Fellknäuel lag steif auf dem Boden, die Augen des Tieres waren unnatürlich verdreht und dort, wo sich die Kehle befunden hatte, klaffte ein riesiges Loch. Man sah die zartrosa leuchtende Luftröhre. Um den massigen Körper hatte sich Blut verteilt. Es sah aus, als schwimme der Kadaver als Inselberg in einem dunkelroten See.

Rosenzweig wandte den Blick ab. Er würgte und schmeckte den bitteren Magensaft, der in seiner Speiseröhre ätzte und seinen Gaumen reizte. Mühsam kämpfte er den galligen Geschmack hinunter.

»Oh Scheiße, was ist denn das für eine Schweinerei«, brüllte Kühn aus dem Nebenzimmer. Rosenzweig verspürte Panik. Seine Muskeln verkrampften, er zitterte, wollte fortlaufen, weg von diesem abgeschlachteten Hund, raus aus diesem Haus und diesem fürchterlichen Gestank entfliehen. Angestrengt schloss er die Augen und lehnte sich mit dem Rücken gegen die Wand. Obwohl er das Taschentuch fest gegen die Nase presste, hatte er das Gefühl, der faulige Geruch krieche durch den dünnen Stoff, biss in seine Schleimhäute und waberte hinunter in seinen Magen.

Nein! Er musste in den Salon, durfte vor den Polizisten nicht als weinerlicher Schwächling dastehen. Es würde sich herumsprechen und seiner Karriere schaden. Sein

Vater erschien vor seinem inneren Auge, das hagere Gesicht, das niemals lächelte, und die tiefen Magenfalten. Rosenzweig hörte die krächzende Stimme, die ihn aufforderte, weiterzugehen.

Er biss die Zähne zusammen, und mit wackeligen Knien folgte er Wassernagel in den Salon.

Über den ganzen Boden verteilt lagen Glasscherben. Ein Ohrensessel lag umgekippt auf der Seite, das Holz einer Standuhr war gesplittert und ihr Ziffernblatt verbogen. Der Perserteppich wies ein rotes, gesprenkeltes Muster auf, das nicht zu den restlichen Farben passte.

Rosenzweig schluckte und hob langsam den Kopf.

Ein Mann saß in einem Sessel. Er hatte dichtes, dunkles Haar und trug einen Anzug mit einem blütenweißen Oberhemd. Der Hemdkragen hatte eine andere Farbe, ein kräftiges Rot, das an einen schweren Bordeauxwein erinnerte. Einzig die Kragenspitzen stachen weiß und spitz hervor, wie ein kreatives Accessoire, das sich ein Modedesigner ausgedacht hatte. Das Gesicht des Mannes schimmerte Marmorgrau und war mit Schnittwunden übersät. Kleine, tiefe Schnitte, die ihm mit einem feinen Messer oder einem Skalpell zugefügt worden waren. Die Ohren waren vom Kopf abgetrennt und lagen wachsbleich und ordentlich aufgereiht auf dem Esstisch. Zwischen Kinn und Hals klaffte ein Loch wie ein zweiter, viel zu großer Mund ohne Lippen. Aus den weit aufgerissenen, leblosen Augen starrte das blanke Entsetzen.

Rosenzweig taumelte hinter den umgestoßenen Sessel, sank auf die Knie, beugte sich nach vorne und erbrach sich. Seine Lunge rang nach Sauerstoff, während der Inhalt seines Magens in heftigen Stößen nach oben transportiert wurde und aus ihm herausschoss, bis ihm nur noch lange, schleimige Speichelfäden aus den Mundwinkeln tropften.

Kühn sah in Rosenzweigs Richtung, doch Steinert legte seinem Kollegen stumm die Hand auf den Oberarm und schüttelte den Kopf. Wassernagel starrte mit bleichem Gesicht und heruntergeklappter Kinnlade auf den Toten. Einzig Rosenzweigs ersticktes Erbrechen durchbrach die Stille im Raum.

Zwei Männer mit weißen Overalls und Mundschutz betraten das Zimmer. Stumm knieten sie sich neben Maréchal. Ein silberner Koffer wurde geöffnet, Gummihandschuhe übergezogen, und nüchterne Handbewegungen begannen mit der Arbeit.

Steinert deutete mit dem Kinn auf Rosenzweig, der noch immer hinter dem Sessel auf dem Boden kauerte. »Ich schlage vor, wir schaffen ihn erst einmal hier raus.«

In selben Moment betrat ein Sanitäter den Raum, und Steinert wies dankbar in Rosenzweigs Richtung. Während der Rettungshelfer sich um den Oberstaatsanwalt kümmerte, verließen die Kommissare mit dem verstörten Wassernagel in ihrer Mitte den Salon.

Vor dem Haus waren die Polizisten noch immer damit beschäftigt, die Meute der Schaulustigen vom Anwesen fernzuhalten. Ein Leichenwagen war vorgefahren, und zwei hagere, schwarzgekleidete Männer stiegen aus.

Der Uniformierte mit den grauen Locken und dem faltigen Gesicht, der Steinert und Kühn aus dem Haus kommen sah, ging auf sie zu. Ein kurzer Blick streifte Wassernagel, dessen Gesicht noch immer kreidebleich war. »Na, hab' ich euch zu viel versprochen?« Er deutete in Richtung des kleinen Wegs. »Lasst uns in den Garten gehen, dort haben wir ein wenig Ruhe.«

Mit Wassernagel im Schlepptau trottete die Gruppe in den Garten. Der Frankfurter blickte gedankenverloren hinunter zum Rhein, der silbern in der Nachmittagssonne glitzerte.

»Dort unten fließt der Main in den Rhein, oder?«

Steinert registrierte, dass Wassernagel sich abzulenken versuchte und erwiderte spitzbübisch: »Respekt, Herr Kollege. Lernt man so etwas bei euch in Hessen in der Grundschule?«

Wassernagel versuchte zu schmunzeln. »Ja, auch in Frankfurt gibt es Schulen.«

Die Männer versammelten sich um den Gartentisch. Kühn wandte sich an den grauhaarigen Uniformierten: »Also, Razor, dann leg mal los und erzähl uns, was du weißt.«

Der Angesprochene nickte. »Nachdem du angerufen hast, habe ich sofort einen Streifenwagen losgeschickt, um die Adresse zu überprüfen. Etwa zwanzig Minuten später erhielt ich einen Anruf vom Streifenführer. Er klang aufgelöst und berichtete, was die Streife vorgefunden hatte. Ich verständigte die Spurensicherung und gab euch kurz danach Bescheid.«

»Maniel?«, fragte Steinert.

Der Kies des Zugangsweges knirschte, und im nächsten Augenblick bog Rosenzweig um die Ecke. Unsicheren Schrittes, aber mit erhobenem Kinn steuerte er auf die Terrasse zu. Seine Haare waren wieder in Form gebracht, nur eine einzelne Locke wehte wie ein widerspenstiges Fähnchen über seinem Ohr. Demonstrativ positionierte er sich neben dem Tisch.

»Ein furchtbares Gemetzel. Nun, leider ist das jetzt nicht mehr zu ändern. Was wissen wir über den Toten?«, erkundigte er sich nüchtern, als habe er niemals hinter einem Ohrensessel auf Knien gelegen.

Steinerts Blick suchte Kühn, doch der Grauhaarige sprang ihnen zur Hilfe: »Sein Name ist Patrick Maréchal. Anfang fünfzig. Er ist … oder war … Finanzmakler. Hat einen Haufen Geld verdient. Langfristige Finanzanlagen, hauptsächlich Immobilien und Unternehmenskäufe. Keine Vorstrafen.«

»Was hat er mit der Geschichte zu tun?«, fragte Steinert.

»Sie meinen, was er mit Maniel zu tun hat?«, korrigierte Rosenzweig.

»Es tut mir leid, aber mir fällt es schwer, zu glauben, dass ein leitender Angestellter eines Unternehmens, der bis gestern noch nicht einmal einen Strafzettel für falsches Parken bekommen hat, in einen plötzlichen Blutrausch verfällt und drei bestialische Morde begeht.«

Rosenzweig beugte sich dicht zu Steinert hinunter und funkelte ihn an. »Hauptkommissar Steinert, ich bin nicht gewillt, diese Diskussion noch einmal zu führen. Es war Hugo Maniel, der diese Morde begangen hat, daran besteht für mich nicht der geringste Zweifel.«

Blicke wurden ausgetauscht, während Rosenzweig wie ein Raubvogel darauf lauerte, dem nächsten noch so unbedeutenden Einwand umgehend die Bedeutung zu nehmen.

Schweigen lähmte die Runde. Rosenzweig wollte gerade dazu ansetzen, nochmals seine Meinung darzulegen, als ein Mitarbeiter der Spurensicherung um die Ecke bog und mit einem kleinen Koffer zur Terrasse lief. »Das haben wir unter dem Waschbecken im Badezimmer gefunden.«

»Was ist das?«, fragte Rosenzweig.

»Eine Box zur Aufbewahrung einer Maske«, antwortete Kühn, der sich bereits mit dem Koffer beschäftigte. Der Überbringer des Koffers nickte bestätigend.

»Einer Maske?«, fragte Rosenzweig ungläubig.

»Eine Fastnachtsmaske. Eine Verkleidung. Nichts Ungewöhnliches. Wir sind hier in Mainz«, antwortete Kühn. »Allerdings ist der Koffer leer.«

»Aha«, Rosenzweig stemmte die Hände in die Hüften. »Also trägt unser Mörder inzwischen eine Maske«, und triumphierend schob er hinterher: »Wer bitteschön zweifelt nun noch immer daran, dass es sich bei Hugo Maniel um einen psychopathischen Killer handelt?«

Der Beamte der Spurensicherung brachte ein Foto zum Vorschein. »So sieht Ihr Mann jetzt aus. Ein Bild der Maske befand sich im Koffer.«

Rosenzweig griff nach dem Foto und betrachtete es, dann hielt er es herausfordernd in die Höhe. »Ich bin mir sicher«, jubilierte er, »im Haus finden sich dazu die passenden Fingerabdrücke.«

21

Maniel hatte den Stadtpark verlassen und überquerte einen kleinen Steg, unter dem Gleise hindurchführten. Er stieg eine Treppe hinab und lief eine Weile neben den Schienen her, die nur durch einen grobmaschigen Zaun von dem schmalen Gehweg getrennt waren. Die Maske klebte wie eine zweite Haut auf seinem Gesicht. Der Schweiß, der sich unter dem Kunststoff gebildet hatte, biss ihm in die Wangen und in die Stirn.

Schwerfällig, als laste ein großer Stein auf seinen Schultern, setzte er einen Fuß vor den anderen. Vor ihm spannte sich die Eisenbahnbrücke über den Rhein.

Im nächsten Augenblick spürte er einen kräftigen Windstoß, und ein kreischendes Geräusch ertönte. Er hatte keine Zeit zu erschrecken, denn schon raste der Zug an ihm vorbei und rollte auf die Brücke. Rasch entfernten sich die Waggons in Richtung des gegenüberliegenden Ufers.

Maniel schleppte sich weiter, aber mit einem Mal hatte er ein Bild vor Augen. Jemand hatte das Graffito eines Fuchses auf einen der Waggons gesprüht, und nun hafteten seine Gedanken an dem flüchtigen Eindruck.

Nach einer Weile begann er, unbewusst eine Melodie zu summen, während sich in seinem Kopf die Worte dazu formten.

Fuchs, du hast die Gans gestohlen,
gib sie wieder her,
gib sie wieder her,
sonst wird dich der Jäger holen, mit dem Schießgewehr,
sonst wird dich der Jäger holen, mit dem Schießgewehr.

Immer schneller rasten die Melodie und der Text durch sein Gehirn.

Wie in Trance bog er vor der Brücke ab und stiefelte einen schmalen Weg zum Rheinufer hinunter. Der Schweiß rann ihm feucht über Brust und Rücken, und die Müdigkeit lastete schwer wie Blei auf seinen Gliedern. Er schaffte es kaum noch, die Augen offen zu halten, während seine Gedanken tobten:

Fuchs, du hast die Gans gestohlen …

Er taumelte die Promenade entlang und kam an einem Restaurant vorbei. Auf der Terrasse reckten die Gäste ihre sonnenbebrillten Gesichter zum Himmel. Der Duft von geschmortem Rindfleisch, frischem Salat und würzigem Wein stieg ihm in die Nase.

Er torkelte den asphaltierten Uferweg entlang. Niemand nahm Notiz von ihm, außer einem schmatzenden Beagle, der seine Schnauze aus einem gefüllten Napf emporreckte und in seine Richtung schnüffelte.

An einer Gabelung bog er auf einen schmalen Pfad ab, der direkt am Wasser entlangführte.

Fuchs, du hast die Gans gestohlen …

Im Schatten der Bäume auf einer Wiese aalten sich junge Menschen in der Sonne, scherzten miteinander oder widmeten sich konzentriert einem Buch.

Er spürte, wie ihm neugierige Blicke folgten, doch ihm fehlte die Kraft, sie zu erwidern.

Sein Puls ging schnell, und sein Herz pumpte angestrengt.

Fuchs, du hast die Gans gestohlen …

Er hatte keine Kraft mehr, keine Kraft mehr zum Laufen, keine Kraft mehr zum Denken und keine Kraft mehr, diesen unseligen Refrain aus seinem Kopf zu bekommen.

Fuchs, du hast die Gans gestohlen …

Aus den Augenwinkeln erspähte er am Rande der Wiese einen Baum. Das Blätterdach warf einen kreisrunden Schatten um den Stamm. Mit letzter Kraft schleppte er sich dorthin.

Als er in die Hocke ging, rutschten seine Beine weg, und er fiel kraftlos auf den Hintern. Sein ganzer Körper war von Schweiß bedeckt, und die Maske klebte wie zäher Leim auf seinem Gesicht.

Er durfte jetzt nicht schlappmachen. Um sechs Uhr musste er Roquine Delafon im Dom treffen.

Seine Muskeln zitterten, und seine Beine waren ohne Gefühl. Die Augen fielen ihm zu.

Erschrocken riss er sie auf, als sie ihm einen Augenblick später erneut zufielen.

Nicht einschlafen, auf gar keinen Fall.

Roquine Delafon war seine einzige Chance, Roquine Delafon, die große Unbekannte.

Er musste sie treffen. Nur sie konnte ihm weiterhelfen.

Wieder fielen ihm die Augen zu, doch dieses Mal fehlte ihm die Kraft, sie abermals zu öffnen.

Aber sein Gehirn arbeitete noch.

Fuchs, du hast die Gans gestohlen …

Einen Augenblick später legte sich ein undurchdringlicher Schleier über seine Gedanken, und im nächsten Moment war er eingeschlafen.

22

»Sie da, wachen Sie auf!«

Eine strenge Stimme fraß sich in sein Unterbewusstsein, verebbte für einen Augenblick in der Konturlosigkeit seines Traums, um einen Moment später zurückzukehren.

»Nun wachen Sie schon endlich auf!«

Etwas grabschte seine Schulter und schüttelte ihn. Er riss die Augen auf, um im selben Moment vor Schreck zu erstarren.

Ein strenges Augenpaar musterte ihn, die Stirn vom Halbschatten einer Schirmmütze verdeckt. Scharfer Minzgeruch schlug ihm aus einem halbgeöffneten Mund entgegen.

Wilde Gedanken rasten durch seinen Schädel und pochten gegen seine Schläfen. Er wollte aufzuspringen, wollte weglaufen, wollte den Revolver ziehen, wollte nicht mehr existieren.

Aber nichts von dem, was ihm sein erwachendes Gehirn an Optionen anbot, schien hilfreich.

Der Polizist hielt weiterhin seine Schulter gepackt.

»Das ist er nicht«, ertönte eine Stimme aus dem Hintergrund. Ein zweiter Polizist, die Hand am Halfter seiner Dienstpistole, stand einige Meter entfernt. Uninteressiert trat er von einem Fuß auf den anderen und blickte ungeduldig auf die Uhr.

»Und wenn er es doch ist?«

»Niemals. Die Beschreibung trifft nicht auf ihn zu, außerdem ist der hier viel zu alt. Lass ihn und komm jetzt.«

Maniel spürte, wie sein Herz gegen seinen Brustkorb trommelte. Er hielt den Blick gesenkt, schmeckte seine trockene Zunge, während sein kleistriger Schweiß unter der Maske auf seiner Haut juckte, als krabbelte ein ganzer Ameisenstaat über sein Gesicht.

»Was machen Sie hier auf der Wiese? In einer Lederjacke im Hochsommer?«

Maniel erinnerte sich an die locker bekleideten Studenten und ahnte, worauf die Frage abzielte. Seine Gedanken waren inzwischen klarer, aber noch immer raste sein Puls. Er spürte den kalten Stahl des Revolvers, der sich in seine Nieren bohrte.

»Ich wollte mich nur kurz in die Mittagssonne setzen und muss dann wohl eingeschlafen sein«, seine Stimme klang schwach aber kontrolliert.

»Mittagssonne?«, ertönte die ironische Antwort. »Dann haben Sie wohl ein längeres Nickerchen gemacht. Es ist kurz vor sechs.«

Der zweite Polizist trat näher heran und stand jetzt zu Maniels Füßen. Sein Blick streifte seinen Kollegen, der Maniel noch immer skeptisch musterte. Unter der Schirmmütze glänzte sein rundes Gesicht mit den Sommersprossen.

»Nun mach schon, Ralf. Ich hab' gleich Dienstschluss und will mich noch umziehen und dann ab in die Andau. Die 05er spielen heute im Pokal.«

Maniel hielt den Atem an, sah, wie der erste Polizist überlegte, und nach einem langen Moment ließ der Druck an seiner Schulter nach. Widerwillig richtete sich der Beamte auf.

»Ja, ist ja schon gut, geh'n wir«, seine Stimme klang gereizt. »Und Sie, alter Mann, legen sich das nächste Mal irgendwo anders ins Gras.«

Mit einer Mischung aus Wut und Enttäuschung stampfte er davon. Der zweite Polizist hob die Schultern und flüsterte grinsend: »Sherlock Holmes ist sauer«, dann lief er seinem Kollegen hinterher. Maniel sah den beiden nach, wie sie in einen Streifenwagen einstiegen und davonfuhren.

Mit einem Mal begann sein Körper zu zittern. Erst jetzt schien er zu realisieren, welches Glück er gerade gehabt hatte. Er strich mit den Fingerkuppen über die Maske und rieb die Stellen, unter denen es am stärksten juckte.

Die Beamten hätten ihn mit auf die Wache nehmen oder zumindest seinen Ausweis kontrollieren können. Erleichtert schüttelte er den Kopf und rappelte sich auf.

Irgendjemand musste es gut mit ihm meinen.

War es die Glücksgöttin Fortuna, der liebe Gott persönlich oder einfach nur die positive Energie dieser Stadt? Mit einem Mal fühlte er sich besser und glaubte zu spüren, wie sich eine neue Kraft in ihm ausbreitete. Und obwohl alles gegen ihn sprach und sich die Schlinge immer enger zuzog, war da etwas. Es war mehr als nur eine

Wahrscheinlichkeit, die gegen ihn arbeitete. Er hatte Glück, einfach Glück, weil irgendein kosmisches Wesen ihn in sein Herz geschlossen hatte.

Plötzlich war er sich sicher. Er würde Delafon finden, und sie würde ihm verraten, wo der Roboter versteckt war. Alles würde sich aufklären, und er bekam sein altes Leben zurück. Endorphine durchströmten seinen Körper, machten ihn glücklich, und fast begann er zu tanzen.

Ein breites Lächeln legte sich über sein Gesicht und er sah dankbar zum Himmel hinauf.

Die Sonne stand bereits tief. Nicht weit von ihm entfernte sich auf dem Fluss ein Passagierschiff der Köln-Düsseldorfer-Gesellschaft in Richtung Rheingau.

Eine Kirchenglocke schlug.

Viertel vor sechs.

Die Abendmesse im Dom begann um sechs, Delafon würde dort sein, er musste sich beeilen.

Rasch lief er los, und schon nach ein paar Metern spürte er, dass der Schlaf ihm neue Energie verliehen hatte. Die frische Kraft und die Freude darüber, dass die Polizisten ihn nicht erkannt hatten, beseelten ihn und ließen ihn das Ufer entlangeilen. Er überquerte die alte Drehbrücke, passierte die Glasfassade des Hyatt Hotels und erreichte den Grünstreifen zwischen Uferstraße und Rhein. Vereinzelt kamen ihm Jogger mit Kopfhörern entgegen. An einer Pantherstatue am Rheinufer saß eine Gruppe Teenager und trank Bier aus Dosen.

Als die Domglocken zur vollen Stunde schlugen, gelangte er zum *Fischbrunnen*. Er wartete auf eine Lücke im Verkehr und überquerte die rote Fußgängerampel, die die Uferseite mit der Innenstadt verband. Eine junge Mutter mit einem Kind an der Hand warf ihm einen hässlichen Blick zu.

Der Straßenbelag wechselte von aschgrauem Asphalt in pedantisch aneinandergereihte Pflastersteine und kennzeichnete den Beginn der Fußgängerzone.

Mit einem Mal senkte sich ein mächtiger Schatten über ihn, und als er nach oben blickte, erhob sich hoch über die Dächer eine eindrucksvolle Basilika aus glänzend rotem Sandstein. Beeindruckt von der Strahlkraft des mächtigen Bauwerks, verharrte er einen Moment lang auf der Stelle. Sein Blick wanderte hinauf zur Kuppel. Die Zeiger der Turmuhr standen fast senkrecht.

Kurz nach sechs.

Er musste sich beeilen und lief an der *Nagelsäule* aus dem Ersten Weltkrieg vorbei. Nun war es nicht mehr weit bis zum Eingangsportal der Kathedrale. Seine Anspannung wuchs. Schon bald würde er Borchards letztes Rätsel lösen.

Roquine Delafon.

Durch eine schmale Gasse, zwischen zwei flachen Gebäuden entlang, gelangte er zum Eingang des Doms. Um diese Zeit war der Touristenstrom, der tagsüber die Gasse blockierte, bereits abgeebbt, und das Gotteshaus gehörte wieder seinen ortsansässigen Gläubigen.

Der Revolver fiel ihm ein, und für einen Moment überlegte er, die Waffe irgendwo zu verstecken, doch dann redete er sich ein, dass der Herr dieses geweihten Hauses ihm in seiner Situation sicherlich verzeihen würde.

Der Geruch von Weihrauch nahm ihn in Empfang und er spürte die Frische im Kirchenschiff. Das Tageslicht fiel matt durch die Mosaikfenster in das ehrwürdige Gemäuer. Die Steinwände waren geschmückt mit Heiligenbildern und ein Meer aus Kerzen verbreitete eine feierliche Atmosphäre.

Mit einem Mal fiel die Anspannung von ihm ab, und er fühlte sich in der gottesfürchtigen Umgebung geborgen. Die unerwartete Entspannung verursachte ein Schwindelgefühl. Unsicher lehnte er sich gegen eine der Steinsäulen.

Die Betstühle vor dem großen Altar im Mittelschiff waren kaum besetzt. Nur zwei alte Damen, die in der ersten Reihe saßen, sprachen gedankenversunken ein stilles Gebet.

Delafons Beschreibung passte auf keine der beiden.

Es war zwar schon nach sechs Uhr, aber er konnte sich nicht vorstellen, dass die Abendmesse bereits nach wenigen Minuten zu Ende gelesen war.

Ein Gedanke, der ihm durch den Kopf jagte, erschreckte ihn.

Hatte Kolle ihm nicht erzählt, dass Borchard Maréchal nicht ausstehen konnte? Vielleicht war nach der gemeinsamen glücklichen Jugend etwas geschehen, das sie entzweit hatte und das Maréchal Maniel nicht anvertrauen wollte. Immerhin war Maréchal Finanzmakler, ein Mensch, der, ohne mit der Wimper zu zucken, andere zu täuschen wusste, wenn es opportun erschien. Wollte er Borchard über dessen Tod hinaus schaden? Oder galt seine Loyalität Delafon, die er aus allem herauszuhalten versuchte? Womöglich war das Foto nur ein Ablenkungsversuch, um ihn schnellstmöglich loszuwerden? Vielleicht stand er gar nicht kurz davor, das Rätsel zu lösen, sondern war von der Lösung weiter entfernt als jemals zuvor.

Erneut wurde ihm schwindelig, und er setzte sich auf einen der Betstühle. Seine Hände begannen zu zittern, während die beiden Frauen sich schwerfällig aufrappelten, das Kreuzzeichen schlugen und in der Dunkelheit verschwanden.

Jetzt war er allein in der mächtigen Kathedrale. Es war totenstill. Unsicher stand er auf und richtete seinen Blick auf den hinteren Teil der Basilika. Aber es war zu finster, um etwas erkennen zu können.

Vorsichtig, einen Schritt vor den anderen setzend, stelzte er los. Die Panikattacke hatte ihn immer noch im Griff, sein Atem ging schwer, und bald schon war er von der Dunkelheit umgeben. Er konzentrierte sich auf seine Fußspitzen und musste aufpassen, nicht gegen eine Mauer oder eine Säule zu stoßen, die er in der Finsternis nicht rechtzeitig erkannte.

Im nächsten Augenblick stoppte er ab und lauschte.

Er hatte etwas gehört. Ein leises, monotones Summen.

Er schloss die Augen, horchte, hatte Angst, das Geräusch wieder aus den Ohren zu verlieren, also schlich er auf Zehenspitzen weiter.

Die Töne wurden eindringlicher, klangen jetzt wie ein Schwarm umherschwirrender Bienen. Je tiefer er in die Dunkelheit vordrang, desto intensiver wurde das Brummen. Gedämpfte, flötende Stimmen, sanft, wie das Weinen kleiner Kinder.

Er schlich den Korridor entlang. Hinter einer Steinsäule, am Ende des Flurs, stand die Hälfte einer Flügeltür offen. Im angrenzenden Raum flackerten Kerzenlichter, die an unzählige, winzige Glühwürmchen erinnerten. Der Gesang wuchs sich zu einem monotonen Klagelied aus.

Er huschte zur Tür.

Eine Kapelle.

An der Stirnwand hing ein wuchtiges Kreuz mit dem gekreuzigten Jesus Christus. Hinter einem kleinen Steinaltar stand ein Pfarrer in einem liturgischen Gewand mit roter Kopfbedeckung. Der Blick seines alten, faltigen Gesichts war auf ein Gebetsbuch gesenkt. Seine Lippen bewegten sich.

Vor ihm, auf schmucklosen Holzbänken, knieten die Gläubigen und begleiteten den Gottesmann bei seinem Gebet.

Unbemerkt schlüpfte Maniel in die Kapelle und setzte sich auf die hinterste Bank. Er faltete seine Hände und senkte den Kopf. Er schmeckte die Würze des Weihrauchs, während die Monotonie des Singsangs in ihn eindrang. Er hatte das Gefühl, die Sehnsüchte und Hoffnungen der Betenden strömten durch ihn hindurch.

Nach einer Weile hob er den Kopf und erkundete die Gläubigenschar, die mit gesenkten Köpfen ihre Gebete murmelte.

Eine alte Frau mit runzliger Haut und wirren, schlohweißen Haaren kniete am Rand der Kapelle. Sie trug einen alten Mantel und presste eine verschlissene Plastiktüte fest an ihren Körper. Obwohl in ihrem Blick etwas Leichtgläubiges lag, quälte sie ein bitterer, seelischer Schmerz.

Neben ihr kniete eine weitere Frau. Ihr streng gescheiteltes Haar wurde von einem Haarreif zusammengehalten, der Reißverschluss ihres Blousons war hochverschlossen. Auf ihrer Nase klemmte eine schmale Lesebrille. Unauffällig umklammerte ihre Hand die Hand des jungen Mannes neben ihr. Seine Beine bewegten sich unruhig, und er hatte Mühe, seinen Körper aufrecht zu halten. Ein verwirrter Frohsinn lag in seinen Augen und feine Speichelfäden tropften aus seinen Mundwinkeln.

Die Stimme des Pfarrers hob an, und Maniel senkte den Kopf. Erst als die Melodie erneut in den monotonen Singsang verfallen war, sah er wieder auf, und sein Blick blieb am Rücken einer Frau hängen, die in der vordersten Reihe kniete. Sie war komplett in Schwarz gekleidet, und ein Spitzenschleier verdeckte ihren Kopf. Ihre Körperhaltung hatte etwas Stolzes. Neben ihr kniete eine riesige Gestalt in einem dunklen Anzug. Der kahlgeschorene Schädel thronte kugelrund auf mächtigen Schultern. Die Hautfarbe des Mannes war schwarz, und auf seinen großen Händen wirkte das Gebetbuch wie ein winziger Schnipsel Papier. Neben ihm lehnte ein Gehstock mit einem verzierten Knauf aus Silber.

Die Frau wandte ihren Kopf dem Riesen zu. Ihr Teint schimmerte blass im Kerzenlicht. Eine Haarsträhne löste sich aus dem Trauerschleier und fiel dunkelrot auf ihre Schulter.

Maniels Herz machte einen Sprung.

Er hatte sie gefunden. Er hatte Roquine Delafon gefunden.

Er musste sich zusammenreißen, um seine Glücksgefühle nicht nach außen zu tragen. Einen Moment verharrte er noch auf der Bank, und als der Pfarrer den Gläubigen den Rücken zuwandte, um einen goldenen Kelch aus einem Schrein zu holen, schlich er nach draußen.

Er verkroch sich hinter einer Steinsäule. Hier wollte er das Ende der Messe abwarten.

Hunderte von Fragen gingen ihm durch den Kopf. Seine Gefühlswelt wechselte zwischen Freude und Zweifel.

Er hatte Roquine Delafon, die große Unbekannte, gefunden. Aber würde sie ihm weiterhelfen? Und wer war der riesige Schwarze an ihrer Seite, mit dem sie augenscheinlich eng verbunden war? Maréchal hatte ihn mit keinem Wort erwähnt.

Die Kirchenglocke schlug Viertel vor sieben. Dumpf hallten die Schläge durch die Kathedrale. Er ging aufgeregt hinter der Säule auf und ab. Seine Handflächen schwitzten und die Haut unter der Maske juckte unerträglich. Er hörte, wie in der Kapelle das Vaterunser gesprochen wurde. Gleich gab der Geistliche den Gläubigen seinen Segen, danach war die Messe zu Ende.

Rasch versteckte er sich hinter der Säule.

Die Frau mit dem verschlissenen Mantel und der Plastiktüte erschien als Erste. Verstohlen huschte sie an ihm vorbei.

Mit den restlichen Messebesuchern verließ auch die Mutter mit ihrem behinderten Sohn die Kapelle. Auf ihren Lippen lag ein erwartungsfrohes Lächeln.

Maniel wurde unruhig. Wo waren Delafon und ihr Begleiter?

Er konnte sie unmöglich verpasst haben. Oder gab es noch einen zweiten Ausgang, den er nicht bemerkt hatte?

Er löste sich aus dem Schatten der Säule und steuerte auf die Kapelle zu. Schon hatte er das Portal erreicht, als sich ein riesiger Schatten aus der Dunkelheit schälte. Im nächsten Augenblick stand er vor dem schwarzen Riesen, der ihn um mehr als einen Kopf überragte.

Grimmig sah er auf Maniel herunter, den Gehstock mit dem silbernen Knauf vor der Brust gekreuzt. Hinter ihm erschien, zart wie ein Vögelchen, das blasse, vom Spitzentuch bedeckte Gesicht Delafons.

»Frau Delafon«, flüsterte Maniel.

Schüchtern richtete sie ihren Blick auf den Fremden.

»Ich muss dringend mit Ihnen sprechen, es ist wichtig, sehr wichtig«, wisperte er und trat einen Schritt nach vorne. Sofort baute der Riese sich vor ihm auf.

»Es geht um Professor Borchard«, presste Maniel hervor.

Delafon schreckte zusammen, und ihr Gesicht verschwand hinter dem Rücken ihres Begleiters.

»Das ist wohl kaum der richtige Ort«, drang eine basstiefe Stimme aus dem Mund des Riesen.

Maniel, der einsah, dass es keinen Sinn machte, sich mit dem Koloss anzulegen, versuchte es erneut bei Delafon.

»Hören Sie, Frau Delafon, es ist wirklich sehr wichtig, Sie müssen mir helfen, es geht um Leben und Tod«, flehte er.

Doch sie blieb hinter dem Rücken ihres Begleiters verschwunden.

Maniel wurde nervös. Fieberhaft überlegte er, was er tun konnte, für einen Augenblick erwog er sogar, den Revolver zu ziehen, als mit einem Mal Delafon hinter dem Riesen hervorschoss und mit kleinen, schnellen Schritten an Maniel vorbeeilte. Mit beiden Händen hielt sie das Schleiertuch umklammert, und ohne sich umzusehen, rief sie: »On y va, Monsieur Selou.«

Verwirrt sah Maniel ihr hinterher, als sich im nächsten Moment der Riese ebenfalls in Bewegung setzte und der Französin mit raumgreifenden Schritten folgte. Schnell waren beide in der Dunkelheit verschwunden.

Maniel blieb entgeistert zurück. Verzweifelt versuchte er einen klaren Gedanken zu fassen. Unter keinen Umständen durfte er Delafon davonziehen lassen, sie war seine letzte Hoffnung.

Mit einem Mal fiel ihm das Foto ein, das Maréchal ihm gegeben hatte.

Zeigen Sie ihr dieses Foto, dann wird sie mit Ihnen reden.

Er hatte es vollkommen vergessen. Hektisch nestelte er die Fotografie aus der Jackentasche und warf einen raschen Blick darauf.

Als er losstürmte, hallten seine Schritte durch die Kathedrale. Er erreichte den Ausgang und rannte ins Freie.

Im letzten Moment sah er noch, wie Delafon und ihr Begleiter am Ende der Gasse nach rechts abbogen.

Er eilte hinterher.

Fast hatte er sie eingeholt, als Selou herumwirbelte. Der Gehstock kreiste über seinem Kopf. Der spitze, silberne Knauf kam Maniel bedrohlich nahe, während Selou ihn mit gefletschten Zähnen anbrummte. Währenddessen entfernte sich Delafon mit schnellen Schritten über den Platz.

Maniel und Selou belauerten sich wie zwei Raubkatzen, keiner der beiden war bereit, zurückzuweichen.

Aus den Augenwinkeln sah Maniel, das Delafon stehen geblieben war. Sie schien zu überlegen. Einen Moment später setzte sie sich in Bewegung und lief langsam zurück.

Selous kräftigen Oberarm umklammernd sprach sie beruhigend auf ihn ein. Das Schleiertuch hatte sich gelöst, und rote Locken fielen ihr auf die Schulter.

Ganz langsam sank Selous Arm herab, während Delafon Maniel einen bösen Blick zuwarf. »Warum lassen Sie mich nicht in Ruhe?«

Behutsam griff Maniel in die Innentasche seiner Jacke, und als er die Hand wieder herauszog, hielt er die Fotografie zwischen den Fingern.

»Schauen Sie sich bitte dieses Foto an, dann werden Sie verstehen.«

Er kam vorsichtig näher, Selou ließ ihn gewähren, und als er nahe genug war, packte Delafon das Foto. Maniel trat einige Schritte zurück.

Misstrauisch starrte Delafon auf die Fotografie, als sich im nächsten Augenblick ihre Mimik veränderte und ihr

Körper zu zittern begann. Selou, der die Veränderung bemerkte, legte seinen Kräftigen Arm um ihre schmale Schulter. Besorgt erkundigte er sich: »Was ist mit dem Foto?«

»Patrick Maréchal hat es mir gegeben«, antwortete Maniel.

Delafon liefen Tränen über die Wangen. Aufgelöst flüsterte sie: »Ich weiß nicht, warum Sie diese Fotografie besitzen, aber dieses Bild ist aus einer längst vergangenen Zeit. Ich möchte nichts mehr davon wissen.«

Sie wandte sich an Selou: »On part, Monsieur Selou. Je suis fatigué, vraiment fatigué.«

Selou lächelte sie milde an, dann warf er einen letzten, anklagenden Blick zu Maniel, nahm Delafon behutsam am Arm und beide schritten wortlos davon.

Maniel blieb verstört zurück. Er hatte seinen letzten Trumpf gespielt, doch Delafon wollte nichts davon wissen. Ihre Seele war zerbrochen, sie hatte sich aufgegeben.

Im nächsten Moment erwachte Maniel wie aus einem Traum. Nein! Er durfte Delafon jetzt nicht davonziehen lassen, durfte nicht akzeptieren, dass sie ihn hier einfach so zurückließ, ohne ihn überhaupt angehört zu haben.

Er bestand auf seine Chance, seine allerletzte Chance. Er formte mit seinen Händen einen Trichter und rief ihr hinterher: »Ich werde im *Tannenbaum* auf eine Antwort warten. Es geht um Leben und Tod.«

Doch seine Worte verhallten ohne eine Reaktion, und mutlos musste er mit ansehen, wie Delafon und Selou im Schatten einer Seitenstraße verschwanden.

Deprimiert stand er auf der Stelle und starrte zu der kleinen Gasse. Roquine Delafon, seine letzte Hoffnung, war davongelaufen.

Es dauerte lange, bis er wieder einen klaren Gedanken fassen konnte. Schließlich wandte er sich um und trottete niedergeschlagen in Richtung *Altstadt* davon. Er wusste nicht einmal, ob die Kneipe, deren Namen er den beiden hinterhergerufen hatte, überhaupt noch existierte.

23

Jonathan Nowak saß auf der Kante seines Bettes und wickelte sich ein feuchtes Handtuch um die geschwollene Wade. Wenigstens hatte er in diesem winzigen Hotelzimmer irgendetwas zum Verbinden gefunden.

Bevor er diesem riesigen Köter den Garaus machen konnte, hatte ihn das Mistviech doch tatsächlich noch am Bein erwischt. Wie hätte er auch ahnen können, dass Maréchal sich eine Dogge als Leibwächter hielt?

Als er ein paar Minuten später das Handtuch von der Wunde nahm, waren die Spuren des Bisses auf seiner Wade deutlich zu erkennen.

Zumindest hatte ihn niemand gesehen, als er mit brennenden Schmerzen aus Maréchals Villa gehumpelt kam, um es durch den Park bis hierher in die *Neutorstraße* zu schaffen.

Wenigstens stellte in dieser Absteige niemand Fragen. Das Etablissement und seine Stundenzimmer gehörten zu einem Nachtclub, der im Erdgeschoss des Gebäudes untergebracht war. Die Nutten und ihre Zuhälter hatten nur gelangweilt zu ihm herübergesehen, als er an der Rezeption nach seinem Schlüssel suchte. Keine dieser Randgestalten hatte ein Interesse daran, Aufmerksamkeit auf sich zu ziehen, und noch viel weniger wollte sie die Cops im Haus. Nowaks Kontaktperson hatte mit der Auswahl dieses Freudenhauses ins Schwarze getroffen, und so war es ihm unangenehm, ja fast peinlich, dass er sich wie ein Amateur von einem Köter hatte ins Bein beißen lassen.

Er faltete das Handtuch sorgfältig zu einem Quadrat zusammen und legte es neben sich auf das Bett. Auch wenn er noch immer Schmerzen hatte, so war zumindest die Blutung gestoppt.

Aus seiner Ledertasche angelte er einen Plastikbecher, schraubte den Deckel ab und verteilte die zähe Paste über die Wunde. Er nahm eine Schere aus der Tasche, schnitt ein Stück Stoff aus dem Kopfkissenbezug, zerteilte es in kleine Streifen und verband damit sorgsam die Wade.

Fachmännisch prüfte er den Sitz der Bandage, danach stand er auf, belastete zuerst das gesunde Bein, wechselte dann vorsichtig auf das lädierte Bein und humpelte langsam hinüber zum Fenster.

Erleichtert stellte er fest, dass es funktionierte, auch wenn jeder Schritt, mit dem er die verletzte Wade strapazierte, so höllisch wehtat, als stecke ein rostiger Nagel im Fleisch.

Vorsichtig setzte er sich auf einen Plastikstuhl, streckte das verletzte Bein aus und legte es auf die Fensterbank. Durch die mit harzigen Schlieren verdreckte Scheibe sah er zur Straße hinunter.

Vor dem Fenster klebte Taubenscheiße auf den an der Außenfassade angebrachten Plastikbuchstaben. Im Inneren der Buchstaben glommen kleine rote Lämpchen, und wenn man die Buchstaben miteinander verband und die Spiegelschrift umkehrte, konnte man den Namen des Etablissements entziffern: *Rote Laterne.*

Nowak lehnte sich zurück, klopfte eine Zigarette aus der Packung, steckte sie in den Mundwinkel und zündete sie an. Er nahm einen tiefen Zug, öffnete den Mund und ließ den Rauch zur Decke aufsteigen.

Vom Hausflur näherten sich Schritte. Er spitzte die Ohren. Zwischen die Schritte mischte sich ein albernes Kichern, und die dunkle, erhitzte Stimme eines Mannes ertönte. Ein Schlüssel wurde in ein Schloss gesteckt, eine Tür geöffnet und gleich darauf wieder geschlossen. Danach war es wieder still.

Vor dem Hotel hielt ein Kombi, und ein Glatzkopf mit Ohrringen und in einen Overall gekleidet stieg aus. Er öffnete den Kofferraum und lud Getränkekisten aus. Seine kräftigen, tätowierten Oberarme strafften sich, und Nowak betrachtete das Spiel der Muskeln, begutachtete die breiten Schultern und die aristokratisch geschnittene Nase, die einen harten Kontrast zu dem ansonsten fleischigen Gesicht des Glatzkopfes bildete. Mit eckigen Bewegungen wuchtete er die Kisten zum Eingang.

Nowak spürte, wie die Creme zu wirken begann, und eine wohltuende Kühle breitete sich über der Wunde aus.

Zufrieden zog er an der Zigarette, und seine Gedanken schweiften ab zu seinem Besuch im Rosengarten. Er hatte es sich leichter vorgestellt, aus Maréchal die Informationen herauszubekommen. Der Mann mit den schmalen Schultern entpuppte sich allerdings als zäher Brocken, und erst, als er ihm ein Ohr abgeschnitten hatte, bröckelte sein Widerstand.

Nowak hatte Respekt vor solchen Typen.

Als er noch ein Anfänger war, hatte er ein ernstes Problem in *Colorado* zu lösen, weswegen Richard Donne ihn auch begleitete und vorwarnte, dass der Auftrag schwierig werden würde.

Auf der Hinfahrt erzählte Donne, dass der Mann, den sie im Begriff waren zu besuchen, auf Sizilien geboren und aufgewachsen war, bevor er mit seinen Eltern und seinen Geschwistern in die Staaten auswandern musste, weil der Vater die Familie auf der bettelarmen Insel nicht mehr ernähren konnte. Trotzdem war er damals bereits alt genug, um sich an die ungeschriebenen Gesetze seiner Heimat zu erinnern, an die er sich ein Leben lang halten sollte. Verschwiegenheit und unbedingte Treue, ein Eid bis in den Tod. Und obwohl er schon viele Jahre mit dem Geschäft nichts mehr zu tun hatte, barg sein sturer Dickschädel jede Menge an Geheimnissen über Leute und Machenschaften. Seine Nachfolger in der Organisation, die der Sizilianer einst mitbegründet hatte, hatten ihn in ein abgelegenes Landhaus in die Wildnis *Colorados* verbannt, wo er wertlos dahinsiechte.

Donne bekam die Adresse von seinen Auftraggebern, und als sie den Landsitz endlich gefunden hatten, hatte Nowak wenig Mühe, dem auf der Veranda dösenden Leibwächter eine Kugel ins Gesicht zu verpassen.

Der Sizilianer hatte das Ganze mit versteinertem Blick durch ein Fenster beobachtet, und in diesem Moment ahnte Nowak, dass es nicht leicht werden würde, den Alten zum Reden zu bringen.

Die Entbehrungen, die der Greis in seinem Leben hatte erdulden müssen, standen ihm ins Gesicht geschrieben. Tief eingegrabene Magenfalten, eine runzlige Haut, schwulstige, brüchige Lippen und schütteres, weißes Haar, das die eingefallenen Wangen umrahmte. Nur eine Strähne fiel ihm vorwitzig, wie bei einem Lausbuben, in die Stirn.

Nowak machte sich daran, den Sizilianer unter der Anleitung von Donne zu bearbeiten, bis er ihn schließlich bei lebendigem Leib in seine Einzelteile filetiert hatte.

Als Nowak die Knochensäge sinken ließ, war er von oben bis unten mit Blut besudelt, und die Arme und Beine des Alten lagen sorgsam abgetrennt neben dem Rollstuhl.

Der Sizilianer hatte bis zu seinem letzten Atemzug keinen Laut von sich gegeben, und fast schien es, als sei er froh darüber gewesen, noch einmal Mal beweisen zu dürfen, aus welchem Holz er geschnitzt war.

Auf der Rückfahrt geriet Donne ins Schwärmen und huldigte dem unbeugsamen Willen und dem Stolz des Sizilianers. Solche Männer hätten Amerika einst zu der Nation geformt, die es heute leider nicht mehr war, und der Anstand gebot es, dass man diesem Mann Respekt zollte.

Niemals zuvor hatte Nowak Donne derart respektvoll über jemanden urteilen hören, und als Donne schließlich auf dem kühlen Leder des Beifahrersitzes eingeschlafen war und Nowak den Wagen durch die nächtliche Weite *Colorados* steuerte, glaubte er mit einem Mal zu verstehen, was Donne mit den alten Traditionen meinte, die Amerika einst mächtig gemacht hatten. Und das erste Mal seit langer Zeit musste er wieder an seinen Vater denken, der Tag und Nacht auf dem Feld geschuftet hatte, damit er seine Familie ernähren konnte, und als es ihm schließlich dreckig ging, weil Mutter ihn im Stich gelassen hatte, fühlte sich niemand von den unzähligen Wohlfahrtsorganisationen für ihn verantwortlich.

Und heutzutage, wo diese reisfressenden Asiaten den Westen der USA übervölkerten, und diese verwahrlosten Mexikaner, die nur ihre eigene verdammte Sprache sprachen, wie Schwärme hungriger Heuschrecken über den Süden herfielen, sollte man einfach nur zusehen und seine Klappe halten? Abschlachten sollte man sie alle, in Gruppen zusammentreiben, an die Wand stellen und erschießen.

Ein Geräusch im Treppenhaus riss ihn aus seinen Gedanken. Er lauschte in den Flur. Eine entspannt murmelnde Männerstimme entfernte sich gemeinsam mit einem der Mädchen.

Nowak setzte sich aufrecht.

Er hatte einen Auftrag zu erledigen.

Roquine Delafon.

Maréchal hatte den Namen geflüstert, als er Blut spuckend und ohne Ohren vor ihm auf dem Boden kniete. Nowak war sich sicher, dass Maniel sie aufsuchen würde. Er musste ihm zuvorkommen, denn wenn dieser Bastard ihm schon andauernd durch die Lappen ging, dann musste er sich zumindest um Delafon kümmern, bevor sie dazu kam, Maniel ihr kleines Geheimnis anzuvertrauen.

Nowak drückte die Zigarette im Aschenbecher aus und hob sein verletztes Bein vom Fenstersims. Die Bewegung verursachte einen stechenden Schmerz in der Wade. Er biss die Zähne zusammen und humpelte hinüber zum Bett. Dort lag seine Anzughose, durch die der Köter ihn gebissen hatte. Sachkundig betrachtete er ihren Zustand.

Der Stoff hatte kaum etwas abbekommen, nur die beiden Reißzähne waren durchgedrungen und hatten zwei Löcher gebohrt. Zwar klebte an der Innenseite der Hose Blut, doch nichts davon war nach außen gedrungen.

Es würde gehen, es musste gehen. Der Auftrag hatte ihn bereits viel zu viel Zeit gekostet. Schon den Professor zu beseitigen und den Verdacht auf Maniel zu lenken, war kompliziert gewesen, obwohl er sich darauf länger hatte vorbereiten können. Mit einem gefälschten Ausweis und als Wachmann verkleidet, war er ungehindert auf das Gelände von Orban Robotic gelangt, und mit dem Lageplan, den seine Auftraggeber beschafft hatten, hatte er Borchards Labor gefunden. Maniel um diese Uhrzeit in die Firma zu locken, gestaltete sich dann einfacher, als Nowak es erwartet hatte. Der Rest war Routine.

Als die Cops mit viel Getöse und Blaulicht auf dem Firmengelände eintrafen, machte sich Nowak in der allgemeinen Verwirrung aus dem Staub, nicht ohne aus sicherer Entfernung noch abzuwarten, wie Maniel mit Handschellen in einen Streifenwagen verfrachtet wurde.

Doch dann gelang diesem Hurensohn die Flucht, und nun saß Nowak in diesem Provinznest mit seiner verschissenen jahrtausendalten Kathedrale fest und wartete darauf, dass er seinen Auftrag endlich zu Ende bringen konnte.

Es wurde Zeit. Er humpelte ins Badezimmer.

Im Nachtclub unter ihm hatte jemand die Musikanlage aufgedreht, und die Bässe drangen zu ihm herauf.

24

Die Sonne klebte als gelber Ball hoch am hellblauen Himmel und verteilte ihre Strahlen über die Bankentürme der Finanzmetropole am Main. Einige wenige Schleierwolken waberten am Firmament wie kleine, verspielte Geister und erzeugten das Gefühl sommerlicher Geborgenheit. Die Hochhäuser thronten trotzig am Horizont, während sich der Main leise an ihnen vorbeischlängelte, um auf seinem Weg von der Fränkischen Alb bis zur Rheinmündung auch an einem umzäunten Firmengelände im Frankfurter Osten vorbeizufließen.

Das Areal war umgeben von meterhohen Stahlzäunen, deren Pfahlspitzen von zentimeterlangen Stacheln gesäumt waren, die aussahen wie silberne Schwämme und auf denen hochauflösende Spezialkameras lautlos ihre

Arbeit verrichteten. Ein graues, bunkerähnliches Betongebäude mit verspiegeltem Panzerglas und misstrauisch blickenden, ehemaligen Elitesoldaten sowie ein meterdickes Stahltor sorgten dafür, dass kein Unbefugter das Gelände betrat.

Inmitten des Grundstücks stand ein kreuzförmiger Gebäudekomplex, dessen Hauptgebäude einundzwanzig Stockwerke in die Höhe ragte. Während sich die Labore und Forschungseinrichtungen auf die flachen Teile des Komplexes verteilten, hatte man die Sicherheitsabteilung und die Verwaltung im Hochhaus untergebracht. Zwischen der neunzehnten und zwanzigsten Etage war in riesigen Schriftzeichen der Name des Unternehmens angebracht – *Orban Robotic.*

In diesem Moment, in dem sich die zahlreichen Wissenschaftler in den Laboren ihren Forschungsaufgaben widmeten und exzellent dotierte Manager in der Verwaltung die Finanzen beaufsichtigten, fanden sich im Büro der Geschäftsleitung zwei hochrangige Besucher aus Berlin ein.

Auf hohen Absätzen und in einem auf die atemberaubende Figur zugeschnittenen Etuikleid stöckelte die Chefsekretärin aus dem Verwaltungssaal und gab den Blick auf den Chief Executive Officer des Unternehmens frei, der es sich nicht nehmen ließ, den nackten Beinen seiner Assistentin so lange nachzusehen, bis diese die Tür von außen geschlossen hatte.

Amadeus Orban, seine Familie hielt sechsundsechzig Prozent der Aktien, der Rest verteilte sich auf das Land Hessen und den Bund, war erst vor Kurzem von einer Asienreise zurückgekehrt, wo er sich mit hochrangigen chinesischen Militärfunktionären getroffen hatte, die an den neuesten Produkten der Firma Orban Robotic interessiert waren.

Ein wenig übermüdet, was man ihm jedoch niemals ansah oder gar anmerkte, lehnte er sich in seinem ledernen Chefsessel zurück und musterte die beiden Beamten aus Berlin, während seine Finger mit seinem Ehering spielten. Auf der Stirn über seinen stets ein wenig misstrauisch dreinblickenden Augen wölbte sich eine Beule, die an einen Belugawal erinnerte, und die seit Generationen innerhalb der Familie weitervererbt wurde.

Seit sein Vater vor fünf Jahren den Alterssitz in die Vereinigten Staaten verlegt hatte und sich mit dem Erwerb des kalifornischen New Orange County Soccer Clubs einen Lebenstraum erfüllt hatte, leitete Amadeus Orban die Firma. Seine Strategie, sich dem asiatischen Markt zu öffnen und die Kooperation mit dem Bundesverteidigungsministerium zu vertiefen, hatte sich bezahlt gemacht, auch wenn dies bedeutete, sich von Zeit zu Zeit mit langweiligen Staatsbeamten herumschlagen zu müssen.

Dazu zählten leider auch die beiden Herren aus Berlin, die ihm mit ihren unmodischen Anzügen, streng bebrillt und mit gescheiteltem Haar, gegenübersaßen.

Doch Amadeus Orban wusste, wie er mit diesen Leuten umzugehen hatte, auch wenn sich das heutige Gesprächsthema als ein wenig heikler präsentierte.

»Wenn Sie nichts dagegen haben, Herr Orban, würden wir mit Ihnen gerne noch einmal einige Fakten zu dem verstorbenen Professor Doktor Pius Borchard erörtern, um die Verbindung des Professors mit ihrer Firma, der Orban Robotic, besser nachvollziehen zu können«, sagte Frederik Heinrich, einer der Beamten, während er den Zeigefinger gegen den Nasensteg seiner Brille drückte.

Amadeus Orban lächelte höflich. »Aber gerne, meine Herren, auch wenn ich mich dazu bereits sehr ausführlich mit einem Oberstaatsanwalt eingelassen habe.«

Heinrich räusperte sich. »Zwischenzeitlich hat sich die Sachlage allerdings ein wenig verschoben, und so mögen die Zusammenhänge jetzt in einem anderen Licht erscheinen«, antwortete er ebenso höflich.

Orban unterdrückte ein Seufzen und bleckte seine schneeweißen Zähne.

»Also gut, wie Sie möchten«, er holte Atem. »Wie Sie wissen, meine Herren, erhielt Orban Robotic vor einigen Jahren vom Bundesverteidigungsministerium den Auftrag zur Konzeption eines selbstständig denkenden Kampfroboters. Das sogenannte Projekt *Autonomus*«, mit ernsthaftem Blick nickte er den Beamten zu. »Die größte Herausforderung für unsere Firma bestand darin, ein human appliziertes, künstliches Gehirn zu entwickeln, das, einmal auf ein Ziel programmiert, fähig ist, eigene Entscheidungen zu treffen«, er kniff die Augen zusammen. »Zu dieser Zeit war es unseren Wissenschaftlern zwar gelungen, den Korpus und die Bewaffnung für einen Kampfroboter zu konstruieren, allerdings waren wir nicht in der Lage, das notwendige Steuerinstrument, also ein komplexes Gehirn, zu entwickeln.«

Orban erhob sich von seinem Platz, trat ans Fenster und blickte mit hinter dem Rücken gekreuzten Armen hinaus: »Wir benötigten also einen Spezialisten, der diese zugegebenermaßen nicht unbedeutende Aufgabe zu lösen in der Lage war. Und in ganz Europa gab es dafür nur einen Experten. Professor Doktor Pius Borchard vom Lehrstuhl für künstliche Intelligenz an der Universität in Mainz.«

Orban wandte sich den Beamten zu: »Wir, also die Leiterin unserer Personalabteilung und ich selbst, beschlossen, mit Borchard Kontakt aufzunehmen. Die ersten Gespräche verliefen im Sand, da er den Universitätsbetrieb nicht verlassen wollte. Vielleicht hatte er auch Vorbehalte, für ein Unternehmen zu arbeiten, das Waffen produzierte. Doch wir blieben an ihm dran.«

Orban schüttelte angestrengt den Kopf. »Die Diskussionen zogen sich über mehrere Monate erfolglos dahin, bis Borchard schließlich den Kontakt abbrach. Einige Zeit später, wir hatten uns gerade entschieden, nach einem Alternativkandidaten Ausschau zu halten, meldete sich der Professor. Er hatte es sich anders überlegt und war unter gewissen Bedingungen bereit, zuzusagen.«

Die Beamten warfen sich einen vielsagenden Blick zu.

»Was waren seine Bedingungen?«, fragte Heinrich.

»Er versagte sich jegliche Einmischung oder Kontrolle seiner Arbeit. Und er bestand darauf, sein Team selbst zusammenzustellen. Nichts Ungewöhnliches für einen Wissenschaftler seines Kalibers.«

»Sie stimmten zu?«, fragte Heinrich.

»Natürlich«, antwortete Orban. »Wo denken Sie hin? Einen Mitarbeiter vom Schlage Borchards stellt man nicht alle Tage ein. Seine Bedingungen waren akzeptabel, und sein Gehalt war uns egal.«

»Was passierte als Nächstes?«, fragte Heinrich.

»Die Konstruktion des Robotergehirns kam zügig voran. Alles lief nach Plan, und die ersten Tests waren vielversprechend«, Orban hatte wieder Platz genommen. »Auf dem Gebiet der autonomen Waffentechnik unterscheiden wir vierzehn Ebenen, die die Steuereinheit, also das Gehirn des Roboters, zu durchlaufen hat, bis es voll einsatzfähig ist. Auf jeder Stufe des Prozesses wartet eine neue, komplexere Aufgabe, die das Gehirn zu lösen hat. Schritt für Schritt entsteht so ein künstliches Entscheidungsuniversum bis hin zur totalen Autonomie, die keinen menschlichen Einfluss mehr benötigt.«

»Und wie viele Ebenen hat der Roboter durchlaufen?«, fragte Heinrich.

»Zwölf«, antwortete Orban. »Borchard und sein Team standen kurz vor dem Durchbruch. Es gab bereits eine kleine Feier, was bei dem Professor alles andere als üblich war.«

»Was passierte dann?«, fragte Heinrich.

Orbans Gesichtszüge verhärteten sich. »Spätnachts erhielt ich einen Anruf aus der Zentrale. Mein Sicherheitschef war am Apparat und bat mich, sofort in die Firma zu kommen. Es sei etwas Schreckliches geschehen. Am Telefon wollte er mir nicht mehr verraten, aber an seiner Stimme hörte ich, dass es sich um eine ernste Angelegenheit handelte. Als ich etwa dreißig Minuten später auf dem Gelände eintraf, wimmelte es von Uniformierten und Kriminalbeamten. Ich sah gerade noch, wie der engste Mitarbeiter von Borchard, Hugo Maniel, in Handschellen abgeführt wurde, und kurz darauf erfuhr ich von dem grausamen Mord an Pius Borchard.«

Orban unterbrach sich, schüttelte ungläubig den Kopf. »Borchards Tod wird die Firma Millionen kosten, ganz abgesehen von den Auswirkungen auf das Projekt *Autonomus*.«

»Ist kein anderer in der Lage, das Projekt weiterzuführen?«, fragte Heinrich.

Orban sah ihn ungläubig an. »Nun ja, Maniel wäre vielleicht in der Lage dazu, allerdings flüchtet der ja gerade vor der Polizei. Außerdem glaube ich kaum, dass man ihm inzwischen noch eine Arbeit in einem Waffenkonzern genehmigen würde.«

Heinrich und sein Kollege tauschten einen vielsagenden Blick.

»Kennen Sie Hugo Maniel persönlich?«, fragte Heinrich.

Orban zögerte, als müsse er sich die Antwort erst zurechtlegen.

»Ich würde nicht von Kennen sprechen. Ich habe mich ein-, zweimal mit ihm unterhalten. Zur Feier der zwölften Ebene des künstlichen Gehirns hatte mich Borchard ebenfalls eingeladen. Dort ergab sich ein kurzes Gespräch mit Maniel.«

»Und über was haben Sie mit ihm gesprochen?«, fragte Heinrich.

»Belanglose Dinge. Wir sprachen über Fußball. Er ist gebürtiger Mannheimer und Waldhof-Mannheim-Fan. Wie Sie sicherlich wissen, wurde mir das Interesse am Fußball quasi in die Wiege gelegt.«

Erneut tauschten die Beamten einen raschen Blick. Im Dossier über Amadeus Orban befand sich ebenfalls eine längere Abhandlung über seinen Vater.

»Was war Ihr Eindruck von Maniel?«, fragte Heinrich.

Orban sah ihn skeptisch an, als erachte er die Beantwortung der Frage in Anbetracht der Umstände als überflüssig. »Ehrlich gesagt, machte er auf mich keinen schlechten Eindruck. Ein besonnener Mensch und hochintelligenter Ingenieur, mit dem man gerne zu tun hat.«

»Ein Mörder? Der Mörder von Borchard?«, hakte Heinrich nach.

Orban seufzte. »Die Beantwortung dieser Frage fällt nicht in mein Aufgabengebiet, meine Herren. Ich nehme die Fakten zur Kenntnis, die mir zugetragen werden. Der Rest ist Ihre Angelegenheit.«

Eine Weile schwebte die Antwort im Raum, dann wechselte Heinrich das Thema.

»Gut. Dann wollen wir über Ihren gestrigen Anruf im Bundesverteidigungsministerium sprechen. Könnten Sie uns den Hintergrund bitte etwas genauer erläutern?«

Orban presste die Lippen zusammen und nickte nachdenklich, während er ein großes Gemälde an der Wand fixierte, von dem nur wenige wussten, dass es von einem aufstrebenden Luxemburger Künstler namens Joe Leiner gestaltet worden war.

Als er sich wieder den Berlinern zuwandte, war sein Blick klar und aufgeräumt. »Kurz bevor ich nach Asien abreiste, gab ich meinem Sicherheitschef den Auftrag, in Borchards Umfeld Nachforschungen anzustellen. Seit Borchard von einem Vortrag aus Russland zurückgekehrt war, verhielt er sich irgendwie anders, wirkte abwesend und fahrig.« Ein dünnes Lächeln huschte über Orbans Gesicht. »Nicht, dass Borchard ansonsten ein aufgeschlossener, mitteilungsfreudiger Mensch gewesen wäre. Ganz im Gegenteil, er war ein Kauz, ein Wissenschaftler, wie man sich einen Wissenschaftler im Allgemeinen vorstellt. Aber dennoch schien er verändert.«

Orban sprach leise, schüttelte den Kopf. »Ich aß gerade in Peking mit einem chinesischen General zu Abend, als ich einen Anruf meines Sicherheitschefs erhielt. Er klang angespannt und berichtete mir, dass man die Materiallieferungen an Borchards Abteilung mit dem Inventar abgeglichen hatte.«

Orban räusperte sich. »Um es kurz zu machen. Es fehlen die Komponenten eines kompletten Roboterbausatzes, also Korpus, Bewaffnung und Antrieb.«

Die Beamten sahen sich an, und Heinrich setzte zu einer Frage an, doch Orban kam ihm zuvor: »Die eilends eingeleiteten Suchaktionen brachten kein Ergebnis, sodass wir zum jetzigen Zeitpunkt davon ausgehen müssen, dass die Module gestohlen wurden.«

»Maniel?«, fragte Heinrich.

Orban schüttelte den Kopf. »Unwahrscheinlich. Maniels Sicherheitsstatus reichte nicht aus, um etwas Derartiges zu bewerkstelligen. Jedes Mal, wenn er das Firmengelände betrat oder verließ, wurde sein Wagen von den Wachmannschaften am Tor penibel durchsucht.«

Orban stand auf, trat ans Fenster. Er schüttelte den Kopf. »Nein, es kann nur Borchard gewesen sein. Er hatte den entsprechenden Sicherheitsstatus, und niemand untersuchte seinen Wagen. Zudem konnte er frei über seinen Materialbestand verfügen.«

Heinrich nickte und wartete, bis Orban wieder am Schreibtisch saß. »Wenn ich Sie richtig verstanden habe, Herr Orban, fehlen bis zur endgültigen Fertigstellung des künstlichen Gehirns noch zwei Entwicklungsebenen. Dann müssen wir uns also keine Sorgen machen?«

Orban seufzte. »Es ist richtig, dass Borchard im Firmenlabor auf der zwölften Ebene angelangt war. Wenn es ihm allerdings gelungen ist, einen kompletten Robotersatz aus der Firma zu schmuggeln, dann besteht durchaus auch die Möglichkeit, dass er die letzten beiden Entwicklungsstufen an einem anderen Ort fertiggestellt hat.«

Heinrich hob die Augenbrauen. »Sie wollen also andeuten, dass dort draußen ein vollständig einsatzbereiter Kampfroboter existiert?«

Orban hob die Schultern. »Wie ich bereits vorhin sagte, meine Herren. Ich halte mich an die Fakten, die Schlussfolgerungen daraus müssen Sie ziehen, das fällt nicht in meinen Aufgabenbereich.«

Demonstrativ warf er einen Blick auf seine Armbanduhr. »Wenn Sie keine weiteren Fragen haben, würde ich mich gerne wieder an meine Arbeit machen. Ich bin bereits hinter meinem Zeitplan zurück.«

Orban stand auf. Die beiden Beamten erhoben sich ebenfalls.

»Ich denke, dass wir für den Moment genug Informationen haben, Herr Orban«, sagte Heinrich. »Falls Sie nichts dagegen haben, werden sich unsere Spezialisten wegen einiger Detailfragen nochmals mit ihrem Sicherheitsdienst in Verbindung setzen. Darüber hinaus wären wir Ihnen dankbar, wenn Sie, sobald es neue Entwicklungen gibt, uns umgehend darüber informieren.«

»Natürlich«, antwortete Orban und streckte Heinrich die Hand entgegen. »Orban Robotic wird mit allem helfen, um den Fall schnellstmöglich aufzuklären.«

Die Männer verabschiedeten sich, und ein paar Minuten später stand Amadeus Orban gedankenversunken am Fenster, während eine gepanzerte Limousine mit zwei nachdenklichen Berliner Beamten vom Firmengelände rollte.

25

Die Kneipe existierte noch immer, und nichts hatte sich seit damals verändert. Der Wirt war noch immer derselbe, auch wenn seine herabhängenden Wangen ein wenig aufgedunsener wirkten und die Schatten unter seinen Augen etwas dunkler. Getränke gab es nur am Tresen, weil der Wirt sich weigerte, volle Biergläser auf einem Tablett durch die Kneipe zu balancieren.

Spielautomaten mit blinkenden Lichtern wechselten zwischen hohen und tiefen Tönen, die metallisch aus versteckten Lautsprechern dröhnten. Auf einem Barhocker saß ein steinalter Zwerg mit braunen, über der Glatze verteilten Altersflecken, der Maniel mit schlechten Zähnen apathisch angrinste, bevor er sich wieder dem Automaten widmete und mit zittrigen Fingern seine letzten Münzen im Schlitz versenkte.

Ein zweiter Gast in einem Overall und mit dem breiten Schriftzug einer Baufirma auf dem Rücken schlief neben einem halbvollen Bierglas mit dem Kopf auf dem Tresen.

In den *Tannenbaum* verirrten sich nur die Nachtschwärmer, die niemals nach Hause wollten, weil sie dort nichts erwartete, außer den Sorgen ihrer unerfüllten Tage.

Seit über als dreißig Jahren hatte der *Tannenbaum* kein geistreiches Gespräch mehr hervorgebracht, geschweige denn ein nüchternes, an das sich irgendjemand am nächsten Tag noch erinnern konnte.

Maniel ließ sich am Tresen ein Bier geben und verzog sich in den hinteren Teil der Spelunke zu den beiden Flipperautomaten und dem alten Schwarzweiß-Fernseher, der ununterbrochen vor sich hin flimmerte und schon damals nur das Zweite Programm empfangen konnte, weil die Antenne zum nahen Sendezentrum auf dem Lerchenberg ausgerichtet war.

Kraftlos sank er auf einen alten Holzstuhl und schob zwei leere Biergläser zur Seite. Die Geräusche aus den Flipperautomaten drangen dumpf in seine Ohren, und die Bilder auf der Mattscheibe nahm er nur beiläufig wahr.

Er nippte an seinem Glas. Das Bier schmeckte schal, und als er sich an der Nasenspitze kratzte, hielt er ein Stück Plastik zwischen den Fingern. Gleichgültig rollte er es zu einer kleinen Kugel zusammen und schnippte es zu Boden.

Er hatte Kopfschmerzen, und sein Körper bebte in unregelmäßigen Schüben. Unter der Maske brannte seine Haut wie Feuer, seine Augäpfel juckten müde in ihren Höhlen. Er knabberte an seinen Lippen, bis er Blut schmeckte.

Das Kinn auf die Hände gestützt, schüttelte er träge den Kopf. Tränen rannen aus seinen Augen, doch er spürte nicht, wie sie die Wangen hinunterliefen.

Er hatte nur diese eine letzte Hoffnung gehabt, und nun war sie zerplatzt wie eine Seifenblase. In ihm war nur noch Leere, ein bedeutungsloses, qualvolles Vakuum. Er war nur noch ein Haufen Elend, seelenlos und tot. Nur seine Ängste waren ihm geblieben, aber selbst dafür hatte er keine Kraft mehr.

Pius Borchards bizarre Schnitzeljagd war zu Ende. Zwar hatte Maniel Kolle und Maréchal gefunden, hatte die Spur zu beiden wie ein eifriger Jagdhund aufgenommen, um schließlich am letzten Hindernis, an Roquine Delafon, wie an einer Wand aus Granit, zu zerschellen. Und nun, am Tiefpunkt seiner Suche, zerfleischten ihn Selbstvorwürfe und raubten ihm den letzten Rest seines Verstandes.

Hatte er fehlerhafte Variablen für Borchards Gleichung ausgewählt und den Algorithmus falsch interpretiert? Vielleicht hatte Borchard aber auch die Funktionalität seiner Theorie überschätzt, und letztlich war und blieb es unmöglich, den Zufall auszuschalten. Was immer es war, es war nun nicht mehr zu ändern. Er hatte keine Kraft mehr, und es war nur noch eine Frage der Zeit, bis man ihn aufspürte, um ihn für den Rest seines Lebens hinter Gittern zu sperren.

Er trank einen Schluck aus seinem Glas.

Was musste in Borchard vorgegangen sein, als er den Kampfroboter zuerst vom Firmengelände stahl, um danach in dessen Gehirn einen perfiden Todesplan einzuprogrammieren? Pius Borchard, das anerkannte Superhirn für künstliche Intelligenz, das die meiste Zeit seines Lebens in neonbeleuchteten Labors vor sich hingebrütet hatte, um Algorithmen zur Steuerung von Robotergehirnen zu entwickeln, und dessen größte Freude es war, wenn seine Berechnungen einen Sinn ergaben.

Aber wen interessierte das jetzt noch?

Niemanden.

Denn mit jeder Sekunde schwand Maniels Widerstandsgeist, und mit jeder Minute war er mehr bereit, sich aufzugeben. Viele Fragen würden niemals mehr beantwortet werden, während er den Rest seines Lebens in einer fensterlosen Zelle vor sich hinbrütete und über seine Vergangenheit nachdachte.

Eine schrille Tonfolge des Flippers riss ihn aus seinen Gedanken, und als er aufsah, fiel sein Blick auf den Bildschirm des Fernsehers.

Im ersten Moment wollte er nicht glauben, was er sah, doch bereits im nächsten Augenblick gefror ihm das Blut in den Adern.

Sein Gesicht war zu sehen. Eigentlich war es nicht sein Gesicht, es war die Maske, seine Maske. Und sie füllte den gesamten Schirm aus, groß genug, um alle Menschen der Republik, die gerade fernsahen, in Angst und Schrecken zu versetzen.

Unter seinem Maskengesicht war ein Schriftzug eingeblendet.

Hugo Maniel, Serienmörder auf der Flucht.

Er verstand nicht, also starrte er weiter auf den Schirm. Die Einstellung wechselte, und ein Mann in einem dunklen Anzug, perfekt sitzender Krawatte und einem arroganten Zucken um die Mundwinkel sprach in ein Mikrofon. Er kannte diesen Mann.

Oberstaatsanwalt Dr. Serge Rosenzweig.

Zwei Fotos erschienen auf dem Schirm, nebeneinander, quadratisch und in exakt gleicher Größe.

Achim Kolle und Patrick Maréchal und unter ihren Namen stand nur ein Wort: *Ermordet*.

Ermordet, wieso ermordet? Maniels Herzschlag setzte aus, und die Panik überfiel ihn wie ein Gewittersturm. Sein Gehirn sendete ihm nur einen einzigen Reflex. Fort, raus aus diesem Lokal, raus aus der Stadt, weit weg, irgendwohin, wo ihn niemand fand.

Verzweifelt sprang er auf. Erneut erschien Rosenzweig auf dem Schirm und sprach mit ernster Miene zu den Zuschauern.

Maniel wirbelte herum, war bereit, davonzulaufen.

Doch er verharrte auf der Stelle.

Eine riesige Gestalt in einem schwarzen Umhang versperrte ihm den Weg. Die geisterhafte Silhouette erinnerte an einen Reiter der Apokalypse. Nur das Weiße der Augäpfel leuchtete aus einem dunklen Gesicht. In Zeitlupe bewegten sich seine Lippen, und eine basstiefe Stimme drang in Maniels Ohr: »Mademoiselle Delafon wünscht Sie zu sehen.«

26

Die Fahrt in einem dunkelroten Citroen DS verlief wortkarg. Während Maniels Stimmung, noch immer ergriffen von den Fernsehbildern, zwischen Verzweiflung und Hoffnung wechselte, steuerte Selou die Limousine mit unbewegter Miene hinauf in die *Goldenluftgasse*, die nicht weit von der Altstadt entfernt auf einem Hügel lag. Mit einer Fernsteuerung öffnete er das Garagentor und parkte den Wagen.

Maniel kam Selous wortloser Aufforderung nach und stieg aus dem Auto. Sie durchquerten die Parkgarage bis zu einem Aufzug. Selous Miene war ausdruckslos und verriet keinerlei Neugier auf den Gast. Es war Delafons Wunsch, Maniel zu empfangen, und Selou erfüllte ihr diesen Wunsch.

Ein Fahrstuhl brachte beide nach oben, und als die Türen auseinanderglitten, tat sich ein ovales Foyer auf. Von der Decke baumelte an einem langen Kabel eine Designerleuchte, und an der mit einer bunten Stofftapete verzierten Wand hing ein Ölgemälde, das die Steinreihen von Carnac zeigte und in einen aufwendig verzierten Rahmen eingefasst war.

Selou ließ Maniel den Vortritt. Er deutete auf einen der Korridore, die vom Foyer abführten. »Ich denke, es wäre eine gute Idee, wenn Sie sich erst einmal frisch machen und Mademoiselle Delafon mit ihrem eigenen Gesicht unter die Augen treten.«

Maniel nickte wortlos und folgte einem schmalen Lichtstrahl, der durch den Spalt eines der Zimmer in den Korridor fiel. Er schloss die Tür und sah sich um. Aus dem Spiegel blickte ihm ein fremdes Gesicht mit einer deformierten Nasespitze entgegen. Auf einer Ablage standen kleine Flaschen mit Flüssigkeiten, daneben lagen Cremetuben und Handtücher.

Mit einem Mal begann er zu zittern, und Tränen schossen ihm in die Augen. Er musste sich am Waschbecken festhalten, um nicht das Gleichgewicht zu verlieren. Es fehlte ihm die Kraft, sich diesem Gefühlsausbruch entgegenzustemmen, also ließ er seinen Emotionen freien Lauf. Erst nach ein paar Minuten hatte er sich wieder unter Kontrolle, warf einen Blick zur Tür und hoffte, dass Selou nichts davon mitbekommen hatte.

Vorsichtig zog er den Revolver aus dem Hosenbund, legte ihn auf einen Stapel Handtücher, dann zog er sein T-Shirt aus und begann sich abzuschminken.

Zwanzig Minuten später trat er mit gerötetem Gesicht auf den Flur. Selou erwartete ihn bereits. Der Riese hatte sich umgezogen und trug ein schwarzes Hemd mit großen Perlmuttknöpfen. Er verzog keine Miene angesichts Maniels Verwandlung. »Folgen Sie mir bitte, Mademoiselle Delafon erwartet Sie in der Bibliothek.«

Selou ging voran, und Maniel folgte ihm.

Im Korridor lag der Duft von Lavendel.

Vor einer Flügeltür stoppte Selou ab und beugte sich zu Maniel herunter. »Ich warte hier vor der Tür. Machen Sie keinen Fehler.«

Ohne ein weiteres Wort drückte er die Klinke herunter, und Maniel betrat die Bibliothek.

Ein Rest von Tageslicht fiel durch ein Mosaikfenster und verteilte sich im Raum. An den Wänden standen Regale voller Bücher.

Erst jetzt sah Maniel die zierliche Gestalt, die schwarz gekleidet in einem der Sessel saß. Die fein geschnittenen Gesichtszüge mit dem blassen Teint wurden von roten, lockigen Haaren umrahmt. Delafon hatte sich die Schönheit ihrer Jugend bewahrt, auch wenn sie in diesem Moment zerbrechlich wirkte und ihre Augen müde blickten. Sie rang ein wenig nach Luft. »Nehmen Sie doch bitte

Platz, Monsieur Maniel. Ich würde gerne aufstehen, um Sie zu begrüßen, aber ich bin zu schwach.«

Als sie es dennoch versuchte, hielt er sie zurück.

»Es tut mir leid«, sagte sie.

»Bitte nicht«, antwortete er.

Sie wirkte verlegen. Er spürte ihren Stolz und überlegte, ob es richtig war, sie davon abzuhalten, aufzustehen und ihr das Gefühl zu geben, sie sei hilflos.

»Ich verstehe Sie«, sagte er ohne Vorwurf in der Stimme und nahm auf dem zweiten Sessel Platz. Ein antiker Holztisch, auf dem zwei mit Wasser gefüllte Gläser standen, trennte die beiden Ledersessel voneinander. Sie bediente den Schalter einer Stehlampe und ein schwaches Licht sprang an und tauchte die Sitzecke in einen matten Schein.

Während sie schweigend dasaßen, dachte er über den sanften Klang ihrer Stimme nach und ihren leichten, französischen Akzent, mit dem sie ihre Worte akzentuierte. Er überlegte, wie er das Gespräch beginnen sollte, aber sie kam ihm zuvor.

»Ich bat Monsieur Selou, Sie zu finden und in meine Wohnung einzuladen, weil ich mich mit Ihnen unterhalten möchte.«

Ihre Worte waren sorgfältig gewählt und verrieten keinerlei Eile. Er hingegen war ungeduldig, spürte seine Anspannung, wusste allerdings, dass er sich ihrem Rhythmus anpassen musste, wenn er etwas in Erfahrung bringen wollte.

»Monsieur Selou ist ein Freund von Ihnen?«, fragte er.

Der Gedanke an Selou entlockte ihr ein sanftes Lächeln, sie wandte ihr Gesicht zu Maniel, musterte ihn lange.

»Monsieur Selou ist mein Medium«, sagte sie.

Als Maniel die Stirn runzelte, lächelte sie.

»Ein Medium verfügt über die Fähigkeit, das Diesseits mit dem Jenseits zu verbinden. Er überbringt mir Mitteilungen von meinem verstorbenen Vater aus der Zwischenwelt«, sie schlug ein Kreuz. »Monsieur Selou bewertet meine Stimmungen und Gefühle und deutet die Nachrichten der Toten.«

Maniel sah in Richtung Tür und versuchte sich seine Zweifel nicht anmerken zu lassen. Sie lächelte nachsichtig. »Ich verstehe, dass das nicht einfach einzuordnen ist. Kosmische Energie entsteht durch einen festen Glauben, der eine eigene Kraft freisetzt und unsere Liebsten im Elysium weiterleben lässt. Sie versorgen uns im Gegenzug mit der Unendlichkeit ihrer Gedanken und bewahren uns davor, Irrtümer zu begehen«, sie sah ihn einen Augenblick schweigend an, versuchte zu ergründen, ob er sie verstand. »Es bedarf gewisser Begabungen, um mit den Toten in Kontakt zu treten. Monsieur Selou besitzt diese Fähigkeit.«

Sie bemerkte, dass Maniel Mühe mit dem Gesagten hatte, also fuhr sie milde lächelnd fort: »Mein Vater lernte Monsieur Selous Familie kennen, als die französische Regierung ihn als Beamten nach Martinique sandte. Sie nahmen sich seiner an und weihten ihn in die Geheimnisse der Zwischenwelt ein. Als mein Vater nach Paris zurückkehrte, reiste der älteste Sohn der Familie mit ihm. Monsieur Selou ist dieser Sohn. Seit dieser Zeit kümmert er sich um meine Familie und begleitete uns auch nach Mainz.«

Delafons Gestik wurde lebendiger und ihr Lächeln ungezwungener. »Und um ihre Frage zu beantworten. Ja, Monsieur Selou ist ein Freund. Ich wüsste nicht, was ich ohne ihn tun sollte.«

Maniel spürte, wie sie mit den hoffnungsvollen Worten gegen ihre Trauer ankämpfte. Er wartete und ließ sie gewähren, respektierte ihre Gefühle und hoffte, dass sie bereit war, ihm die Antworten zu geben, die er so dringend benötigte.

Aber erneut kam sie ihm zuvor und baute eine Brücke zurück in die Wirklichkeit.

»Woher haben Sie das Foto?«

Maniel, überrascht von dem raschen Gedankenwechsel, sah sie an und überlegte. Wusste sie bereits, dass Maréchal und Kolle nicht mehr am Leben waren?

Er nannte einen Namen. »Patrick Maréchal hat es mir gegeben.«

»Patrick?«, sagte sie nachdenklich und sah auf das Stofftaschentuch in ihrer Hand. »Patrick, Achim und Pius. Alle sind sie nun tot.«

»Sie wissen es?«, fragte er vorsichtig.

»Monsieur Selou hat es mir gesagt, bevor die Nachrichten es gesendet haben. Er riet mir auch, mit Ihnen zu sprechen, denn Ihre Antworten können mir Frieden bringen.«

Maniel beobachtete sie schweigend. Nach einer Weile fragte er: »Sie kannten sich lange?«

Die Andeutung eines Lächelns huschte über ihr Gesicht, während ihre Gedanken in die Vergangenheit wanderten. Es dauerte einen Moment, bis sie antwortete: »Mein Vater arbeitete als Diplomat im französischen Staatsdienst. Man schickte ihn nach Algerien, danach nach Martinique, wo er an der Lunge erkrankte, und als er sich in Paris davon erholt hatte, sandte man ihn als Generalkonsul nach Mainz.«

Die Erinnerungen an ihren Vater entlockte ihr ein sentimentales Lächeln.

»Er war Sozialist, müssen Sie wissen, und er war davon überzeugt, dass die Kluft zwischen Arm und Reich irgendwann überwunden sein würde. Fast zwangsläufig zogen wir deshalb in die Mainzer Neustadt, zu dieser Zeit das Arbeiter- und Immigrantenviertel der Stadt. In der *Hindenburgstraße* fanden wir eine Wohnung, wenn auch in einem bourgeoisen Haus. Komfortabel musste es schon sein, denn ein Franzose muss repräsentieren, sagte er immer. Vater weigerte sich anfangs, sich in Mainz einzurichten, wollte so schnell wie möglich wieder weg, weil er sich nach seinen Aufenthalten in Algier, in der Karibik und vor allem in Paris, in Mainz in der Provinz wähnte. Doch nach einer Weile begann er sich an die Stadt zu gewöhnen, mochte ihre Lebensfreude, genoss das milde Klima und beschäftigte sich mit der lebhaften Stadtgeschichte«, Delafons große Augen leuchteten, und ihre Gesichtszüge erinnerten an die eines jungen Mädchens. »Ich war das einzige Kind meiner Eltern, wuchs mit Klavierunterricht und Geige auf, bekam Ballettstunden und Privatunterricht. Eine brave, wohlerzogene französische Mademoiselle, hübsch anzuschauen in ihren weißen Kleidern, den Kniestrümpfen und den roten Locken.«

Sie warf einen raschen Blick zu Maniel und vergewisserte sich, ob er ihr folgte, dann fuhr sie fort: »Irgendwann, ich war inzwischen schon ein Teenager, wartete ich auf den Bus, der mich immer zum Geigenunterricht brachte, als Patrick mich auf der Straße ansprach. Von den dreien war er immer der Mutigste, wenn es um Frauen ging.«

»Vielleicht lag es daran, dass er Franzose war?«, warf Maniel scherzhaft ein.

Sie lächelte nachsichtig. »Sein Vater war Franzose und kam Anfang der sechziger Jahre aus *Lille* als Gastarbeiter zu den Schott Glaswerken nach *Mombach.* Dort traf er seine zukünftige Frau, eine waschechte Mainzerin. Die Maréchals waren arm wie die Kirchenmäuse und lebten zu dritt in einer kleinen Wohnung in der Neustadt. Patrick stellte mich den beiden anderen der Clique vor, Achim und Pius.«

Sie lächelte gedankenverloren, ihre Augen waren feucht. »Meine drei Musketiere. Achim, der Philosoph, Patrick, der Finanzier, und Pius, der Wissenschaftler. Unzertrennlich waren sie und unglaublich eifersüchtig aufeinander, jeder auf seine Art intelligent, und alle hatten den unbedingten Willen, etwas aus ihrem Leben zu machen.«

Sie wedelte mit der Hand, als verdränge sie einen unliebsamen Gedanken.

»Meine Eltern mochten es nicht gerne, wenn ich mich mit den dreien traf. Aber der unverblümte Charme dieser Jungs hatte mich bereits vollkommen erobert, und wir sahen uns immer öfter.«

Maniel räusperte sich. »Sie kannten sie besser?«, fragte er, um im selben Moment zu bemerken, wie deplatziert seine Frage klang.

Doch Delafon schmunzelte. »Nein, nicht so, wie Sie vielleicht denken.«

»Entschuldigen Sie, ich wollte nicht indiskret …«, stammelte Maniel.

Sie winkte ab. »Es stimmt schon, dass sich alle drei für mich interessierten, aber es war Pius, der mir das Herz brach. Seine schüchterne, stets analytische Art, an die Probleme dieser Welt heranzugehen, und seine versteckte Fürsorge, mit der er sich um seine Nächsten kümmerte, zogen mich in seinen Bann.«

»Wie reagierten die beiden anderen?«

»Zu Anfang waren sie eifersüchtig, schienen sogar ein wenig verletzt. Der Stolz der Männer. Es dauerte eine ganze Weile, bis sie es akzeptierten.«

Er nickte stumm, gab ihr Zeit, ihre Gedanken zu ordnen.

»Wie ging es weiter?«

Das fragile Selbstvertrauen, das Delafons Mimik während der Schilderung ihrer glücklichen Vergangenheit begleitet hatte, verlor sich, und in ihre Gesichtszüge schlich sich die bedrückende Schwere wie zu Anfang des Gesprächs.

»Aus Jungs wurden Männer, die ihren eigenen, ganz persönlichen Weg fanden. Patrick, der stets am Geld interessiert war, wurde reich und leistete sich eine Villa am Rosengarten«, ein kurzes Lächeln huschte über ihr Gesicht. »Obwohl er im Herzen immer ein Kind der Neustadt blieb, wie übrigens die beiden anderen auch. Achim machte sich niemals etwas aus materiellen Dingen. Ihn interessierten die philosophischen Theorien der Moderne, dabei hatten es ihm vor allem die französischen Philosophen angetan. Vielleicht war das sogar ein wenig mein Verdienst. Er begann, neue soziologische Modelle zu entwickeln, in die er seine Ideologien einbettete. Er hatte damit Erfolg, aber aus der Neustadt brachten ihn keine zehn Pferde weg.«

Sie unterbrach sich, hielt sich ihr Taschentuch vor die Nase und weinte stumm. Ein Name schwebte wie ein letztes Geheimnis im Raum, und er ließ ihr die Zeit, ihre Antwort vorzubereiten. Ihr Blick verriet, dass sie gehofft hatte, die Frage nicht beantworten zu müssen.

»Pius«, es war nur ein Flüstern, »mit der Zeit wandte er sich seiner eigentlichen Bestimmung zu. Der Wissenschaft mit all ihren Theorien. Er war davon überzeugt, es war geradezu seine Obsession, zu beweisen, dass es keinen Zufall gibt. Alles war für ihn ein einziger, großer Ursache-Wirkung-Zusammenhang. Und in der Chaostheorie fand er schließlich seine Aufgabe. Tag und Nacht beschäftigte er sich mit mathematischen Formeln und entdeckte in der künstlichen Intelligenz die Möglichkeit, seine Ideen in die Praxis umzusetzen.«

Sie unterbrach sich, blickte versonnen ins Leere, dann fuhr sie fort: »Er schloss das Studium mit seiner Doktorarbeit ab, die er mit summa cum laude bestand. Mit dem gleichen Erfolg habilitierte er ein paar Jahre später an der Universität, woraufhin die Hochschule ihm umgehend einen Lehrstuhl für künstliche Intelligenz anbot. Man hatte sozusagen auf ihn gewartet, um den neuen Fachbereich zu etablieren.«

Maniel wusste von Borchards Anfängen an der Universität, es kursierten zahlreiche Geschichten darüber.

»Er begann sich emotional von mir zu distanzieren, zu intensiv beschäftigte er sich mit seinen wissenschaftlichen Theorien. Immer öfter bekam er unkontrollierte Wutausbrüche, abhängig vom Erfolg oder Misserfolg seiner Arbeit. Wir wurden uns fremder, und als meine Mutter, kurz nachdem mein Vater an einer Lungenentzündung gestorben war, ebenfalls verstarb, hatte ich nicht mehr die Kraft, die emotionale Distanz, die zwischen Pius und mir entstanden war, zu überbrücken, und so löste sich langsam unsere Verbindung.«

Sie schüttelte den Kopf. »Im Nachhinein denke ich, dass er fast erleichtert darüber war. Pius glaubte, eine fehlerlose Beziehung mit mir führen zu müssen, perfekt wie seine Algorithmen. Aber er wusste, dass er mir niemals die emotionale Zuwendung geben konnte, die ich mir ersehnte und die ich so dringend benötigte. Also gab er mich frei.«

Sie senkte den Kopf. »Ich habe nicht aufgehört, ihn zu lieben, und wehrte mich dagegen, dass jemand anderes mein Herz eroberte. Also blieb ich allein.«

Sie seufzte. »Patrick hat das nicht verstanden. Er und Pius haben jahrelang kein Wort miteinander gesprochen.«

»Ich wusste nicht …«, sagte er.

Sie winkte ab und senkte den Kopf.

Er wartete einen Moment, um dann zu fragen: »Hatten Sie noch Kontakt zu Pius?«

Sie blickte auf, schien von der Frage überrascht, während sich ihre Augen mit Tränen füllten. »Sporadisch. Meine Hoffnung auf eine Freundschaft entpuppte sich als Wunschvorstellung. Wir trafen uns hin und wieder zufällig auf gesellschaftlichen Veranstaltungen. Meistens tauchte er dort auf, weil man ihn zwang, daran teilzunehmen. Er verabscheute öffentliche Auftritte. Wohl hauptsächlich deswegen, weil sie ihn von seiner Arbeit abhielten. Irgendwann erfuhr ich von Achim, dass Pius seine Lehrtätigkeit aufgegeben hatte, um in Frankfurt bei dieser Waffenfirma tätig zu werden. Anfangs konnte ich seine Entscheidung nicht nachvollziehen, bis Patrick mir erklärte, dass er dort andere finanzielle Möglichkeiten hatte, seine Theorien in die Praxis umzusetzen.«

»Wann haben Sie ihn das letzte Mal gesehen?«, fragte Maniel.

Sie schüttelte den Kopf und schien abzuschätzen, wie weit sie ihm vertrauen konnte. Um ihre Lippen hatte sich eine tiefe Falte gebildet. »Vor einem Monat stand Pius unerwartet vor meiner Tür. Ich war eigentlich nicht in der Stimmung, ihn zu empfangen, wollte dem Seelenschmerz entgehen, der mich jedes Mal überkam, wenn ich ihn sah. Aber Monsieur Selou sagte mir, dass auf Pius' Seele eine schwere Schuld laste, die ihn fürchterlich quälte, also beschloss ich, mit ihm zu reden.«

Delafon stockte, sie hatte Mühe, ihre Gefühle zu kontrollieren. »Verzweifelt stürmte er in meine Wohnung, wirkte hektisch und unkonzentriert, und anders als sonst fiel es ihm schwer, die richtigen Worte zu finden.« Delafon deutete mit dem Zeigefinger auf Maniel. »Er saß auf dem Sessel, auf dem Sie jetzt sitzen. Ich hatte ihn noch niemals derart aufgelöst erlebt und machte mir große Sorgen.«

Delafons schmale Finger krampften sich um das Taschentuch, bis die Knöchel weiß hervortraten. »Er sprach von einem fürchterlichen Fehler, den er begangen hatte und der ihn nicht mehr losließ, und er hatte Angst davor, verrückt zu werden. Dauernd sprang er von seinem Sessel auf und lief nervös im Zimmer umher.«

Delafon stockte, vor ihrem inneren Auge schien sich die Szene erneut abzuspielen. »Ich schaffte es, ihn ein wenig zu beruhigen, und ganz langsam kam Struktur in seine Erzählung.« Die Erinnerung ließ ihre Hände zittern, und mit verlorenem Blick sah sie Maniel an. »Man hatte ihn nach Moskau eingeladen, um einen Vortrag zu halten. Von dieser Waffenfirma, für die er arbeitete, und dem Bundesverteidigungsministerium hatte er die Genehmigung dazu erhalten. Gleich nach seiner Rede in Moskau zog er sich zurück und gab vor, von der Reise erschöpft zu sein«, sie rang nach Atem. »In Wahrheit allerdings ließ er sich ein Taxi kommen und fuhr heimlich zum Kasino. Schon immer schwärmte er von der Leidenschaft der Russen für das Roulette. Russen spielen niemals nur aus Begeisterung, sagte Pius immer, sie spielen immer auch aus Erkenntnisgewinn.«

Delafon, nun ganz in ihre Geschichte vertieft, schüttelte den Kopf. »Kaum jemand wusste von Pius' Spielsucht. Für ihn war es nicht die Hoffnung auf einen Gewinn als vielmehr das Stelldichein mit dem Zufall. Nirgendwo anders standen sich der Zufall und Pius näher gegenüber als im Kasino. An diesem Abend, so erzählte er mir, spürte er, dass er endlich so weit war, den Zufall endgültig zu besiegen.«

Delafon schüttelte ungläubig den Kopf und flüsterte: »Natürlich blieb niemandem dieser kauzige Mann verborgen, der sogar im Kasino einen Laptop mit sich trug. Man sprach ihn an und bat ihn in einen Salon. Anfangs lehnte er ab, doch man überredete ihn.«

Delafon atmete schwer und zupfte an ihrem Taschentuch.

»Es stellte sich heraus, dass der Mann, der ihn sprechen wollte, nicht irgendein Jemand war. Es war ein russischer Oligarch, ein König der Unterwelt, wie Pius später herausfand. Intelligent, kultiviert und skrupellos. Pius und er waren sich sympathisch, und Pius erzählte ihm von seinen Theorien, die es ihm ermöglichten, den Zufall zu besiegen.«

Das Tageslicht in der Bibliothek war nun endgültig der Dämmerung gewichen, und Delafons Silhouette schimmerte grau gegen das Halbdunkel im Raum.

»Der Russe bot Pius eine Wette an. Es klang wie ein Scherz, aber Pius, im Hochgefühl des umworbenen Wissenschaftlers, der vor einem langersehnten Durchbruch stand, schlug ein.«

Delafon wandte ihr Gesicht zu Maniel und flüsterte mit dünner Stimme: »Es dauerte nur ein paar Minuten, und Pius hatte die Wette verloren. Ob es dabei mit rechten Dingen zuging, vermochte er nicht zu sagen, aber das war letzten Endes sowieso egal, und er ärgerte sich, dass seine Eitelkeit ihm einen Streich gespielt hatte.«

Sie schwieg, und Maniel sagte: »Nun, es gibt Schlimmeres als gekränkte Eitelkeit.«

Delafon warf ihm einen strengen Blick zu. »Warten Sie, Monsieur Maniel, die Geschichte ist noch nicht zu Ende.«

Maniel runzelte die Stirn, und Delafon fuhr fort: »Es war nicht nur seine gekränkte Eitelkeit, die Schaden genommen hatte. Von einem zum anderen Moment schuldete Pius einem russischen Oligarchen zwanzig Millionen US Dollar in bar. Das Geld musste innerhalb von drei Monaten bezahlt werden. Das war der Wetteinsatz.«

Maniel sah die Französin mit großen Augen an. Er erinnerte sich, dass man Borchard nach Russland eingeladen hatte, um dort einen Vortrag zu halten. In der Abteilung bei Orban Robotic hatten sie sogar darüber gescherzt, dass Putin nur darauf wartete, ihn endlich abzuwerben. Aber hatte ihn die Reise verändert, als er wieder zurück in Frankfurt war? Er hatte einige Meetings verlegt, mehrere Abgabetermine in die Zukunft geschoben und sich öfter als sonst in seinem Labor verkrochen. Allerdings war das nichts wirklich Außergewöhnliches. Aber was war schon außergewöhnlich für jemanden, der sich immer schon seltsam verhielt?

»Natürlich besaß er nicht annähernd so viel Geld«, führte Delafon ihren Gedanken fort. »Zurück in Frankfurt wollte er selbstverständlich nicht, dass irgendjemand von seinem Glücksspiel erfuhr. Er hatte eine riesige Angst davor, zugeben zu müssen, dass er eine Wette verloren hatte, bei der es darum ging, zu beweisen, dass es den Zufall nicht gab. Niemand würde ihm glauben, wenn er behauptete, es sei nicht mit rechten Dingen zugegangen. Nein, sobald die Sache an die Öffentlichkeit gelangte, war sein Ruf ruiniert, mehr noch, sein gesamtes Lebenswerk zerstört.«

Delafon machte eine Pause, und nach einem Moment der Überlegung sprach sie weiter: »Der Russe begann schon bald ihn unter Druck zu setzen, und Pius blieb nichts anderes übrig, als zu versuchen, das Geld irgendwie aufzutreiben. Er musste diskret vorgehen, denn niemand in seinem beruflichen Umfeld durfte etwas mitbekommen. Seine Reputation stand auf dem Spiel und damit auch die finanzielle Unterstützung seiner Arbeit.«

Sie unterbrach sich und wischte sich die Tränen aus den Augen.

»Also hat er seinen alten Freund Patrick Maréchal aufgesucht und ihn um Geld gebeten?«, fragte Maniel. »Und Maréchal war bereit, ihm zu helfen?«

»Patrick hätte sein letztes Hemd gegeben. Er versuchte alles, um das Geld rechtzeitig aufzutreiben, aber die Frist war einfach zu kurz.«

»Hat Pius Ihnen davon erzählt, dass er Maréchal um Hilfe gebeten hat?«, fragte Maniel.

»Natürlich nicht, dazu war er zu stolz. Nachdem Pius mich besucht hatte, überlegte ich mir, wen er wohl bitten würde, ihm zu helfen, also rief ich Patrick an. Er verneinte meine Frage, doch ich kannte ihn zu gut, als dass ich nicht bemerkt hätte, dass er davon wusste. Wir sprachen nicht weiter über das Thema, weil ich wusste, dass Patrick alles versuchen würde, um Pius zu helfen.«

Delafon krampfte ihre Finger um das Taschentuch. Tränen liefen ihr über das Gesicht, und ihre Mundwinkel zuckten.

»Pius' Erzählung wurde fahriger, und seine Worte überschlugen sich. Er redete von einer Gruppe Araber, die ihn kontaktiert hatte, aber er ging nicht näher darauf ein. Ich verstand nicht, wovon er sprach, seine Ausführungen waren konfus und ohne jeden Zusammenhang.«

Mit weit aufgerissenen Augen sah sie Maniel an.

»Pius erwähnte einen zweiten, viel größeren Fehler, den er begangen hatte, den größten Fehler seines Lebens, den er unter allen Umständen wieder rückgängig machen musste, auch wenn es das Letzte war, was er tat.«

Delafons Stimme überschlug sich. »Urplötzlich sprang Pius aus dem Sessel auf und stürmte aus der Bibliothek, und ohne ein weiteres Wort verließ er die Wohnung. Ich war vollkommen überrascht, rannte ihm hinterher, doch er war bereits zur Tür hinaus.«

Sie schüttelte ratlos den Kopf. »Das war das letzte Mal, dass ich ihn gesehen habe.«

Tränen liefen ihr über die Wangen, doch sie hatte nicht mehr die Energie, sie wegzuwischen. Ihr unterdrücktes Schluchzen verlor sich in der Bibliothek.

Maniel fühlte sich schlecht. Roquine Delafon war am Ende ihrer Kräfte, doch er durfte das Gespräch jetzt nicht abreißen lassen, nicht bevor er die Antwort auf seine Frage erhalten hatte. Delafon war die Einzige, die ihn retten konnte. Er beugte sich vor, versuchte ihre Aufmerksamkeit auf sich zu ziehen, und formulierte seine Frage.

»Wissen Sie, wo Pius den Roboter versteckt hat?«

27

»Thank you very much, Brendan. Always very helpful information. I will keep you posted«, bedankte sich Gerhard Melle und legte den Telefonhörer auf die Gabel. Mit einem Knopfdruck ließ er den Videoschirm in der Decke verschwinden.

Melles rundes Gesicht und die flinken, intelligenten Augen hinter der schmalen Brille verliehen ihm eine dynamische Ausstrahlung, die er sich über die Jahre erhalten hatte, was ihm zu seinem Leidwesen mit seinem Gewicht nicht ganz gelungen war. Heute wirkte er allerdings angespannt und blickte stirnrunzelnd auf das Dossier, das vor ihm auf dem Konferenztisch lag.

Mit seinen sechsundfünfzig Jahren und seiner fast dreißigjährigen Zugehörigkeit zum Bundesnachrichtendienst, von denen er mittlerweile zehn Jahre die Abteilung Terrorabwehr leitete, wusste er, dass es sich dieses Mal um eine äußerst ernste Angelegenheit handelte, die, sollte es ihm nicht gelingen, sie aus der Welt zu schaffen, eine öffentliche Sicherheitsdebatte auslösen würde, wie sie die Republik noch nicht erlebt hatte.

Aber Melle war zäh. Er war im rauen Hunsrück aufgewachsen, seine Eltern hatten den Zweiten Weltkrieg und das Naziregime als Heranwachsende noch erlebt und hatten ihren Sohn im Einklang mit den nach dem Krieg etablierten Lehrplänen, die sich folgerichtig mit der Schuldfrage beschäftigten, zu einem eingefleischten Demokraten erzogen. Normen und Weltanschauungen hinterfragte er nicht, er war ein Mann der Pflicht, die es stets zu erfüllen galt. Intelligent und ohne Argwohn vertraute er seinen Vorgesetzten, die von der jeweilig gewählten Regierung eingesetzt wurden und die für ihre politischen Überzeugungen eintraten.

Leider waren diese Zeiten vorbei. Endgültig.

Gerhard Melle war wütend, wütend auf Berlin, wütend auf die Politik und wütend auf das System.

Er hatte das Gefühl, als entferne sich die politische Führung in der Hauptstadt immer weiter von der Wirklichkeit und entkoppelte sich vom Blick auf die gesellschaftliche Realität. Eine Bedrohung durch einen außer Kontrolle geratenen Kampfroboter gab es nicht, weil es sie schlichtweg nicht geben durfte. Man konnte fast das Gefühl haben, dass Berlin es als Beleidigung empfand, in eine solche Diskussion hineingezogen zu werden, geschweige denn bereit war, die Möglichkeit überhaupt ernsthaft in Betracht zu ziehen.

In den Sprachkorridoren der *Berliner Political Correctness* war dafür einfach kein Platz, und in der Überzeugung der moralischen Überlegenheit fühlte man sich von der Wirklichkeit beleidigt und ignorierte sie.

Seitdem die sozialen Netzwerke die Bürger im Minutentakt mit Schlagzeilen versorgten, über die dann unmittelbar mit Hilfe statistischer Auswertungen geurteilt wurde, schien jeglicher Handlungsspielraum dahin.

Inzwischen gehörte es zum Standardbaukasten eines jeden Politikers, die Ergebnisse der Netzvotings für sich zu nutzen und sich an die Spitze der *Like-Buttons* zu setzen, um schnellstmöglich den Nachweis zu erbringen, dem Willen des Volkes Genüge zu tun. Politik als Unterhaltung, bis das System kollabierte, einen Schalter, um das Spiel zu beenden, gab es nicht.

Melle verdrängte seine negativen Gedanken, stand auf und steuerte mit energischen Schritten auf die Tür des

Konferenzraums zu. Er setzte sein über die Jahre antrainiertes, routiniertes Lächeln auf, das seinen Gesprächspartnern stets das Gefühl vermittelte, er habe alles unter Kontrolle.

»Sie können jetzt hereinkommen, meine Herren«, forderte er die Männer auf, die vor dem Zimmer in einer Sitzgruppe warteten. Und während seine beiden langjährigen Mitarbeiter um den ovalen Konferenztisch Platz nahmen, nickte er ihnen zur Begrüßung zu.

Frederik Heinrich, Abteilungsleiter für besondere Aufgaben im Bundesverteidigungsministerium, knöpfte sein Jackett auf. Die letzten drei Jahre, seit seine Söhne in München studierten, hatte er ein paar Pfunde zugelegt. Seine Frau war, wie sie es vereinbart hatten, sobald die Kinder aus dem Haus waren, aus dem gemeinsamen Haus ausgezogen, weil sie nicht mehr bereit war, nächtelang auf ihren Mann zu warten, der irgendwo in der Welt im Namen seiner Dienstelle brisante Angelegenheiten beizulegen hatte. Melle schätzte das Verhandlungsgeschick des stets besonnenen Oldenburgers, dem er bedenkenlos die delikaten Brocken eines Falles anvertrauen konnte.

Der zweite Mann, Florian Rottermann, technischer Koordinator beim Militärischen Abschirmdienst und im Rang eines Majors, ebenso wie Heinrich, in einen dunklen, allerdings modischeren Anzug gekleidet, hatte die Figur einer Bohnenstange und dichtes, rotes Haar. Sein hellhäutiges Gesicht war von Sommersprossen übersät.

Es gab kaum irgendwelche Daten, an die Rottermann nicht herankam. Seine Fähigkeiten in der Informationsbeschaffung galten im Abschirmdienst als legendär, ebenso seine Erfolge bei den Frauen, wobei er Südamerikanerinnen bevorzugte.

Rottermann zog eine Zigarette aus der Packung und zündete sie an. Dabei streifte sein Blick die Bürouhr mit dem dunklen Ziffernblatt, den römischen Buchstaben und dem sich in steten Bewegungen unbeirrbar vorwärtsschreitenden Sekundenzeiger.

»Vielen Dank, dass Sie es einrichten konnten, so schnell nach Wiesbaden zu kommen. Das Bundeskriminalamt stellt uns für die Dauer des Auftrags Personal und technische Infrastruktur zur Verfügung«, sagte Melle und fuhr mit bedeutsamer Miene fort: »Wir werden die Unterstützung gut gebrauchen können, denn, meine Herren, die Lage ist ernst, ausgesprochen ernst.«

Sein Blick wanderte zu Heinrich. »Lassen Sie uns deshalb keine Zeit verlieren. Ich gehe davon aus, Frederik, dass Sie Herrn Rottermann über ihren Besuch bei Orban Robotic bereits informieren konnten?«

Rottermann nickte stellvertretend, legte den Kopf in den Nacken und blies den Zigarettenrauch in Richtung Decke.

»Gut. Dann komme ich umgehend zur Sache«, er deutete auf die Telefonspinne in der Mitte des Tisches. »Ich hatte vor zehn Minuten ein Gespräch mit einem Kollegen vom amerikanischen Geheimdienst CIA in Langley.«

Interessiert beugten sich Heinrich und Rottermann nach vorne, als es an der Tür klopfte. Eine bebrillte Frau mit Pagenschnitt streckte den Kopf in den Raum und versuchte Melles Aufmerksamkeit zu erhaschen.

»Jetzt nicht«, winkte Melle ab, und sofort wurde die Tür wieder geschlossen.

Melle überlegte, welche Information ihm wohl entgangen war, schüttelte dann aber genervt den Kopf und sammelte sich.

»Also, wo war ich stehen geblieben?«

»Sie wollten uns über ihr Gespräch mit der CIA informieren«, half ihm Rottermann, während er seine halb aufgerauchte Zigarette im Aschenbecher ausdrückte.

Melle nickte dankbar. »Ach ja, das Gespräch mit Langley«, er konzentrierte sich, »… also, die amerikanischen Kollegen beschäftigen sich seit einigen Monaten mit einer islamistischen Zelle, die aus dem Jemen heraus agiert. Terroristen, die aus den gleichen Quellen finanziert werden wie seinerzeit Osama bin Laden. Mit anderen Worten über unlimitierte finanzielle Mittel verfügen. Darüber hinaus handeln sie ohne jegliche Skrupel, was wir zwar auch von anderen Zellen kennen, aber hier scheinen wir es mit einer neuen Dimension der Gewalt zu tun zu haben. Selbst die Amis sind beeindruckt.«

Er nahm die Brille von der Nase und rieb sich die Augen. »Was uns an dieser Information beunruhigen sollte, ist, dass die Terroristen einen Anschlag in Europa planen, genauer gesagt in Deutschland. Die CIA konnte einige Telefongespräche abfangen, bevor die Attentäter Wind davon bekamen und die Verbindung wechselten.«

Heinrich griff nach einer der Wasserflaschen, die über den Tisch verteilt standen, öffnete sie und goss sich ein.

Erneut klopfte es an der Tür, und ein anderes Gesicht linste schüchtern herein.

»Jetzt nicht«, rief Melle, galliger als beim ersten Mal, und sofort wurde die Tür wieder geschlossen.

»Also«, sagte Melle, »aus den Aufzeichnungen der Telefongespräche geht hervor, dass die Terroristen keinen der üblichen Selbstmordattentate planen«, er fixierte zuerst Heinrich, danach Rottermann. »Wie Sie sich sicherlich schon zusammengereimt haben, soll bei dem Attentat ein Kampfroboter zum Einsatz kommen.«

Heinrich warf einen vielsagenden Blick zu Rottermann, der sich eine weitere Zigarette aus der Schachtel angelte.

»Allerdings«, hob Melle den Zeigefinger, »kennen wir inzwischen das Ziel.«

Heinrich und Rottermann sahen ihn neugierig an.

»Der Rhein-Main-Flughafen in Frankfurt.«

Während Heinrich ungläubig den Kopf schüttelte, stieß Rottermann einen leisen Fluch aus und zündete seine Zigarette an.

Melle war aufgestanden und stützte die Arme auf die Tischplatte: »Ich brauche Ihnen nicht zu sagen, was es heißt, wenn ein autonom agierender Kampfroboter mit der Feuerkraft eines Leopard-Panzers über den Frankfurter Flughafen herfällt wie ein hungriger Löwe über ein Rudel dösender Gazellen.«

Er hob die Arme in die Luft. »Ganz zu schweigen von den einfliegenden Passagiermaschinen, die nicht rechtzeitig gewarnt werden konnten.«

Melle kratzte sich an der Schläfe. »Auch wenn wir mehrere Hundertschaften von Polizisten mit konventionellen Waffen auf dem Flughafengelände positionierten, würde das nicht viel helfen. Zur Abwehr eines autonomen Kampfroboters bedarf es Raketensysteme oder zumindest Panzer mit Lenkwaffen. Und davon Dutzende, denn wir wissen ja nicht, wo genau der Roboter zuschlagen wird.«

Rottermann nahm einen tiefen Zug von seiner Zigarette und presste zwischen den halbgeöffneten Lippen hervor: »Also machen wir den Flughafen dicht?«

Melle sah ihn mit gespieltem Entsetzen an. »Aber Herr Rottermann, den größten deutschen Flughafen einfach schließen? Wo denken Sie hin? Berlin kann keinerlei unmittelbare Gefahr erkennen und möchte eine Panik unter der Zivilbevölkerung vermeiden. Ebenso scheut man die Aufmerksamkeit, die irgendwelche Abwehrsysteme auf sich ziehen könnten«, er schnaubte verächtlich. »Überlegen Sie doch, wie diese Kapitulation vor der Realität auf das gemeine Wahlvolk wirken könnte. Ein Eingeständnis, das die Wähler weiter zu den Radikalen treibt.«

»Dann wollen wir nur hoffen, dass der Schuss nicht nach hinten losgeht«, erwiderte Heinrich, der um Melles Sarkasmus bereits seit einigen Jahren wusste.

»Was wissen wir über den Zeitpunkt?«, erkundigte sich Rottermann.

Melle nickte und warf einen Blick auf die Bürouhr. »Das ist der springende Punkt, und hier hofft Berlin«, er deutete auf Heinrich, »Frederik, spätestens nach Ihrem Besuch bei Orban Robotic sollte uns allen klar sein, dass es sich bei dem Kampfroboter, der den Anschlag verüben wird, um die Maschine handelt, die der Professor vom Firmengelände entwendet hat, um sie an anderer Stelle wieder zusammenzuschrauben.« Er wiegte den Kopf: »Da Borchard allerdings ermordet wurde, muss wohl etwas schiefgelaufen sein.«

Er nahm wieder Platz und blätterte in dem Dossier, das vor ihm auf dem Tisch lag.

»Es gibt noch einen weiteren Hinweis von den Amis.« Melle fischte eine Fotografie aus der Akte und hielt sie in die Höhe. »Der Herr auf diesem Foto ist ein Auftragskiller, der mit der islamistischen Zelle in Kontakt steht. Ein paar Tage, bevor Borchard ermordet wurde, ist er von New York nach Frankfurt geflogen. Ein seltsamer Zufall, nicht wahr?«

»Also wurde Borchard von einem Profikiller umgebracht?«, fragte Rottermann.

»Davon sollten wir ausgehen«, antwortete Melle.

»Aber aus welchem Grund?«, hakte Heinrich nach und griff nach einer zweiten Flasche Mineralwasser.

Melle zuckte die Schultern. »Dafür gibt es verschiedene Möglichkeiten. Der Professor hatte es sich vielleicht inzwischen anders überlegt und wollte nicht mehr mitspielen. Oder er war zu einem Risiko geworden, weil er zu viel wusste. Momentan ist das alles allerdings nur Spekulation.«

»Aber wenn der Professor tot ist, warum sorgen wir uns dann noch um seinen Roboter?«, fragte Rottermann.

»Sie vergessen Hugo Maniel«, entgegnete Melle.

Heinrich und Rottermann sahen Melle überrascht an.

»Wieso Hugo Maniel?«, erkundigte sich Rottermann. »Wenn wir davon ausgehen, dass ein Auftragskiller den Professor ermordet hat, hat Maniel mit der Sache nichts zu tun.«

Melle schüttelte energisch den Kopf.

»Maniel hätte sich nach seiner Flucht einfach aus dem Staub machen können. Stattdessen flieht er nach Mainz und besucht Borchards alte Freunde. Sicherlich war er nicht dort, um sein Beileid zu bekunden. Er weiß etwas, das mit dem verschwundenen Roboter zu tun hat.«

»Nun sind Borchards Freunde ebenfalls tot, auf die gleiche, grausame Weise ermordet wie der Professor«, sagte Heinrich.

»Unser Mann aus New York, der offensichtlich hinter Maniel her ist?«, warf Rottermann in den Raum.

Melle nickte bedeutungsvoll, nahm seine Brille von der Nase und kaute am Bügel. »Das ist der entscheidende Punkt. Borchard muss Maniel kurz vor seinem Tod noch etwas anvertraut haben. Vielleicht hat er es nicht mehr geschafft, ihm zu verraten, wo er den Roboter versteckt hat, oder er wollte, dass Maniel, immerhin sein engster Mitarbeiter, und mit Borchards Denkmustern vertraut, die Antwort selbst herausfindet, um mögliche Verfolger abzuschütteln. Und während Maniel die Puzzleteile zusammensetzt, geht der Killer, dem Maniel stets einen Schritt voraus ist, auf seine ganz spezielle Weise vor und foltert die Freunde des Professors, um ebenfalls an Antworten zu kommen.«

»In den Akten habe ich gelesen, dass Maniel bei seinem Verhör im Frankfurter Untersuchungsgefängnis ausgesagt hat, Borchard habe ihm etwas über einen Roboter anvertraut«, sagte Heinrich. »Doch der Staatsanwalt, Rosenzweig, so heißt er, glaube ich, hielt es für den Versuch Maniels, von dem Mord abzulenken, und hat die Sache nicht weiterverfolgt.«

Melle winkte ab. »Ja, ich habe die Akte ebenfalls gelesen. Ein Versäumnis, das allerdings jetzt keine Rolle mehr spielt.«

»Und der Killer hat den Auftrag, Maniel zu finden und ihn auszuschalten, damit der die todbringende Programmierung des Roboters nicht in letzter Minute doch noch löscht. Denn wer sonst sollte so etwas bewerkstelligen können, wenn nicht Hugo Maniel, Borchards engster Mitarbeiter?«, schlussfolgerte Rottermann und drückte seine zweite Zigarette im Aschenbecher aus.

Heinrich runzelte die Stirn. »Eine sehr gewagte Theorie und gespickt mit vielen Unbekannten.«

Melle neigte den Kopf zur Seite. »Gewiss, an der einen oder anderen Stelle bedarf es ein wenig Fantasie, allerdings weisen viele unserer Spuren in diese Richtung. Außerdem ist es immer noch besser, eine Theorie zu haben, als stumpfsinnig darauf zu warten, dass ein hochmunitionierter Kampfroboter den Rhein-Main-Flughafen in Schutt und Asche legt.«

Heinrich und Rottermann warfen sich einen raschen Blick zu, bevor Heinrich zu Melle sah. »Also müssen wir Hugo Maniel finden, und zwar so schnell wie möglich?«

»In erster Linie müssen wir den Roboter finden. Wenn uns Maniel zu ihm führt, umso besser.«

»Aber wir sollten der Operationszentrale in Mainz Bescheid geben? Die fahnden immer noch nach Hugo Maniel, als Mörder«, sagte Rottermann.

Melle winkte ab. »Denen sagen wir gar nichts. Wir werden den Kollegen nicht die Motivation nehmen, einen Serienmörder zur Strecke zu bringen. Sie sollen weiterhin daran glauben, dass Maniel ihr Mann ist. Denken Sie daran, die Zeit läuft«, Melle deutete auf die Uhr. »Dieser Oberstaatsanwalt Rosenzweig scheint mir zwar ein ausgemachter Trottel zu sein, aber immerhin ein Trottel im Dienst unserer Sache.«

»Und was ist mit dem Killer?«, fragte Heinrich. »Wollen wir den weiter frei herumlaufen lassen und darauf warten, dass er noch weitere Leute abschlachtet?«

Melle warf Heinrich einen nachsichtigen Blick zu. »Aber Frederik, glauben Sie, Berlin wäre entzückt, wenn wir ihnen einen Auftragskiller aus den Staaten anschleppen, während der größte deutsche Flughafen in die Luft fliegt und sich die gesamte Bevölkerung der Republik vor Angst in die Hose macht. Falls wir Maniel schnappen und der Killer hängt an ihm dran, gut, wenn nicht, auch egal. Hauptsache, wir finden diesen verdammten Roboter, bevor es zu spät ist.«

Für einen Moment hingen die Männer schweigend ihren Gedanken nach.

Die Tür öffnete sich, und die bebrillte Frau mit dem Pagenschnitt linste schüchtern herein.

»Was gibt es?«, fragte Melle gereizt.

»Berlin hat angerufen. Man möchte Sie umgehend sprechen. Es sei dringend.«

Melle seufzte. »Sagen Sie denen, dass ich mich gleich melde.«

Erleichtert lächelte sie und schloss die Tür.

Melles Miene wurde ernst. »Also meine Herren, unsere Zeit ist knapp. Deswegen schlage ich vor, wir teilen uns auf«, er wandte sich an Rottermann: »Herr Rottermann, Sie werden sich gemeinsam mit den Spezialisten des Bundeskriminalamtes auf die Suche nach dem Roboter ins Netz begeben. Vielleicht findet sich irgendeine Spur in den Systemen. Kontaktieren Sie auf jeden Fall nochmals die Sicherheitsabteilung bei Orban Robotic und leuchten sie alle Details durch«, er wandte sich an Heinrich: »Sie, Frederik, machen sich auf den Weg zum Flughafen, um sich ein Bild über die Lage dort zu verschaffen. Eventuell lässt sich Berlin ja doch noch überzeugen, die notwendige Entscheidung für eine Evakuierung zu treffen.«

»Ich selbst werde nach Mainz fahren und mich an der Suche nach Hugo Maniel beteiligen.«

Mit entschlossener Miene fixierte er seine beiden Mitarbeiter.

»Meine Herren, mein Bauchgefühl sagt mir, dass wir dieses Mal ganz tief im Schlamassel stecken.«

28

Maniel saß auf einem Kanapee in einem Salon, dessen Wände mit einer bordeauxroten Stofftapete ausgekleidet waren, und betrachtete ein Ölgemälde, das die Festungsanlage des kleinen Städtchens Saint-Malo in der Bretagne zeigte. Der Maler hatte sich entschieden, den historischen Kern mit den wulstigen Wehrmauern vor dem Hintergrund der im Atlantik versinkenden Sonne darzustellen, was dem Bild eine gefühlsselige Note verlieh.

Maniel rieb die feuchten Hände gegeneinander, er hatte Schwierigkeiten, sich zu konzentrieren. Unruhig rutschte er auf dem Polster hin und her, sein Magen rebellierte, und immer wieder sah er zum Korridor.

Er hatte keine Ahnung, wie es weitergehen sollte. In dem Moment, als er Delafon nach dem Versteck des Roboters gefragt hatte, stand Selou plötzlich mit grimmigem Blick im Türrahmen der Bibliothek und beendete das Gespräch. Maniel, zu überrascht, sich zu weigern, zögerte, doch Selous Gesichtsausdruck ließ keinen Zweifel daran, dass er es ernst meinte, und als Maniel Delafon blass und mit gedankenverlorenem Blick in ihrem Sessel sitzen saß, erkannte er die Sinnlosigkeit seiner Weigerung und beschloss, die Unterhaltung zumindest für den Moment zu unterbrechen. Danach war er Selou widerwillig in den roten Salon gefolgt.

Nun saß er hier in diesem Raum, und mit jeder Sekunde, die verging, wuchs seine Nervosität, während sein Blick ruhelos zwischen dem Gemälde und der Wanduhr hin und her wanderte.

Selou war verschwunden, und das einzige lebendige Wesen in seiner Nähe war eine schwarze Perserkatze, die es sich auf einem Plüschkissen in der Ecke bequem gemacht hatte und ihn neugierig begaffte, während sie sich dabei die Pfoten leckte.

Er ärgerte sich, Delafon nicht früher mit der Frage nach dem Versteck des Roboters konfrontiert zu haben, doch ihre Trauer um Borchard, Kolle und Maréchal und die damit verbundenen Erinnerungen an die gemeinsame Vergangenheit hatten ein sachliches Gespräch unmöglich gemacht. Er konnte es ihr nicht verdenken, sie hatte innerhalb kurzer Zeit alle verloren, die sie geliebt hatte.

Der Minutenzeiger der Wanduhr bewegte sich vorwärts, während die Katze dazu übergegangen war, sich das Fell zu lecken.

Wo verdammt noch einmal war Selou? Er konnte Maniel nicht einfach in diesem roten Salon vergessen haben. Delafon hütete ein Geheimnis, und wenn sie es nicht bald preisgab, war es zu spät. Er wollte nicht den Rest seines Lebens für ein Verbrechen, das er nicht begangen hatte, hinter Gittern sitzen. Die Polizei war ihm auf den Fersen, und früher oder später würden sie ihn in die Finger kriegen. Bereits während der Verhöre in Frankfurt hatte ihm keiner geglaubt, und nun, nachdem er geflohen war, würde ihm sowieso niemand mehr glauben. Selbst wenn der Roboter seine Todesmission zu Ende gebracht hatte, würde sich das nicht ändern. Im Gegenteil, wahrscheinlich würden sie sogar versuchen, ihm die Katastrophe in die Schuhe zu schieben.

Und je länger er mit diesem Gedanken spielte, desto glaubwürdiger erschien ihm seine Theorie.

Natürlich! Er, der Mörder von Borchard, Kolle und Maréchal. Zum Psychopathen hatte man ihn bereits abgestempelt, und nachdem der Roboter sein tödliches Werk vollbracht hatte, brauchte man einen Schuldigen, um die Öffentlichkeit ruhig zu stellen. Was läge also näher, als den Verrückten anzubieten, der zuerst seinen Vorgesetzten und danach dessen Freunde abgeschlachtet hatte?

Solch einem Monster traute man alles zu, auch dass er einen Roboter mit einem Programm ausstattete, das alles in Schutt und Asche legte.

Mit einem Mal rang er nach Luft, hatte das Gefühl, zu ersticken. Gierig atmete er Sauerstoff ein, während die Katze ihn mit großen Augen anglotzte. Ja, sie wusste Bescheid, wusste, dass er mit seinen Vermutungen richtig lag. Sicherlich hatte Selou bereits die Polizei verständigt, währenddessen er hier naiv in diesem Zimmer ausharrte und darauf hoffte, Delafon noch einmal zu Gesicht zu bekommen.

Und Borchard?

Seine Obsession, den Zufall aus der Welt zu verbannen, hatte ihn in die Hände eines russischen Oligarchen getrieben. Und seine lebensfremde Leichtgläubigkeit hatte ihn eine irrsinnige Wette eingehen lassen. Und um sein Gesicht auf der Weltbühne der Wissenschaft zu wahren, hatte er nur seinen Jugendfreunden davon erzählt. Selbst die Unterwerfung unter barbarische Terroristen nahm er dabei in Kauf.

Borchards Theorien einer zufallslosen Welt waren ihm wichtiger als alles andere, auch wenn dieser Starrsinn ihm und seinen Freunden letztlich das Leben gekostet hatte. Borchard hatte zu keiner Zeit geahnt, worauf er sich eingelassen hatte, denn martialische Ideologien hatten in seinem Weltbild keinen Platz. Er verdrängte sie genauso wie er verdrängte, dass die Gehirne, die er entwickelte, in Kampfroboter eingesetzt wurden. Für ihn war künstliche Intelligenz keine Frage von Moral, und die Macht, die sich mit der künstlichen Intelligenz verband, wollte er nicht erkennen oder sie interessierte ihn nicht. Als man ihn schließlich zwang, die Realität zur Kenntnis zu nehmen, war es bereits zu spät.

Nun gab es nur noch Roquine Delafon. Die letzte Figur auf dem Schachbrett des Todes. Aber welche Rolle spielte sie? War sie Bauer oder doch Königin?

Maniel lauschte zum Korridor. Jeden Moment würden Schritte laut werden und den Flur entlangstürmen. Und Selou würde es sein, der die Polizisten antrieb. Der eifrige, schadenfrohe Selou, der ihn hasste, weil er dafür verantwortlich war, dass seinem Schützling alles genommen worden war.

Kalter Schweiß bildete sich auf Maniels Stirn. Panisch versuchte er zu atmen, fasste sich an den Hals und röchelte.

Die Katze sprang erschrocken auf und eilte aus dem Zimmer. Er sah ihr hinterher, beneidete sie um ihre Freiheit, doch er konnte nicht einfach aus dem Zimmer laufen, denn er war sich sicher, dass, sobald er über die Türschwelle trat, ihn etwas zurückhalten würde. Dafür hatte Selou bestimmt gesorgt.

Sein Blick fiel auf die Wanduhr. Das Ziffernblatt verschwamm vor seinen Augen, es war unmöglich, den kleinen von dem großen Zeiger zu unterscheiden, und je angestrengter er darauf starrte, desto stärker verwischten sich die Konturen. Ihm schien, als bewegten sich die Wände des Salons auf ihn zu, und im nächsten Augenblick hörte er Geräusche im Flur.

Schritte trampelten in seine Richtung, näherten sich, wurden lauter.

Sie waren da, um ihn zu holen.

Panisch trat er zum Fenster und blickte hinunter.

Die Perserkatze schoss um die Ecke, zurück ins Zimmer, sprang auf das Sofa und starrte ihn aus dunklen Augen an. Ein riesiger Schatten tauchte im Türrahmen auf.

Selou.

Misstrauisch musterte er Maniel, bevor seine dunkle Stimme brummte: »Mademoiselle Roquine möchte Sie sehen.«

Maniel starrte gebannt auf den grimmigen Gesichtsausdruck des Riesen, und geräuschlos ließ er die Luft aus seinen zitternden Lungenflügeln entweichen.

Er nickte.

Selou ging voran.

Maniel folgte ihm. Er kämpfte gegen seine Panikattacke an, wie gegen einen mysteriösen Schmerz, den er nicht lokalisieren konnte. Er fixierte den kahlen Hinterkopf Selous und konzentrierte sich auf dessen gleichmäßige Bewegungen. Er musste sich von seinen wirren Gedanken ablenken, sich beruhigen, damit er der nächsten Herausforderung, dem nächsten Gespräch mit Delafon, gewachsen war.

Mit einem Mal stoppte Selou ab, und Maniel bemerkte, dass sie vor der Bibliothek standen. Selou beugte sich herunter und funkelte ihn an. »Zehn Minuten und keine Sekunde länger.«

Ohne ein weiteres Wort öffnete er die Tür und gab den Weg frei. Maniel stelzte in das Zimmer, wo ihn das fahle Licht der Stehlampe in Empfang nahm. Wie durch einen Schleier sah er Delafon im Sessel sitzen. Sie bemühte sich um ein Lächeln.

»Ich fühle mich nicht besonders wohl, es tut mir leid«, drang ihre schwache Stimme an sein Ohr.

Mit steifen Beinen stakste er zu seinem Sessel und nahm Platz. Noch immer verschwammen die Bilder vor seinen Augen, doch er ignorierte es und wandte sein Gesicht zu Delafon.

»Sie dürfen Monsieur Selou nicht böse sein. Er ist der Hüter meiner Seele«, sagte sie. »Ohne ihn wäre ich verloren.«

Mit beiden Händen hielt Maniel die Lehnen seines Armsessels umklammert, er atmete gleichmäßig, das kühle Leder schmeichelte seiner Haut.

Er hatte zehn Minuten Zeit. Zehn Minuten, die über sein Schicksal entschieden, zehn Minuten mit einer Frau, der alles genommen worden war, was sie geliebt hatte, zehn Minuten, um entweder alles zu gewinnen oder alles zu verlieren.

»Ich würde Ihnen gerne noch einige Fragen stellen«, sagte er und hoffte, dass sein direkter Vorstoß sie nicht verschreckte.

Doch sie lächelte nachsichtig.

»Bitte, fragen Sie.«

Maniel spürte, wie sich seine Panikattacke langsam abschwächte und seine Gedanken sich wieder zu logischen Schlussfolgerungen zusammenschlossen.

Er lächelte. »Ich danke Ihnen.« Dann wurde seine Miene ernst. »Ich weiß nicht, wie viel Ihnen Pius von seiner Arbeit erzählt hat.«

»Wenig. Er wusste, dass ich nicht allzu viel davon verstand.«

»Aber Sie wissen, dass er bei Orban Robotic seine Mission erfolgreich zu Ende gebracht hat?«

Delafon hob die Augenbrauen, wusste nicht, wie sie die Frage zu verstehen hatte. »Davon bin ich ausgegangen. Alles, was Pius anpackte, führte er erfolgreich zu Ende. Zumindest in seinem Berufsleben.«

Er überging die Anspielung. »Dieses Mal ist es leider noch nicht zu Ende.«

Überrascht sah sie auf, schüttelte den Kopf und erwiderte missmutig: »Monsieur Maniel. Ich weiß nicht, was Sie darunter verstehen, wenn etwas zu Ende ist. Dieses Mal ist es sicher zu Ende. Pius ist tot, ebenso wie Achim und Patrick«, sie warf einen ungeduldigen Blick zur Tür.

Maniel folgte ihrem Blick, fürchtete, sie könne nach Selou rufen, also schob er rasch hinterher: »Pius hat einen Roboter vom Firmengelände gestohlen. Einen Kampfroboter. Wenn die Maschine nicht schnellstmöglich gefunden wird, werden viele unschuldige Menschen sterben.«

Er wusste, dass er sie mit seinen Worten schockierte, aber er hatte keine andere Wahl. Sie schwieg nachdenklich, schien mit seiner Aussage nichts anfangen zu können.

Nach einer Weile sah sie auf, und er bemerkte, dass sie mit sich rang. Er fühlte ihre Selbstbeherrschung, in ihrem Gesicht spiegelten sich die Disziplin und emotionale Entbehrung, mit der sie erzogen worden war. Eine letzte Bastion der Entschlossenheit.

»Pius würde so etwas niemals unterstützen, und schon gar nicht, wenn unschuldige Menschen dabei zu Schaden kämen.«

Er sagte nichts und blickte ihr fest in die Augen, sie musste sich erst an den Gedanken gewöhnen.

Sie schüttelte den Kopf.

»Bedenken Sie die Umstände, in die er sich hineinmanövriert hatte«, sagte er sanft. »Vielleicht hatte er keine andere Wahl.«

Delafon ballte ihre kleine Hand zur Faust. »Niemals! So etwas hätte er niemals getan«, und erneut warf sie einen Blick zur Tür.

»Denken Sie an den zweiten großen Fehler, den er erwähnte«, schob Maniel hinterher. »Er musste ihn irgendwie wiedergutmachen.«

Delafon schüttelte trotzig den Kopf und hob ihre Faust. Er sah nun ebenfalls zur Tür, war sich mit einem Mal nicht mehr sicher, ob er sie zu übereilt mit der Wahrheit konfrontiert und sie mit seinem unverhohlenen Vorwurf an Borchard endgültig gegen sich aufgebracht hatte. Mit einem Mal fühlte er sich schuldig.

Delafon schwieg, es war ihr anzumerken, dass sie die Hoffnung, die sie mit dem Gespräch verbunden hatte, bereits aufgegeben hatte.

Wieder wanderte ihr Blick zur Tür.

Maniel spürte, wie Verzweiflung in ihm aufstieg, während seine Gedanken fieberhaft nach einer Lösung suchten. Es war zu spät, dem Gespräch eine neue Wendung zu geben oder gar noch einmal von vorne anzufangen. Er konnte förmlich spüren, wie Selous Hand auf der Klinke lag.

»Und Sie sind der Meinung, dass ich Ihnen helfen kann?«, drangen Delafons Worte unverhofft in sein fragiles Bewusstsein, und als er sie ansah, blickte er in ein Gesicht, das ihn mit einer Mischung aus Widerwillen und Unschlüssigkeit musterte. »Sie glauben, dass ich weiß, wo Pius einen Roboter versteckt hat?«

»Wer sonst könnte es wissen? Er hat Sie in seiner größten Not aufgesucht, weil er wusste, dass nur Sie ihm bei seiner Seelenqual zur Seite stehen können. Nur bei Ihnen war er bereit, sich zu öffnen.«

Delafons Gesicht war noch blasser geworden, und dunkle Ringe umrahmten ihre Augen. Sie war mit ihrer Kraft am Ende.

»Es tut mir sehr leid, Monsieur Maniel, aber ich weiß nicht, wie ich Ihnen helfen könnte. Pius hat mir gegenüber den Roboter nicht mit einem Wort erwähnt.«

Maniel starrte sie ungläubig an. Es war, als drang die Bedeutung ihrer Worte nicht bis zu seinem Gehirn durch, waren Formeln ohne Inhalt, bedeutungslos und nichtssagend, ein Hirngespinst seiner Verworrenheit, das an die Pforte seines Bewusstseins klopfte, um irgendwann doch widerwillig in seinen Verstand einzudringen und zu einer niederschmetternden Gewissheit zu werden.

Es dauerte einen Augenblick, bis er begriff, dass Delafon die Wahrheit sagte und tatsächlich keine Ahnung hatte, wo der Roboter versteckt war, schlimmer noch, Borchard hatte die Maschine ihr gegenüber nicht einmal erwähnt.

Seine Hände begannen zu zittern, und als er etwas erwidern wollte, öffnete sich die Tür, und Selou stampfte breitbeinig in die Bibliothek. Er baute seinen mächtigen Körper vor Maniel auf. »Ihre Zeit ist um. Ich darf Sie nun bitten, zu gehen.« Aus dieser Perspektive wirkte Selou noch bedrohlicher.

Maniel erkannte die Hoffnungslosigkeit seiner Situation, wusste, dass er nun endgültig ausgespielt hatte. Seine letzte Möglichkeit war vertan, auch wenn er gerade gelernt hatte, dass er niemals eine wirkliche Chance hatte, weil Delafon zu keiner Zeit eingeweiht war, ja noch nicht einmal wusste, dass der Roboter überhaupt existierte.

Wie in Trance taumelte Maniel auf die Beine. Er warf einen letzten Blick auf Delafon, die sich erleichtert Selou zugewandt hatte. Erschöpft vermied sie Blickkontakt mit Maniel.

»Ich möchte mich trotzdem bei Ihnen bedanken, Madame Delafon, auch wenn wir nun alle mit ansehen müssen, wie *Rapallo* viele unschuldige Menschen in den Tod reißt«, flüsterte er, und während er auf die Zimmertür zusteuerte, die ihm mit einem Mal wie eine Guillotine erschien, hinter der die Hoffnung auf sein Leben in Freiheit ein Ende fand, ertönte in seinem Rücken Delafons leise Stimme.

»Monsieur Maniel, noch einen Moment, bitte«, und als er sich überrascht umwandte, blickte er in Delafons entgeistertes Gesicht.

»Was sagten Sie gerade?«, fragte sie.

Er sah sie verwundert an. »Ich sagte, dass es nun zu spät ist, den Roboter noch aufzuhalten.«

Sie schüttelte den Kopf. »Nein, das sagten Sie nicht. Sie nannten einen Namen.«

Maniel überlegte. »Ich sagte *Rapallo*. Das ist der Name, den Pius dem Roboter gegeben hat.«

»*Rapallo*? Der Name des Roboters ist *Rapallo*?«, fragte sie aufgewühlt.

Er nickte, und während sie Schwierigkeiten hatte, ihre nächsten Worte zu formulieren, klammerte sie sich fest an Selous Oberarm. »*Rapallo* ist der Name eines kleinen Kastells. Pius hat die Festung so getauft, weil er der Meinung war, sie erinnere ihn an ein Gebäude in Rapallo, einer Stadt an der ligurischen Küste. Wir wollten gemeinsam dorthin in Urlaub fahren, haben es aber niemals geschafft.«

Maniel starrte sie ungläubig an. »Sind Sie sich sicher?«

»Ganz sicher. Das alte Fort steht auf der *Ingelheimer Aue*, direkt am Rhein. Seit Jahrzehnten ist es verlassen, und niemand kümmert sich darum.«

»Ich muss so schnell wie möglich zur *Ingelheimer Aue*«, stotterte er, und mit einem Mal keimte wieder Hoffnung in ihm auf. Vielleicht gab es ja doch noch eine Chance.

»Nehmen Sie meinen Wagen«, rief Delafon. »Monsieur Selou gibt Ihnen die Schlüssel.«

Und während Selou aus dem Zimmer stapfte, beschrieb Delafon, wo genau die Festung zu finden war.

Maniel ergriff ihre Hand. »Vielen Dank«, flüsterte er und hoffte, dass es noch nicht zu spät war.

29

Serge Rosenzweig beendete das Telefonat. Nur mit Mühe konnte er seinen Ärger unter Kontrolle halten und krallte die Hände um das Geländer der Terrasse im siebenunddreißigsten Stockwerk des Nobelrestaurants im Europaturm der Frankfurter Innenstadt, bis die Knöchel weiß hervortraten und ihn der aufkeimende Schmerz von seinem Zorn ablenkte. Sein Blick glitt über die Skyline der Stadt und hinunter in die pulsierenden Straßen, die gradlinig durch die Schluchten der Hochhäuser verliefen, als seien sie mit einem Lineal gezogen, während sich die Automobile darin wie kleine Ameisen langsam vorwärtsbewegten.

Heute jedoch wollte sich bei diesem Ausblick das Gefühl des Hochmutes nicht einstellen, zu groß war die Verärgerung des Justizministers, mit dem er gerade telefoniert hatte, über die Ermittlungsergebnisse im Fall Hugo Maniel. Nicht einmal der Hinweis auf einen gemeinsamen Bekannten im Bundesjustizministerium hatte die Laune des Ministers bessern können, und so vermutete

Rosenzweig, dass man sich an höherer Stelle in Berlin beschwert hatte.

Und als Konsequenz, als sei diese unsägliche Zusammenarbeit mit der Mainzer Provinzpolizei nicht bereits Strafe genug, teilte ihm der Minister mit, dass man ihm einen Beamten aus Berlin zur Seite stellte, der ihn bei den weiteren Ermittlungen beraten sollte. Jede Hilfe im Fall Hugo Maniel sei willkommen, damit der flüchtige Mörder schnellstmöglich zur Strecke gebracht wird, lautete die offizielle Begründung des Ministers.

Er benötigte keine Beratung, er brauchte nur fähiges Personal. Aber was wusste Berlin schon davon? Er war sich sicher, dass die Mainzer Landesregierung über ihre Abgeordneten in der Hauptstadt um Unterstützung bei den Ermittlungen nachgesucht hatte. Nach Rosenzweigs Fernsehinterview hatte die Presse die Morde an Kolle und Maréchal hochgekocht. Und natürlich wollte sich keiner dieser Provinzpolitiker im Nachhinein den Vorwurf gefallen lassen, etwas unversucht gelassen zu haben, um den Psychopathen, der sich ungehindert durch das Fastnachtsdorf am Rhein mordete, zur Strecke zu bringen, und schon gar nicht, wenn es darum ging, Touristen zu beruhigen, die sich für die zerfallenen Römerruinen und einen von Taubenscheiße zerfressenen uralten Dom interessierten.

Dabei war es Rosenzweig selbst, der von Anfang an darauf gedrängt hatte, sich voll und ganz auf die Jagd nach Maniel zu konzentrieren und sich nicht mit zweifelhaften Hypothesen aufzuhalten.

Diese Mainzer waren doch alle gleich, ob nun die ansässige Polizei oder die Staatsanwaltschaft. Für diese Banausen war es einfach unvorstellbar, dass jemand, der einmal in ihrer ach so lebenswerten Stadt gewohnt und gearbeitet hatte und an Karneval oder Fastnacht, wie sie es nannten, eine Narrenkappe getragen hatte, sich in einen Serienmörder verwandeln konnte.

Aber Rosenzweig würde diesen Psychopathen fangen, ob nun mit oder ohne Beratung aus Berlin. Er würde jetzt nicht klein beigeben und jemand anderem das Feld überlassen und sich damit womöglich die Karriere versauen. Wer ihn herausforderte, der musste sich warm anziehen.

Doch eins nach dem anderen.

Zuerst musste Wassernagel angerufen und instruiert werden. Rosenzweig würde die Ministeranweisung, um ein paar winzige Details ergänzt, an seinen Statthalter in Mainz übermitteln. Der Berliner Beamte durfte sich nicht zu wichtig fühlen, und spätestens, wenn Rosenzweig wieder vor Ort war, hatte sich die Frage nach der Hierarchieordnung sowieso erledigt.

Schon fühlte er sich besser. Er streckte den Rücken gerade und lächelte. Mit einem Mal konnte er die Aussicht über die Stadt wieder genießen, spürte die Erhabenheit und Stärke, die dieser Anblick in ihm hervorrief. Sein Blick glitt ein letztes Mal über die *Alte Oper,* während er sein Gesicht in die Nachmittagssonne hielt.

Nun wurde es allerdings Zeit, sich wieder der Journalistin zu widmen. Gleich nachdem die Golfrunde am Vormittag zu Ende gespielt war, hatte sich seine Freundin bei ihrer Bekannten gemeldet, was die Reporterin zum Anlass genommen hatte, sich umgehend mit Rosenzweig in Verbindung zu setzen und ihn zu treffen, um seine Story schon in der nächsten Ausgabe prominent zu platzieren.

Er riss sich von dem Ausblick über die Skyline los, verdrängte die schmerzliche Vorstellung, noch einmal nach Mainz zu müssen, und zauberte ein gewinnendes Lächeln auf sein Gesicht.

30

Jonathan Nowak begutachtete sein Spiegelbild und warf einen akribischen Blick auf die Anzughose, durch die der Köter ihn an der Wade erwischt hatte. Nach einer Weile stellte er zufrieden fest, dass die beiden Löcher kaum zu erkennen waren. Er beugte sich hinunter und berührte vorsichtig die Wunde. Der Schmerz ließ ihn zusammenfahren. Zwar kühlte die Creme, die er breitflächig aufgetragen hatte, die Bisswunde, nahm ihm allerdings nicht die Schmerzen.

Aber es würde gehen, es musste gehen.

Ein letztes Mal trat er ans Fenster und sah auf die Straße hinunter. Der Verkehr hatte zugenommen, der Feierabend hatte begonnen, die Menschen wollten nach Hause.

Auch in den Zimmern des Bordells war es lebhafter geworden und immer öfter hörte er die erwartungsfrohen Schritte der Freier und das werbende Gaggern der Prostituierten. Er würde nicht auffallen, wenn er das Hotel verließ. Ein Gast wie alle anderen, der sich ein kurzes Vergnügen gegönnt hatte.

Seine Arbeitswerkzeuge hatte er inzwischen im Waschbecken gereinigt und ordentlich in seiner Tasche verstaut. Es war jedes Mal eine Riesensauerei, das verharzte Blut und die Hautfetzen abzukratzen und das Edelmetall wieder zum Glänzen zu bringen. In *Brooklyn* hatte er sich einmal die Zeit genommen und sich von einem alten, irischen Metzger Tipps geben lassen. Der Fleischer, dessen Finger dick waren wie Gummischläuche, erklärte ihm, dass man das geronnene Blut zuerst mit einem feuchten Lappen bearbeiten musste, bevor man es unter den Wasserhahn hielt. Denn, wenn das Wasser zuerst auf den verklebten Schorf traf, kittete die Flüssigkeit die Hautfetzen noch fester an das Metall. Zur Reinigung der Säge allerdings, bei der sich die Reste der Knochenstücke mit dem Blut vermischten, nahm er ein trockenes Tuch.

Mit Wehmut dachte er an *Brooklyn*. Er sah sich auf dem Sofa seines Apartments liegen und die Wiederholungen der Baseballspiele vom Vortag anschauen, dazu ein kühles *Budweiser* aus dem Eisschrank oder einen *Bourbon* auf Eis.

Dieses Provinzkaff hier erzeugte ein Gefühl der Beklemmung in ihm. Der breite Strom, der die Stadt so friedlich umschloss und die Selbstzufriedenheit der Einwohner, die ihr Leben so leichtlebig zu genießen schienen. Und inmitten dieser ausgeglichenen Beständigkeit thronte diese schier übermächtige Kathedrale und barg die Zuversicht der Jahrtausende. Diese Stadt schnürte ihm die Kehle zu und raubte ihm die Luft zum Atmen.

Nowak suchte die Anonymität in der Gleichgültigkeit und die Distanz im Unbekannten.

Er verdrängte seine Gedanken, schüttelte den Kopf und verlagerte das Gewicht auf das lädierte Bein. Sofort spürte er einen Stich. Den Schmerz ignorierend, humpelte er hinüber zum Bett, schloss den Reißverschluss seiner Ledertasche und ging zur Tür. Er legte sein Ohr an das Holz.

Im Treppenhaus war es still.

Er öffnete die Tür und schlich hinaus. Vorsichtig zog er die Tür ins Schloss und stieg Stufe für Stufe, das Bein hinter sich herziehend, die Treppe hinunter. Mit jedem

Schritt spürte er einen beißenden Stich, der von der Wade bis hinauf in den Oberschenkel zog.

Die Rezeption war unbesetzt. Zügig ging er vorbei. Ein letzter Blick, dann trat er auf die Straße.

Die Dämmerung hatte bereits eingesetzt und die Temperatur war gefallen, trotzdem umgab ihn eine milde Abendluft.

Niemand nahm Notiz von ihm, und unauffällig warf er einen letzten Blick zu seinem Zimmer hinauf. Vor dem Fenster leuchtete in roten Buchstaben der Name des Bordells.

Er wandte sich um und ging die Straße entlang, bemühte sich, nicht aufzufallen.

Die Bewegung tat ihm gut, seine Blutzirkulation kam in Schwung, und nachdem er einige Meter gegangen war, wurden die Schmerzen weniger.

Delafons Wohnung war nicht allzu weit entfernt, ein paar Straßenzüge, einen Hügel hinauf.

Er hielt sich dicht an den Häuserfassaden und vermied den Blickkontakt mit entgegenkommenden Passanten. An einer kleinen Kreuzung bog er in eine schmale Seitenstraße ab.

Rote Pflastersteine bedeckten den Boden, in einer Parkbucht parkte ein Wohnwagen ohne Nummernschild, die Außenhaut von pappigem Staub überzogen. Auf der gegenüberliegenden Straßenseite stand ein altes Fabrikgebäude aus Klinkersteinen mit großen Sprossenfenstern, das man zu einem Bürohaus umfunktioniert hatte. Um diese Zeit arbeitete dort niemand mehr.

Nowak humpelte an verkommenen, aschgrauen Hausfassaden vorbei, hier und dort bröckelte bereits der Putz. Nachkriegsbauten mit verwitterten Holzfenstern für Menschen mit kleinem Einkommen.

Seine Wade schmerzte.

Er passierte eine überdachte Garageneinfahrt. Das Tor stand offen, und als er hineinspähte, sah er in einer Ecke einen Wagen parken.

Ein schwarzer Alfa Romeo *Giulietta*.

Er stoppte ab und überlegte.

Früher oder später würde er ein Auto benötigen, sei es, um schnellstmöglich zu verschwinden oder um den Roboter zu finden, nachdem die Französin ihm das Versteck verraten hatte.

Er blickte sich um. Niemand war in der Nähe, also konnte er es riskieren.

Vorsichtig betrat er die Garage und näherte sich dem Wagen. Eine zerfranste Scheibenabdeckung klemmte auf der Frontscheibe, feiner Staub bedeckte den Lack.

Eine Treppe, die in irgendeinen Keller führte, ansonsten nur Mauern und keine Fenster oder Türen.

Also musste er nur die Einfahrt im Auge behalten und darauf hoffen, dass ihn niemand überraschte.

Die über den Tag aufgeheizte Luft hing stickig in der Garage. Auf Nowaks Stirn hatte sich ein Schweißfilm gebildet, und seine Wade begann unangenehm zu jucken. Der Lärm des entfernten Straßenverkehrs echote dumpf von den Wänden.

Misstrauisch stand er vor dem Alfa und spähte hinein.

Eine Gangschaltung.

Damit hatte er kaum Erfahrung. Aber es würde schon irgendwie gehen.

Er öffnete seine Tasche und brachte ein Stück Draht zum Vorschein, bog eines der Enden zu einem kleinen Haken und schob ihn vorsichtig durch den winzigen Spalt zwischen dem Seitenfenster und dem Türrahmen. Zwischendurch schielte er immer wieder zur Einfahrt.

Der Drahthaken baumelte über dem Knopf der Türverriegelung. Nowak lehnte seine Stirn gegen die Scheibe, um besser sehen zu können, konzentrierte sich, und lupfte die Drahtöse über den Plastikknopf der Verriegelung.

Beim dritten Versuch hatte er es geschafft, und mit einer geübten Bewegung riss er den Verschluss nach oben.

Sein Blick wanderte zur Einfahrt.

Niemand.

Er packte den Türgriff, und das Schloss sprang auf. Erleichtert atmete er auf und wischte sich mit dem Handrücken den Schweiß von der Stirn.

In der Ferne ertönte ein Martinshorn. Nowak wartete, bis die Sirene sich entfernt hatte, dann nahm er die Scheibenabdeckung von der Windschutzscheibe und warf sie hinter den Wagen. Er kletterte auf den Fahrersitz und zog die Wagentür behutsam ins Schloss.

Der Sitz war perfekt auf seine Größe eingestellt. Seine Hände tasteten nach der Plastikabdeckung unter der Lenksäule. Ein Grinsen huschte über sein Gesicht, als er gefunden hatte, wonach er suchte.

Ein Bündel bunter Drähte – grün, blau, gelb, braun und weiß.

Geschickt zog er zuerst den grünen Draht aus seiner Befestigung, anschließend den braunen.

Mit einem Mal schreckte er auf. Aus den Augenwinkeln hatte er eine Bewegung bemerkt.

Vorsichtig hob er den Kopf. Ein Schatten in der Einfahrt.

Sein Puls beschleunigte sich, während er tiefer in seinem Sitz versank.

Er hielt die Luft an und starrte durch die Frontscheibe. Eine Schweißperle löste sich von seiner Stirn und kroch unendlich langsam über seine Schläfe in den Kragen.

Der Schatten wurde größer und verwandelte sich in eine massige, graue Silhouette.

Nowak zwang sich zu atmen.

Die Gestalt bewegte sich in seine Richtung.

Ein breitschultriger Mann mit einem kantigen Gesicht tauchte an der Einfahrt auf, die Mundwinkel nach unten gezogen.

Vorsichtig wanderte Nowaks Hand zu seiner Tasche auf dem Beifahrersitz.

Der Mann hatte ihn noch nicht entdeckt, sein Blick war auf den Boden gerichtet.

Ganz langsam beugte Nowak seinen Oberkörper nach vorne und folgte dem Blick des Mannes.

Ein Hund.

Ein Schoßhund. Der Winzköter hatte das Bein gehoben und pinkelte frech gegen die Garagenmauer.

Vorsichtig lehnte sich Nowak zurück. Der Kantige bewegte die Lippen und lächelte, während sein Blick den Boden entlang aus der Einfahrt wanderte. Im nächsten Moment war er verschwunden.

Nowak atmete auf, auf seiner Stirn standen dicke Schweißperlen.

Er wandte sich wieder seinen Drähten zu, fieselte geschickt die in Plastik eingefassten, dünnen Kupferdrähte auseinander und legte die Enden frei. Ein letzter Blick zur Einfahrt, dann presste er die Kupferenden gegeneinander.

Der Motor des Alfas stotterte, um einen Augenblick später wieder zu verstummen.

Nowak fluchte, säuberte mit Daumen und Zeigefinger die Drähte und versuchte es von Neuem.

Erneut stotterte der Motor, dieses Mal hielt das Stottern an, und einen Augenblick später sprang der Motor an. Nowak lächelte. Mit dem Ärmel seines Jacketts wischte er sich über das Gesicht.

Er zog den Sicherheitsgurt über die Brust und ließ den Verschluss einrasten.

Ein schneller Blick zur Einfahrt.

Niemand.

Er griff nach dem Schaltknüppel, schob ihn nach vorne und trat auf das Gaspedal.

Das Getriebe knirschte, und der Motor heulte auf. Erschrocken nahm er den Fuß vom Gas.

Er erinnerte sich, dass er das Kupplungspedal treten musste, bevor er Gas geben durfte, also versuchte er es von Neuem, trat das Pedal durch, tippte auf das Gaspedal und ließ die Kupplung kommen.

Der Alfa rollte an, und Nowak steuerte den Wagen aus der Garage. Rasch lenkte er das Auto nach links, fuhr bis zu einer kleinen Kreuzung, um dann nach rechts abzubiegen.

Noch fehlte ihm die Feinabstimmung zwischen Kupplung und Gaspedal, aber es funktionierte.

Vor einer roten Ampel musste er anhalten.

Auf der gegenüberliegenden Straßenseite stand ein großes Gebäude mit weitläufigen Schaukästen an der Fassade. In den Vitrinen hingen bunte Plakate. Vor dem Eingang drängte sich eine Gruppe Jugendlicher mit Zigaretten und Plastikbechern. Nowak versuchte einen der Titel der Filmplakate zu entziffern.

Eine Hupe direkt hinter ihm ließ ihn aufschrecken.

Die Ampel stand auf Grün.

Er sah in den Rückspiegel.

Ein Streifenwagen.

Zwei Polizisten starrten mit grimmigen Gesichtern zu seinem Wagen. Er blieb ruhig, ließ die Kupplung kommen und fuhr an. Doch vor ihm staute sich der Verkehr, es war unmöglich weiterzufahren.

Erneut sah er in den Rückspiegel.

Die Polizisten konnten den Stau nicht sehen. Missmutig forderten sie ihn auf, die Straße freizumachen.

Er wurde nervös, seine Hand am Schaltknüppel begann zu zittern.

Die Polizeisirene heulte, das Blaulicht blendete ihn im Rückspiegel.

Seine Finger tasteten zum Beifahrersitz.

Der Streifenwagen stieß zurück.

Nervös nestelte Nowak am Reißverschluss der Ledertasche.

Doch schon war der Wagen neben ihm.

Er starrte durch das Seitenfenster, bemüht, seine Gesichtszüge zu kontrollieren.

Das zorngerötete Gesicht des Polizisten war nur wenige Zentimeter von ihm entfernt. Er hielt Nowak die erhobene Faust entgegen. Nowak spürte den stahlkalten Griff des Kurzmessers in seiner Hand.

Der Streifenwagen fuhr an, rollte auf die Hauptstraße und schlängelte sich flink wie eine Echse durch die Rettungsgasse, die sich inzwischen gebildet hatte.

Nowak rannen Schweißperlen über die Schläfe, ihm war schwindelig und die Hand mit dem Kurzmesser zitterte. Erschöpft ließ er die Schultern sinken, während der Stau sich aufzulösen begann.

Mit weichen Knien trat er die Pedale durch und bog auf die Hauptstraße ein. Er konzentrierte sich auf seine Atmung und ließ den Alfa langsam die Straße entlangrollen.

Nach etwa hundert Meter sah er einen Gebäudekomplex. Er erinnerte ihn an eine misslungene Kopie einer Burg aus Beton.

Der *Holzhof.* Hier musste er abbiegen.

Die Dämmerung nahm dem Abend die letzte Helligkeit, und Nowak schaltete die Scheinwerfer ein.

Die Straße führte einen Hügel hinauf und machte einen Bogen. Von der Hauptstraße zweigte eine Seitenstraße ab, und Nowak entschied sich für die Nebenstraße.

Am Straßenrand erhoben sich prächtige Altbauten, eingebettet in farbenfrohe Gärten und umgeben von verzierten Metallzäunen. Vom Mast einer der Häuser wehte eine Fahne.

Er nahm den Fuß vom Gas und entzifferte die Straßennamen.

Gleich beim ersten Straßenschild hatte er Glück.

Goldenluftgasse.

Ein selbstgefälliges Lächeln huschte über sein Gesicht. Er lenkte den Alfa in die Gasse. Zu beiden Seiten parkten dicht hintereinander Dutzende von Fahrzeugen. Gerade wollte er einen Fluch ausstoßen, als er eine Lücke erspähte. Ungeschickt setzte er den Alfa zurück und touchierte die Stoßstange seines Hintermanns.

Als er den Motor abschaltete, sprang die Straßenbeleuchtung an.

Er griff nach der Tasche und stellte sie auf seinen Schoß. Durch das Seitenfenster entzifferte er die Hausnummer des gegenüberliegenden Gebäudes.

Nummer zwei.

Hier wohnte Roquine Delafon.

Nach all dem Bullshit, der ihm während der letzten Stunden widerfahren war, schien das Glück zu ihm zurückzukehren. Es wurde verdammt noch mal auch Zeit.

Sein Blick wanderte die Fassade hinauf. Der Altbau hatte vier Stockwerke und schloss mit einem Giebeldach ab. In der Etage unter dem Dach stach ein Erker mit einem bunten Mosaikfenster aus der Front heraus. Die dezente Beleuchtung hinter den Gardinen ließ vermuten, dass jemand zu Hause war.

Ein letzter Besuch, danach war sein Auftrag erledigt, falls Maniel die Französin nicht schon aufgesucht hatte. Vielleicht traf er ihn aber auch in ihrer Wohnung an. Vielleicht durfte Delafon weiterleben. Doch sogleich verwarf er den Gedanken wieder. Niemand dem er sich zu erkennen gegeben hatte, durfte am Leben bleiben.

Er packte die Tasche, als mit einem Mal ein metallisches Brummen die Stille in der Gasse durchbrach. Auf der gegenüberliegenden Seite hob sich ein Garagentor. Licht fiel aus der Garage und zeichnete ein helles Rechteck auf den Asphalt. Eine Limousine rollte durch das Tor und fuhr langsam auf die Straße.

Nowak kannte das Modell, auch wenn er nicht sofort auf den Namen kam.

Dann erinnerte er sich.

Es war ein Citroën DS, ein roter Citroën DS.

31

Als Serge Rosenzweig später als geplant im Mainzer Polizeipräsidium eintraf, die Journalistin hatte ihm ausführliche Fragen zu seiner Vergangenheit gestellt, die er unmöglich nur mit wenigen Worten beantworten konnte, fand er Wassernagel im Internet surfend vor dem Laptop vor.

»Was sitzen Sie hier herum?«, schnauzte Rosenzweig ihn an. »Wo sind die anderen?«

Wassernagel sprang erschrocken auf und versuchte zu lächeln. Nach kurzem Zögern, das Rosenzweig allerdings nicht entgangen war und das er als Anflug einer Autoritätsverweigerung in Betracht zu ziehen erwog, stotterte Wassernagel: »Im Konferenzraum. Sie sind alle im Konferenzraum, gemeinsam mit dem Beamten aus Berlin.«

Rosenzweig hob die Augenbrauen. »Ich dachte, ich hätte mich vorhin am Telefon deutlich ausgedrückt, als ich Ihnen die Weisung gab, sich um den Berliner Beamten zu kümmern«, Rosenzweigs Stimme hob an: »Und mit *Kümmern* meinte ich nicht das Surfen im Internet.«

Wassernagel versuchte Rosenzweigs Blick standzuhalten, doch der anschwellenden Wut seines Vorgesetzten hatte er nichts entgegenzusetzen, also schaute er betroffen zur Seite.

»Es ist nicht meine Schuld, Herr Melle wollte …«

»Was *wollte* Herr Melle?«, brüllte Rosenzweig, jede einzelne Silbe betonend.

Ängstlich sah Wassernagel auf. »Er wollte, dass ich mich … ein wenig entspanne.«

Rosenzweig durchbohrte seinen Untergebenen mit einem bösen Blick und wiederholte mit spöttischem Unterton: »Herr Melle wollte, dass Sie sich ein wenig entspannen?«

»Ja, er war wohl der Meinung, dass …«, doch Wassernagels Rechtfertigungsversuch verpuffte, denn Rosenzweig hatte sich bereits abgewandt und marschierte entschlossen in Richtung der Konferenzräume. Die Zornesröte brannte auf seinen Wangen, und sein Blut kochte in seinen Adern, und als er die Tür des Sitzungszimmers aufriss, flogen die Köpfe herum und richteten sich neugierig auf den wutschnaubenden Ankömmling.

Unscharf, durch den Schleier seines Zorns, erkannte Rosenzweig die beiden Hauptkommissare. Steinert, dessen durchdringendes Parfum wie immer herb in der Luft lag, und seinen Kollegen Kühn mit der stets lässigen Körperhaltung. Güstaff mit einer um den Hals gebundenen, lächerlich bunten Fliege war ebenfalls anwesend, außerdem mehrere Uniformierte und ein kleiner, untersetzter Mann mit kurzgeschorenem Haarkranz und Brille in einem unmodischen Anzug.

Der Beamte aus Berlin.

Nur ein weiteres Gesicht, dem schon bald klarwerden würde, wer hier das Sagen hatte, dachte Rosenzweig. Nun, zumindest passte er optisch in die Mainzer Provinz.

Er starrte den Berliner an und überlegte, mit welchen Worten er seinem Missmut Ausdruck verleihen wollte.

»Einen schönen, guten Tag. Sie müssen der Herr Oberstaatsanwalt Rosenzweig aus Frankfurt sein. Ich freue mich, dass Sie es doch noch einrichten konnten, uns mit Ihrer Anwesenheit zu beehren. Entschuldigen Sie bitte, dass wir uns erlaubt haben, bereits ohne Sie anzufangen, aber in Anbetracht der Dringlichkeit dachten wir, es sei die bessere Alternative.«

Rosenzweig horchte auf. Die Tonalität und Souveränität, mit der der Mann es wagte, ihn anzusprechen, ließen vermuten, dass er über weitreichende Vollmachten verfügte. Umgehend meldete sich Rosenzweigs politischer Instinkt, der einen neuen, ernstzunehmenden Gegenspieler witterte. Er besann sich, schluckte seine Wut hinunter und setzte ein opportunes Lächeln auf, ohne jedoch nicht zu versäumen, Güstaff noch einen herablassenden Blick zuzuwerfen, den dieser mit aufgesetzter Verwunderung quittierte.

»Herr Dr. Rosenzweig«, sagte Melle, »um Sie möglichst schnell ins Bild zu setzen. Mein Name, wie Ihnen sicherlich bereits mitgeteilt wurde, ist Gerhard Melle. Ich arbeite für die Berliner Regierung. Der Zweck meiner Anwesenheit dürfte Ihnen ebenso bekannt sein.«

Rosenzweig überkam ein kurzer Impuls, doch noch einen verbalen Ausfall zu wagen, aber sein Bauchgefühl riet ihm davon ab, also nickte er wortlos und lächelte.

»Sehr gut«, sagte Melle, dem das angriffslustige Blitzen in Rosenzweigs Augen nicht entgangen war, und deutete zu Güstaff.

»Herr Güstaff, der kurzfristig meiner Bitte folgen leisten konnte und ins Präsidium gekommen ist, hat mich bereits auf den letzten Stand der Ermittlungen gebracht«, er lächelte erkenntlich in Richtung des Mainzer Staatsanwalts.

Rosenzweig ballte die Faust in der Tasche und ertrug die Demütigung seiner öffentlichen Demontage. Zwar würde er nun nicht mehr die Genugtuung haben, diese hinterwäldlerischen Schwachköpfe durch die Gegend zu scheuchen, allerdings trug er auch nicht mehr die Verantwortung dafür, dass diese Blindschleichen Hugo Maniel zur Strecke brachten. Aber solange er sich vordergründig kooperativ gab, sollte dieser kleine Zwischenfall keine Auswirkungen auf seine Karriere haben, denn sobald dieser Fall abgeschlossen war, kehrte dieser unmodisch gekleidete Zwerg sowieso wieder nach Berlin zurück und verschwand im Limbo der politischen Hinterbank.

Melle hingegen kam die rasche Kapitulation Rosenzweigs gelegen. Beim Anblick des Oberstaatsanwalts hatte er sofort vermutet, dass dieser keiner war, der mit offenem Visier zu kämpfen pflegte, also schien ihm eine unmittelbare Konfrontation die beste Strategie. Und schon war dieses Problem, zumindest fürs Erste, gelöst. Nun kam es auf die Polizisten an.

»Meine Herren, auch wenn es so aussieht, als sei uns Hugo Maniel erneut durchs Netz geschlüpft, werden wir nicht aufgeben, ihn zu finden und werden unsere Anstrengungen verdoppeln. Es ist von äußerster Wichtigkeit, diesen Mann schnellstmöglich dingfest zu machen«, motivierte Melle die Beamten, während ein dezentes Siegerlächeln seine Mimik bestimmte.

Melle hatte gelernt, die richtigen Knöpfe zu drücken, um seine Ziele zu erreichen. Diese Fähigkeit und sein untrügliches Bauchgefühl hatten ihn im Labyrinth des Nachrichtendienstes weit nach oben gebracht und dafür gesorgt, dass man ihm die delikaten Fälle anvertraute.

Dieses Mal handelte es sich allerdings um eine besonders prekäre Aufgabe, und die Zeit, sie zu lösen, war äußerst knapp bemessen.

Er hatte lange hin und her überlegt, die Polizisten in das Geheimnis um den Roboter einzuweihen, sich dann aber dagegen entschieden. Das Risiko, dass irgendjemand quatschte und die Informationen an die Öffentlichkeit gelangten, war einfach zu groß. Hugo Maniel blieb das Ziel der Fahndung, er war derjenige, der sie zu dem Roboter führen musste.

»Meine Herren, ich bin mir sicher, dass wir es gemeinsam schaffen werden, den Flüchtigen während der nächsten Stunden festzusetzen. Mein Bauchgefühl sagt mir, dass es nicht mehr lange dauert, bis wir ihn fassen werden. Lassen Sie uns deshalb mit Hochdruck an die Arbeit gehen. Sie genießen für ihr weiteres Vorgehen mein vollstes Vertrauen.«

Ein kurzer Beifall hob an, dann begann die Runde sich aufzulösen. Melle nestelte sein Mobiltelefon aus der Innentasche seines Jacketts. Er wollte nachsehen, ob es Neuigkeiten aus Wiesbaden gab. Rottermann hatte ihm vor einer Stunde mitgeteilt, dass er von Orban Robotic kontaktiert worden war, weil man auf einem Laptop in Borchards Labor die Kopie eines Programms gefunden hatte, das den Angriff auf einen Flughafen simulierte. Gegenwärtig war man dabei, Borchards Mitarbeiter zu verhören, von denen allerdings keiner etwas von der Software zu wissen schien.

Trotz dieses neuerlichen Beweises weigerte sich Berlin weiterhin, den Rhein-Main-Flughafen zu schließen. Zu groß war die Angst vor einer Debatte in den Medien über die Sicherheitslage im Land. Offiziell lautete die Erklärung allerdings, dass man nicht über genügend Hintergrundinformation verfüge, um eine zielgerichtete Entscheidung treffen zu können.

Fast wehmütig sah Melle den Polizisten zu, die sich mit Diensteifer wieder an ihre Arbeit machten. Wie sollten sie auch ahnen, dass Hugo Maniel nur der Köder war, um die große Katastrophe zu verhindern.

Mit einem Mal stürmte Güstaff zurück in den Konferenzraum. Seine Pausbacken glühten vor Erregung, als er verkündete: »Wir haben eine Spur. Wo ist Rompel? Er soll den Laptop anschließen.«

Kurz darauf hatte sich der Konferenzsaal wieder gefüllt und auf der Leinwand formierten sich die Quadrate der städtischen Überwachungskameras.

»Spielen Sie die Daten aus der Operationszentrale ein«, sagte Güstaff, und während Rompel die Datei öffnete, wandte Güstaff sich an die Anwesenden: »Diese Videosequenz ist vom *Liebfrauenplatz* am Dom. Sie wurde vor etwa drei Stunden aufgezeichnet.«

Man sah Fußgänger, die sich über einen Platz mit einigen wenigen Grünflächen bewegten. Die Kamera zoomte heran und konzentrierte sich auf drei Personen am Rande des Platzes. Zwei Männer und eine Frau. Die Frau war in Schwarz gekleidet, einer der Männer war riesengroß und dunkelhäutig.

Die Kamera näherte sich der dritten Person, bis auf der Leinwand nur noch deren Gesicht zu sehen war. Vertikale und horizontale Linien legten sich über das Bild, und einen Moment später begannen die Linien zu blinken.

»Das Programm vergleicht die Charakteristika des Gesichts mit den Informationen aus unserer Datenbank«, erklärte Güstaff.

Die Zielscheibe blinkte wie bei einem Computerspiel, als auf einmal die Linien verschwanden und am unteren Rand ein Name eingeblendet wurde.

»Maske Hugo Maniel«

Ein Raunen ging durch den Raum.

»Wir haben die Daten der Maske im Programm hinterlegt. Bei dem Mann handelt es sich eindeutig um Hugo Maniel«, sagte Güstaff.

»Wer sind die beiden anderen?«, erkundigte sich Melle.

»Die Beamten in der Operationszentrale versuchen das gerade herauszufinden«, antwortete Güstaff und strich sich über die verstrubbelten Haare. Anerkennend klopfte er Rompel auf die Schulter.

»Hervorragende Arbeit, meine Herren. Sobald wir wissen, um wen es sich bei den beiden anderen Personen handelt, sind wir einen wesentlichen Schritt weiter«, sagte Melle.

Unbemerkt betrat ein Zivilbeamter den Raum. Er ging auf Steinert zu und drückte ihm einen Zettel in die Hand.

»Alle herhören«, rief Steinert einen Augenblick später. »Die Dame heißt Roquine Delafont. Sie wohnt in der *Goldenluftgasse*.«

32

Jonathan Nowak starrte gebannt auf das Gesicht hinter der Windschutzscheibe des roten Citroëns. Im ersten Moment hatte er Schwierigkeiten, die Züge zuzuordnen, doch dann war er sich sicher.

Der Mann hinter dem Steuer war Hugo Maniel.

Sein von dem fahlen Licht der Armaturen beleuchtetes Gesicht blickte ernst. Er forschte, ob er freie Bahn hatte, dann steuerte er die schwere Limousine auf die Straße und rollte davon.

Nowak sah den Rücklichtern des Citroëns hinterher. Delafon hatte Maniel also das Versteck verraten und ihm ihren Wagen geliehen. Nun machte er sich auf den Weg, den Roboter außer Gefecht zu setzen.

Rasch beugte sich Nowak nach vorne und griff nach dem Drahtbündel, und während er die Drähte sortierte, flammte Zorn in ihm auf.

Warum war er nicht früher zu Delafon aufgebrochen? Er hätte sich die anstehende Verfolgung sparen können. Maréchals verdammter Köter war an allem schuld, ansonsten wäre die Sache bereits erledigt.

Mit einem Mal spürte er wieder seine Wunde, die schmerzte, als bearbeite ihn jemand mit einer glühenden

Nadel. Doch seine Wut kontrollierte den Schmerz, und während er die Kupferenden der Drähte zwischen seinen Fingern rieb, malte er sich in Gedanken Maniels Tod aus.

Er presste die Enden der Drähte gegeneinander.

Der Motor stotterte und sprang an.

Er packte den Schaltknüppel und riss ihn zurück. Das Getriebe knarzte. Er trat auf das Gaspedal und ließ die Kupplung kommen. Der Alfa knallte gegen die Stoßstange des hinter ihm parkenden Wagens. Er legte den Vorwärtsgang ein, kurbelte am Lenkrad und raste aus der Parklücke.

Er musste Maniel stoppen.

Nowaks Puls beschleunigte sich. Er warf einen Blick auf den Beifahrersitz, wo die Ledertasche wie angewachsen auf dem Polster stand, während das Licht der Straßenbeleuchtung ihren goldfarbenen Reißverschluss kostbar glitzern ließ. Der Anblick der Tasche gab ihm das Gefühl von Sicherheit, er war nicht allein, etwas Vertrautes begleitete ihn, eine Freundin, mit der er unzählige Intimitäten teilte, und die ihm die Zuversicht verlieh, dass auch dieses Mal wieder alles gut gehen würde.

Er erreichte die Querstraße und ließ den Wagen auf die Kreuzung rollen. Er blickte nach rechts, dann nach links und wieder nach rechts. Der Citroën war verschwunden.

Fuck, fluchte er, während seine Fäuste gegen das Lenkrad trommelten.

Rechts oder links? Eine Fünfzig-zu-fünfzig-Chance.

Instinktiv kurbelte er nach links und trat auf das Gaspedal. Den Hügel hinunter, in Richtung der *Altstadt*. Seine Kieferknochen knackten und nervös biss er sich auf die Unterlippe.

Falls er die falsche Entscheidung getroffen hatte, würde er Maniel niemals mehr wiederfinden.

Er schaltete in den dritten Gang und trat auf das Gaspedal. Der Alfa gehorchte wie ein willfähriger Lakai und legte sich in die Kurve. Er bog auf eine zweispurige Hauptstraße ein und eilte hinunter zum *Holzhof*. Die Straße machte einen weitläufigen Bogen, bevor sich erneut eine Gerade anschloss. Zur Linken tauchte der *Holzhof* auf.

An der Kreuzung schaltete die Ampel von *Gelb* auf *Rot*. Vor Nowak leuchteten die Bremslichter eines blauen Renault Clio und eines Mercedes auf, doch sein Blick folgte dem Heck einer roten Limousine, die es gerade noch geschafft hatte, um die Ecke zu biegen, bevor die Ampel auf *Rot* sprang.

Maniel!

Nowak biss die Zähne aufeinander. Er durfte den Bastard nicht ein zweites Mal verlieren. Der Clio und der Mercedes versperrten ihm den Weg. Er riss das Steuer herum, lenkte den Alfa auf die Gegenspur und beschleunigte. Als er auf der Höhe des Clios war, bog ein Lieferwagen um die Ecke und rollte, wie eine weiße Wand aus Stahl, frontal auf den Alfa zu. Nowak kniff die Augen zusammen und krallte die Fingernägel in das Lenkrad. Dann trat er das Gaspedal durch.

Die Gasse war zu schmal, aber er würde nicht weichen, und falls seine Reise zu Ende ging, dann sollte es eben hier sein. Er sah das Weiße in den Augen des Fahrers hinter dem Steuer des Lieferwagens, sah, wie sich auf dessen Gesicht das blanke Entsetzen spiegelte. Er hatte ebenfalls registriert, dass die Fahrspur zu schmal für beide Fahrzeuge war, und im nächsten Augenblick riss er das Lenkrad herum und raste auf den Randstein zu. Mit einem gewaltigen Schlag krachten die Vorderräder des Lieferwagens gegen die Bordsteinkante und hoben den Wagen auf den Bürgersteig.

Nowak schoss in die Lücke. Aluminium kreischte und Funken stoben auf, als die Karosserien sich berührten.

Er behielt den Fuß auf dem Gaspedal. Hinter ihm hob ein wildes Hupkonzert an, aber schon überquerte er die Kreuzung und fädelte in den Verkehr der Hauptstraße ein.

Vor einer roten Ampel musste er warten und hielt Ausschau nach dem Citroën. Im Dunkeln war es nicht einfach, etwas zu erkennen, alle Fahrzeuge hatten die gleiche undefinierbare Farbe. Nur langsam schob sich die Kolonne voran, und Nowak sondierte systematisch die Fahrzeugreihen. Irgendwo dort draußen stand der Citroën in der Schlange.

Im nächsten Augenblick fiel ihm eine ungewöhnlich geformte Karosserie auf, und als für einen Moment die Farbe des Lacks im Licht einer Straßenlaterne aufblitzte, hatte er Gewissheit. Ein zufriedenes Grinsen huschte über sein Gesicht.

Er nutzte die nächste Grünphase und verringerte den Abstand. Jetzt belauerte der Alfa den Citroën wie eine Raubkatze ihre Beute. Nowak malte sich in Gedanken aus, wie Maniel darüber nachgrübelte, den Roboter abzuschalten, nicht ahnend, dass sein Henker nur wenige Meter von ihm entfernt bereits darauf wartete, ihm endlich den Garaus zu machen.

Er streckte die Hand aus und berührte die Tasche. Das kühle Leder strömte durch seine Finger und seine Haut kribbelte. Mochte Maniel die letzten Minuten seines Lebens noch einmal genießen, denn schon bald würde er dieser Welt *Goodbye* sagen müssen. Nowak würde diesen

Moment auskosten, denn dieser Bastard hatte es nicht anders verdient.

Die Ampel sprang auf *Grün*, und die Kolonne setzte sich in Bewegung. Der Citroën passierte die Kreuzung und bog auf eine Hauptstraße ein, die parallel zum Fluss entlangführte. Nowak rief sich den Stadtplan ins Gedächtnis. Die Straße hieß *Rheinallee* und änderte in ihrem Verlauf irgendwo den Namen in *Rheinstraße*, wo genau, hatte er vergessen.

Die Kolonne beschleunigte, und es bildeten sich Lücken zwischen den Fahrzeugen. Einige Fahrer nutzten die Gelegenheit und wechselten die Spur.

Ein BMW drängte aus einer Seitenstraße auf die Hauptstraße. Nowak musste abbremsen, und der BMW setzte sich vor ihn. Als das Manöver beendet war und Nowak sich wieder auf den Verkehr konzentrierte, war der Citroën verschwunden.

Angestrengt spähte er durch die Windschutzscheibe, als mit einem Mal die Bremslichter des BMWs aufleuchteten. Er stieg auf das Bremspedal. Auch die Bremsleuchten der anderen Autos leuchteten auf.

Nowak sah nach vorne.

Über die Dächer der Fahrzeuge vor ihm erhoben sich die Blaulichter eines Streifenwagens. Das Polizeiauto versperrte eine der Fahrspuren und zwang den Verkehr, sich auf die freie Spur einzufädeln.

Im Schritttempo rollten die Fahrzeuge heran.

Nur noch wenige Autos trennten ihn von der Sperre, als sich die Silhouetten zweier Polizisten aus der Dunkelheit schälten. Vor ihrer Brust baumelten Maschinenpistolen.

Noch zwei Wagen bis zur Absperrung.

Maniel hatte es irgendwie geschafft, vorbeizukommen.

Noch ein Wagen.

Er warf einen Blick auf die Ledertasche, verwarf den Gedanken aber sofort wieder. Er lockerte seine Gesichtsmuskeln, wollte nicht verkrampft wirken. Doch sein Gesicht war zu einer Maske erstarrt.

Er war an der Reihe.

Langsam ließ er den Alfa heranrollen und spürte seine weichen Knie unter der Konsole. Krampfhaft hielt er seine Füße auf den Pedalen und legte seine Hand fest um den Schaltknüppel. Er bemühte sich, auf die Straße zu sehen, aber sein Blick wanderte in Richtung der Polizisten.

Schon war er auf ihrer Höhe, als einer der beiden sich nach vorne beugte und dem anderen etwas ins Ohr flüsterte. Der sah seinen Kollegen überrascht an, um im nächsten Moment seine Lippen zu einem breiten Grinsen zu verziehen.

Nowak war an der Sperre vorbei.

Er schnappte nach Luft, nestelte ein Taschentuch aus dem Jackett und wischte sich über die Stirn. Mit zittrigen Fingern schraubte er an der Klimaanlage, bis er bemerkte, dass sie bereits voll aufgedreht war.

Er konzentrierte sich auf die Straße, trat auf die Pedale und schaltete in den nächsten Gang. Er musste den Citroën wiederfinden.

Am Straßenrand erhob sich eine Kongresshalle, die direkt an ein Hotel grenzte. Aus den Augenwinkeln erkannte er das Firmenlogo der Hilton-Gruppe.

Die Straße teilte sich in zwei Fahrspuren, von der eine hinauf zu einer Brücke führte und die andere unter der Brücke hindurch.

Im nächsten Augenblick hoben sich seine Mundwinkel, und er lenkte den Alfa in Richtung der Unterführung, denn dort verschwand der Citroën gerade unter die Brücke.

Der Wagen vor Nowak bremste ab. Er trat ebenfalls auf das Bremspedal.

What the fuck?

Ein Reisebus hatte sich vom Standstreifen gelöst und stand quer auf der Fahrbahn. Nowak hupte, die anderen Fahrer stimmten ein.

Der Bus manövrierte. Hektisch wechselten Rücklichter und Bremslichter. Endlich schob er sich schwerfällig ein Stück nach vorne und gab eine schmale Gasse frei.

Von der Seite versuchte ein weißer Audi sich vor den Alfa zu setzen. Nowak warf der Fahrerin einen finsteren Blick zu, und sie überließ ihm die Vorfahrt.

Im Schneckentempo zwängte sich Nowak an dem Bus vorbei, dann trat er das Gaspedal durch und raste durch die Unterführung. Als er aus dem Tunnel herausschoss, war der Citroën verschwunden.

Vor ihm sprang eine Ampel auf *Rot*. Er behielt den Fuß auf dem Gaspedal. Zwei Fußgänger schafften es gerade noch, sich auf den Bürgersteig zu retten.

Unbeirrt jagte der Alfa die breite Hauptstraße entlang, wechselte immer wieder die Spur, um langsamere Fahrzeuge zu überholen, doch der Citroën blieb verschwunden. Nowak verdrängte den Gedanken, dass Maniel abgebogen sein könnte. Sein Fuß stand wie Blei auf dem Gaspedal.

Die Abstände zwischen den Straßenlaternen wurden größer, ein Indiz dafür, dass er aus der Stadt hinausfuhr.

In der Entfernung sah er zwei schmale Rücklichter.

Schnell verringerte sich der Abstand.

Der Citroën!

Sein Herz machte einen Sprung.

Der Blinker zeigte an, dass die rote Limousine abbiegen wollte.

Nowak hielt Abstand und wartete, bis der Citroën abgebogen war, dann lenkte er den Alfa hinterher.

Er hoppelte über eine notdürftig ausgebesserte Industriestraße. Vereinzelt kamen ihm Fahrzeuge entgegen, meist kleine Lieferwagen, deren Scheinwerfer gelbe Rechtecke auf den Asphalt warfen.

Neben der Fahrbahn erhoben sich graue Fabrikhallen, viele von Unkraut überwuchert und die Zugänge mit Abfall und Plastiksäcken verstellt. Ausgemusterte Küchenmaschinen und alte Computer vergammelten auf den Bürgersteigen. Zwischendrin tauchte ein altes Backsteingebäude auf, das offenbar von den Bomben des Zweiten Weltkrieges verschont geblieben war, und das inzwischen mit dem Zahn der Zeit zu kämpfen hatte. Auf morschen Holzmasten verliefen Stromkabel in einer wirren Ordnung über die Hallen, während uralte Gaslaternen das Viertel mit einem gespenstischen Licht überzogen.

Der Citroën steuerte tiefer in das Industriegebiet hinein. Nowak hatte die Scheinwerfer ausgeschaltet und folgte ihm.

Die Straße machte einen Bogen und führte an einem Zaun aus Holzlatten vorbei, hinter dem sich ein Berg aus buntem Blech auftürmte. Ein Kran mit einem Hebemagneten ragte in die Höhe und glitzerte milchig im Licht der Straßenbeleuchtung. Ein verwildertes Wiesenstück neben dem Autofriedhof gab den Blick auf den Rhein frei, auf dem sich träge ein Lastenkahn den Fluss hinaufschleppte.

Die Bremsleuchten des Citroëns glühten auf und Nowak trat ebenfalls auf die Bremse. Maniel stand an einer

Kreuzung und orientierte sich. Als der Citroën kurz darauf wieder anrollte, bog er in eine Seitenstraße ein. Nowak wartete einen Moment, dann fuhr er hinterher.

An beiden Seiten der Straße liefen gigantische und ineinander verschlungene Stahlrohre entlang, die an den unterschiedlichsten Stellen abknickten, um danach in verschiedene Richtungen weiterzulaufen. Die Rohre schienen überall zu sein, kreuzten hoch über der Straße die Fahrbahn, um sich dann in mächtige, quadratische Metallbehälter zu bohren, aus denen sie auf der Rückseite wieder herausstachen und sich weiter im Röhrenlabyrinth verloren. Rauchschwaden waberten um die Leitungen und schwebten als undurchdringlicher Dunst hinauf in die Atmosphäre, wo sie in das schwarz des Nachthimmels eintauchten.

Das nach verdorbenem Schweinefett stinkende Rohöl drang Nowak in die Nase und reizte seinen Magen.

Vor ihm kroch der Citroën die Straße entlang und steuerte auf das Horn der Landzunge zu. Vom gegenüberliegenden Ufer des Hafenbeckens spiegelten sich die Lichter einer Industrieanlage im Wasser.

Erneut bog Maniel ab. Wieder wartete Nowak einen Augenblick, dann rollte er hinterher.

Im nächsten Moment trat er auf die Bremse. Etwa hundert Meter von ihm entfernt war der Citroën zum Stehen gekommen. Die Beleuchtung war ausgeschaltet worden, und die Limousine war nur noch als graue Silhouette zu erkennen.

Auf der Spitze der Landzunge thronte eine kleine Burg. Ein Turm erhob sich aus der Mitte über die Festungsmauern und eine Fahne wehte von der Turmspitze im

Wind. Inmitten des Industriegebietes wirkte die alte Festung wie ein Relikt aus einer längst vergangenen Zeit, die von der Gegenwart vergessen worden war.

Die Innenbeleuchtung des Citroëns wurde eingeschaltet, und Nowak sah, wie sich ein Schatten bewegte. Kurz darauf öffnete sich die Fahrertür, und Maniel stieg aus dem Wagen. Vorsichtig spähte er in die Dunkelheit und blickte ahnungslos durch den Alfa hindurch.

Nowak hielt den Atem an und tastete mit einer sparsamen Bewegung nach der Ledertasche.

Maniel entfernte sich vom Wagen und schlich auf den Eingang der Festung zu. Der Zugang zum Kastell, ein Rundbogen, war mit Holzlatten vernagelt.

Maniel machte sich an den Brettern zu schaffen, und nach einer Weile hatte er zwei Latten gelöst. Ein letztes Mal sah er sich um, dann verschwand er durch die Öffnung ins Innere der Burg.

Nowak hatte es nicht eilig. Seelenruhig griff er nach der Ledertasche, öffnete leise die Fahrertür und stieg aus. Das monotone Summen eines Generators wehte von der Raffinerie zu ihm herüber und begleitete ihn zum Eingang der Festung. Er blieb stehen und horchte.

Irgendwo dort drinnen trieb sich Maniel herum und saß wie eine Maus in der Falle.

Mit einem diabolischen Grinsen presste Nowak die Ledertasche fest an seinen Körper und zwängte sich durch die Öffnung.

Endlich konnte er seinen Auftrag zu Ende bringen.

33

Frederik Heinrichs Gedanken kreisten um die Sitzung im Bundeskriminalamt, während er vom Tower des Rhein-

Main-Flughafens die einfliegenden Maschinen beobachtete, die wie an einer unsichtbaren Schnur gereiht, eine nach der anderen auf der Landebahn aufsetzten.

Sein Blick heftete sich an einen Jumbojet der British Airways, dessen Pilot den tonnenschweren Metallvogel geschickt über der Rollbahn ausbalancierte, ihn die letzten Meter absinken ließ, um den anschließenden Aufprall sanft über die mit Stickstoff befüllten Gummireifen aufzufangen.

Die Maschine rollte die Asphaltbahn entlang und reduzierte ihre Geschwindigkeit, bis sie von einem bereitstehenden Lotsenfahrzeug in Empfang genommen und zum Terminal geleitet wurde. Und schon setzte das nächste Flugzeug zur Landung an, und so wiederholte sich die gleiche Prozedur immer und immer wieder. Ein eingespielter, eng getakteter Prozess, bei dem jede Sekunde exakt verplant war und Verspätungen und Beeinträchtigungen nicht einkalkuliert waren.

Bereits die Anfahrt zum Flughafen hatte Heinrich beeindruckt. Ein eigenständiges Universum, eine Metropolis reinster Funktionalität, erschaffen aus Beton und Stahl und von grellem Neonlicht erleuchtet, mit schmucklosen Parkhäusern und aschgrauen Hotelgebäuden, umgeben von breitspurigen Autobahnen, die sich wie lange, graue Schlangen um den Airport schlängelten. Eiserne Tore eingebettet in babylonisch hohe Betonmauern sicherten die Zufahrt zum Gelände, während sich Tanklastwagen und Schwertransporter zwischen den Gemäuern wie auf den Gleisen einer Spielzeugbahn zu ihren Bestimmungsorten bewegten. Mittendrin tummelten sich, wie ferngesteuert und mit exakt definierten Aufgaben, die Angestellten und aufgekratzten Flugreisenden.

Heinrich war vom Sicherheitschef des Flughafens, einem knöchrigen, älteren Herrn mit schlohweißen Haaren, dessen rechtes Auge seit dem Eintreffen des Berliners nervös zu zucken begonnen hatte, in Empfang genommen worden, um sich die Notfallpläne im Falle einer Katastrophe erläutern zu lassen.

Natürlich hatte er, in Abstimmung mit Melle, nichts von dem erwähnt, was dem Flughafen bevorstand. Also vermutete der Sicherheitschef die Vorbereitung einer Übung, was allerdings bereits ausreichte, sein Nervenkostüm bis aufs Äußerste zu strapazieren. Immer wieder wies er darauf hin, dass die Notfallpläne, die man in den neunziger Jahren des letzten Jahrhunderts ausgearbeitet hatte, erhebliche Mängel aufwiesen, und schob die Verantwortung auf das fehlende Budget und den Streit in der Landespolitik, die sich auf kein gemeinsames Konzept einigen konnte.

Zwar glaubte Heinrich dem Mann, trotzdem war er genervt von dessen unterwürfigem Auftreten und den langatmigen Rechtfertigungen, mit denen er seinen Arbeitsauftrag vernebelte und seine Überforderung eingestand. Eine Marionette der Betreibergesellschaft, die dabei half, unerwünschte Kosten einzusparen.

Heinrich ließ ihn jammern.

Vor ein paar Minuten hatte ihn Melle aus Mainz angerufen, um ihm mitzuteilen, dass Maniel auf einer Überwachungskamera erkannt worden war. Es bestand also noch die Hoffnung, den Roboter zu finden, bevor er sich aktivierte. Dennoch blieb es ein Wettlauf gegen die Zeit.

»Haben Sie noch Fragen?«, riss der Sicherheitschef Heinrich aus dessen Gedanken.

Melle hatte Heinrich gebeten, Informationen zu sammeln, um genügend Fakten zusammenzuhaben, falls man doch noch einmal in Berlin anklopfen wollte, um auf die Schließung des Airports zu drängen.

»Wie lange, sagten Sie, würde es dauern, das Gelände vollständig zu evakuieren?«, fragte Heinrich.

»Zwei bis drei Stunden, vielleicht auch ein paar Minuten weniger, je nachdem, wie zügig die Deutsche Bahn Züge und Busse zum Abtransport zur Verfügung stellt. Wir sprechen von hunderttausend Menschen, die in Sicherheit gebracht werden müssen. Wissen Sie, der Airport ist kein Fußballstadion mit weitläufigen Fluchtwegen.«

Er redete sich in Rage, hatte Angst, dass man ihn im Nachhinein zur Rechenschaft ziehen könnte.

»Im Falle einer Sicherheitsbedrohung haben wir klar definierte Eskalationsstufen. Drei Stufen, um genau zu sein. *Gelb* als Warnung und zur Vorbereitung, *Orange*, sobald die Bedrohung akut wird, und bei *Rot* erfolgt die unmittelbare Evakuierung des Flughafens. Derzeit haben wir die Stufe *Gelb* ausgegeben«, er blinzelte Heinrich zu. »Damit unterstützen wir natürlich gerne Ihre Übung.«

Heinrich schenkte ihm ein flüchtiges Lächeln. Er wusste von Melle, dass es endloser Diskussionen mit Berlin bedurft hatte, bevor man sich dort zur Warnstufe *Gelb* durchringen konnte, um es jetzt als Übung zu verkaufen.

Heinrich wandte sich zum Fenster des Towers und deutete auf einen einfliegenden Airbus der Lufthansa. »Wie viele Flugzeuge landen täglich auf dem Rhein-Main-Flughafen?«

»Etwa siebenhundert«, antwortete der Sicherheitschef.

»Das sind etwa dreißig Maschinen pro Stunde.«

»In der Nacht natürlich etwas weniger.«

»Natürlich«, erwiderte Heinrich.

»Ich gehe davon aus, dass die Flugzeuge in einem Notfall umgeleitet werden«, erkundigte er sich weiter.

Der Sicherheitschef nickte. »Der Tower informiert umgehend die Piloten in der Warteschleife, die dann sofort auf die umliegenden Flughäfen ausweichen.«

»Und diejenigen, die sich nicht mehr in der Warteschleife befinden? Was passiert mit denen?«

»Sie meinen die Maschinen, die bereits den Landeanflug eingeleitet haben? Die landen natürlich, werden aber direkt danach zusammen mit den Passagieren in die Hangars gelotst.«

Heinrich nickte und beobachtete einen Tankwagen, der langsam an ein am Terminal angedocktes Flugzeug heranrollte. Mit emsiger Präzision machten sich die Arbeiter daran, die Maschine mit den Tankschläuchen zu verbinden.

Alles auf diesem Flughafen geschah nach einem festgelegten Masterplan, der keinerlei Nachlässigkeiten oder Verzögerungen duldete. Die Möglichkeit einer Katastrophe war allein schon deswegen ausgeschlossen, weil man sie sich zeitlich gar nicht leisten konnte. Eine Evakuierung im letzten Moment musste unter allen Umständen vermieden werden, denn sie war schlichtweg undurchführbar.

Melle musste es irgendwie schaffen, den Roboter zu finden.

Ob Rottermann inzwischen etwas herausgefunden hatte? Wohl eher nicht, sonst hätte er sich bereits gemeldet. Seit über zwei Stunden hatte Heinrich nichts mehr von ihm gehört.

Rottermann war ein guter Mann. Anfangs, als Melle den Informationstechniker in den inneren Zirkel geholt hatte, hatte Heinrich seine Zweifel gehabt. Zu jung, zu ehrgeizig und zu unerfahren. Aber inzwischen war er von Rottermanns Fähigkeiten überzeugt und auch die Chemie zwischen ihnen stimmte.

Das Mobiltelefon summte.

Das musste Rottermann sein.

Ein Schmunzeln huschte über Heinrichs Gesicht, kaum dachte er an den Kollegen und schon meldete er sich.

Doch ein Blick auf das Display verriet ihm, das Melle der Anrufer war. Er war gespannt, was sein Chef von ihm wollte.

34

Maniel warf einen erleichterten Blick auf die alte Festung.

Genau, wie Delafon beschrieben hatte, stand die Sandsteinburg auf der Landzunge an der Spitze der *Ingelheimer Aue*. Im Osten floss der Rhein vorbei und im Westen grenzte ein Hafenbecken an die Burg.

Warum das Kastell Borchard und Delafon allerdings an die ligurische Stadt *Rapallo* erinnerte, würde wahrscheinlich immer das romantische Geheimnis der beiden bleiben.

Durch die Windschutzscheibe sah Maniel, wie eine Fahne von der Spitze des Turms wehte. Er glaubte, das *Mainzer Rad* zu erkennen, war sich im Dunkeln jedoch nicht sicher.

Er schaltete die Innenbeleuchtung des Wagens ein und öffnete das Handschuhfach. Irgendetwas musste er finden, um sich in der Dunkelheit zurechtzufinden. Gerade als er die Suche wieder aufgeben wollte, weil er zwischen den Plastikhüllen der CDs und den abgegriffenen Straßenkarten nichts Geeignetes finden konnte, stießen seine Fingerspitzen gegen etwas Hartes aus Metall.

Vorsichtig angelte er den Gegenstand heraus.

Eine Stabtaschenlampe, nicht besonders groß, aber brauchbar, und sie funktionierte. Er schaltete die Innenbeleuchtung aus und stieg aus dem Wagen.

Mit zusammengekniffenen Augen inspizierte er die Umgebung.

Nichts Verdächtiges. Wieso auch, um diese Uhrzeit und in dieser Gegend?

Sein Blick wanderte zur Burg.

Rapallo.

Hier also endete Borchards mysteriöse Schnitzeljagd. Entweder war der Roboter in der Festung oder aber alles war verloren. Hatte es der Professor nach seinem Tod also doch noch geschafft, Maniel auf die richtige Spur zu führen? Vielleicht gab es ja tatsächlich keinen Zufall. Er würde es herausfinden müssen.

Vorsichtig, mit kurzen Schritten, ging er auf den Eingang zu. Von irgendwo drang das Geräusch eines Stromgenerators zu ihm herüber, der ranzige Geruch von Rohöl stieg ihm in die Nase.

Der Zugang, ein Rundbogen, war von einem notdürftig gezimmerten Bretterzaun versperrt.

Er sah sich das Holzgeflecht genauer an und zerrte an einigen der Bohlen. Eine Minute später hatte er zwei Bretter gelöst. Die Öffnung war groß genug, um ins Innere der Festung zu gelangen.

Noch einmal sah er sich um, dann zwängte er sich durch das Loch im Bretterzaun.

Im Hof der Burg war es still. Die dicken Mauern der Festungsanlage verschluckten jedes Geräusch, und auch das spärliche Licht der Industrieanlagen drang kaum über die Steinmauern herüber. Überall lagen aufgetürmter Müll und Schrott, Unkraut spross aus den Fugen des mit Pflastersteinen bedeckten Innenhofs.

Maniel angelte die Taschenlampe aus der Jackentasche und knipste sie an. Ein erbärmlicher Lichtstrahl, der es kaum bis zum Boden schaffte.

Vorsichtig ging er dem Turm entgegen, während er überlegte, den Revolver aus dem Hosenbund zu ziehen. Sofort verwarf er den Gedanken wieder. Hier gab es nichts, wogegen er sich verteidigen musste, außer vielleicht seine flatternden Nerven und dem widerlichen Gestank des Rohöls, aber dagegen half keine Waffe.

Der Turm erhob sich aus der Mitte der Festungsanlage hoch in den Nachthimmel. Sein Blick wanderte nach oben. Auf der Spitze wehte die Fahne, es war tatsächlich das *Mainzer Rad*.

Etwa auf halber Höhe war eine Metalltür in die Mauern eingelassen. Eine schmale Treppe ohne Geländer führte hinauf.

Er beschloss hinaufzusteigen, und beherzt nahm er die ersten Stufen. Eng gegen die Mauer gepresst, stieg er nach oben. Je höher er kletterte, desto flauer wurde es ihm im Magen. Immer wieder überprüfte er mit seinen Schuhsohlen die Beschaffenheit der glitschigen, moosüberzogenen Stufen, dann erst wagte er den nächsten Schritt.

Er versuchte sich vorzustellen, wie der Professor es wohl bewerkstelligt hatte, den stählernen Kampfroboter hier hinaufzuschaffen. Selbst in einzelne Module zerlegt, schien es unmöglich.

In seine Gedanken vertieft, rutsche ihm sein Standbein weg, und er verlor das Gleichgewicht. Geistesgegenwärtig riss er das andere Bein nach oben und stützte sich mit dem Rücken gegen die Mauer. Steifbeinig stand er auf dem Treppenabsatz. Seine Knie zitterten. Er atmete schwer. Die Entfernung nach unten betrug mehr als fünf Meter. Er durfte sich jetzt keinen Fehler erlauben.

Er atmete gleichmäßig, bemühte sich die Panik in seinem Kopf zurückzudrängen. Die Metalltür war nur noch ein paar Schritte entfernt. Einmal noch holte er Luft, dann nahm er seinen Mut zusammen und kletterte weiter. Nur nicht nachdenken, die Gedanken beisammenhalten und die Konzentration auf die Stufen richten.

Endlich erreichte er den kleinen Vorsprung vor der Eisentür. Seine Knie zitterten wie Espenlaub.

Als er aufblickte sah er den Rhein an der Landzunge vorbeifließen. Gegenüber spiegelten sich im trüben Wasser des Hafenbeckens die Lichter der Industrieanlage.

Aufgeregt nestelte er die Taschenlampe aus der Jackentasche und richtete den Lichtstrahl auf die Eisentür. Das Metall war mit Rost überzogen und auf dem Griff kondensierte die Feuchtigkeit. Vorsichtig griff er nach der Klinke und drückte sie herunter. Die Tür war nicht verschlossen, doch um sie zu öffnen, musste er einen Schritt nach hinten treten. Unsicher setzte er ein Bein zurück. Nur eine Hälfte seines Fußes stand noch auf dem Vorsprung, die andere Hälfte schwebte über dem Abgrund. Unter ihm lauerte die Tiefe.

Langsam zog er am Griff und balancierte die Tür vorsichtig an seiner Brust vorbei.

Im nächsten Moment starrte er auf eine Wand aus Beton.

Der Zugang zum Turm war vermauert.

Ungläubig schüttelte er den Kopf.

Ein weiteres skurriles Rätsel von Borchard?

Mit der Taschenlampe leuchtete er den Mörtel ab. An einigen Stellen löste sich die Fugenmasse bereits auf. Die Wand stand dort also schon längere Zeit.

Zweifel wallte in ihm auf. Befand sich der Roboter vielleicht gar nicht in der Festung? Stand *Rapallo* am Ende für etwas ganz anderes oder war es Delafon, die ihn in die Irre geführt hatte, weil Selou ihr dazu geraten hatte?

Er spürte, wie sich sein Puls beschleunigte, sein Körper zitterte mit einer Mischung aus Wut und Enttäuschung.

Er musste herunter von diesem Turm, fort von dieser Tür, fort von diesem Ort, weg von dieser stinkenden, moosbewachsenen Treppe. Sein Kopf schmerzte, und ihm war schwindelig.

Instinktiv presste er die Hände gegen die Mauer und kratzte mit der Fußsohle über die oberste Stufe. Nur jetzt nicht nachdenken, einfach nach unten klettern und die aufkeimende Angstattacke ignorieren.

Es fiel ihm leichter, als er gedacht hatte, und einige Minuten später stand er wieder auf sicherem Boden. Er atmete kontrolliert, die Panik, dieses erbarmungslose Tier in seinem Kopf, war zurückgewichen.

Er überlegte.

Falls er sich tatsächlich geirrt hatte, dann war es inzwischen zu spät. Schon bald würde der Roboter, wo immer er auch war, sich aktivieren, und seinen Todesflug starten.

Und er selbst? Wenn er auf eine letzte Chance zu entkommen hoffte, musste er von hier verschwinden. Zuerst mit dem Citroën raus aus der Stadt, danach irgendwo weiter, ohne den Wagen, denn sie würden nach ihm suchen.

Aber hatte er überhaupt eine Chance? Als dreifacher Mörder und Staatsfeind Nummer eins? Finster erschien ihm seine Zukunft, zu finster, um darüber nachzudenken, nicht jetzt, nicht in diesem Moment.

Ein Geräusch riss ihn aus seinen Gedanken.

Er wirbelte herum und leuchtete mit der Taschenlampe. Der Lichtstrahl war zu schwach.

Angestrengt spähte er in die Dunkelheit, irgendetwas war in seiner Nähe, er konnte spüren, dass er beobachtet wurde. Er kniff die Augen zusammen, um besser sehen zu können.

Erneut ein Geräusch, dieses Mal hinter ihm. Er wirbelte herum und hielt den Atem an.

Der Revolver fiel ihm ein und rasch zog er ihn aus dem Hosenbund. Mit der Taschenlampe in der einen und dem Revolver in der anderen Hand stand er breitbeinig da und spähte in die Finsternis.

Plötzlich bewegte sich etwas, schnell und geschmeidig, hetzte über den Hof, und einen Moment später war es verschwunden.

Eine Katze, eine flüchtende Katze.

Maniel ließ die Arme sinken, seine Hände zitterten. Die angestaute Luft entwich aus seinen Lungen. Er atmete tief ein und wieder aus. Er musste sich zusammennehmen, durfte jetzt nicht durchdrehen, musste einen klaren Kopf bewahren.

Er knipste die Taschenlampe aus und steckte den Revolver zurück in den Hosenbund. Wie eine unsichtbare Glocke umgab ihn der ranzige Gestank des Rohöls.

Seine Gedanken begannen zu rebellieren. Er hatte nicht all diese Strapazen auf sich genommen, hatte nicht dieses verdammte Fort *Rapallo* gefunden, um nun aufzugeben. Wenn er sich jetzt entschloss, in den Citroën zu steigen, dann gab es nur noch ihn und die Polizei, und sie würden ihn jagen, wie eine Meute blutgieriger Hunde einen erschöpften Fuchs.

Aber was konnte er noch tun? Hier gab es nur diesen Turm, umgeben von dicken Steinmauern und den Innenhof, vollgestopft mit stinkendem Müll und rostigem Schrott.

Es war vorbei. *Rapallo* war eine fixe Idee, eine Fata Morgana, an die er geglaubt hatte, wie ein Kleinkind an den Weihnachtsmann. Er wollte hoffen, weil die Hoffnung das Einzige war, was ihn am Leben hielt. In Wirklichkeit allerdings war er ein durstiger Seefahrer, der bis zuletzt davon träumte, dass das salzige Wasser des Meeres sich in Süßwasser verwandelte.

Seine Gedanken zerfielen in unzusammenhängende Fetzen, nahmen Geschwindigkeit auf und flohen aus der Rationalität seines Verstandes. Er spürte Angst in sich aufsteigen. Bald schon würde sie die Kontrolle übernehmen und ihn zwingen, sich unterzuordnen. Schon begann er am ganzen Körper zu zittern.

Er musste etwas tun, irgendetwas, bevor die Panik ihn vollends dominierte.

Beherzt marschierte er los, befahl seinen Beinen, sich in Bewegung zu setzen, machte lange, weitgreifende Schritte. Er würde um den Turm herumlaufen, einfach nur um den Turm herumlaufen, um sich abzulenken.

Ein böiger Windstoß ließ die Fahne an der Turmspitze tanzen.

Er ging vorwärts, hielt sich dicht an der Außenwand der Festung und erreichte die Rückseite des Turms. Der aufkommende Wind ließ die Wellen des Rheins gegen die Mauern des Kastells schlagen.

Etwas spiegelte sich in seinen Augenwinkeln. Ein Blitzen, ein Lichtreflex.

Er trat einen Schritt zur Seite, suchte die richtige Position, suchte nach dem Leuchten. Er bewegte sich nach rechts, dann nach links.

Da war es wieder.

Vorsichtig, als habe er Angst, es zu erschrecken, schlich er auf das Glitzern zu. Er leuchtete mit der Taschenlampe. Da war etwas.

Er ging näher heran.

Eine Metallplatte. Moosbewachsen bedeckte sie den Boden.

Er ging in die Hocke und packte einen Bügel. Die Platte war schwer. Er musste die andere Hand zur Hilfe nehmen.

Eine Öffnung tat sich auf, ein großes, schwarzes Loch. Vorsichtig trat er an den Rand und leuchtete hinein.

Der Lichtstrahl war schwach, aber er erkannte eine alte, ausgetretene Steintreppe, die hinunter in die Finsternis führte. Er würde hinabsteigen müssen, ganz gleich, was ihn dort unten erwartete.

Und während er seinen Fuß auf die oberste Stufe setzte, donnerte eine gewaltige Welle gegen die Mauer der Festung.

35

Die dunkle Limousine raste durch die Straßen der Stadt. Das zuckende Blaulicht auf dem Dach sorgte zusammen mit der kreischenden Sirene dafür, dass alles, was dem Wagen zu nahekam, sich hastig zur Seite flüchtete. Der Fahrer hatte Glück, dass eine Straßenbahn gerade noch rechtzeitig zum Stehen kam, während er die Polizeilimousine unbeirrt die *Gaugasse* hinaufjagte.

Gerhard Melle auf dem Beifahrersitz und Serge Rosenzweig mit Romain Güstaff im Fond hatten Mühe, sich festzuhalten, damit ihre Köpfe nicht gegen die Wagendecke stießen. Doch der Chauffeur hatte die Anweisung erhalten, Gas zu geben, denn es war durchaus möglich, dass Maniel sich noch bei Delafont aufhielt.

Während Rosenzweig die Augen geschlossen hielt und sich mit wachsbleichem Gesicht darauf konzentrierte, den Inhalt seines Magens, den er sich bei seinem Interview in Frankfurt mit marinierten Jakobsmuscheln vollgestopft hatte, bei sich zu behalten, lauschten Melle und Güstaff der Lautsprechanlage, über die aus dem Präsidium Informationen über Roquine Delafon durchgegeben wurden.

Die Limousine legte sich in die Kurve, jagte den *Eisgrubweg* hinunter und bog schließlich mit quietschenden Reifen in die *Goldenluftgasse* ein. Der Fahrer drosselte die Geschwindigkeit und der Wagen rollte im Schritttempo die Gasse entlang.

Vor einem Altbau stand ein Streifenwagen quer auf dem Bürgersteig, während zwei uniformierte Polizisten unschlüssig vor dem Hauseingang warteten. Hinter den Fensterscheiben der Nachbarhäuser drückten sich neugierige Anwohner die Nasen platt und hofften auf ein Spektakel.

»Niemand öffnet«, verkündete einer der Beamten, nachdem Melle, Güstaff und Rosenzweig aus dem Wagen gesprungen waren.

»Sie wohnt dort oben«, der Polizist deutete zum obersten Stockwerk. »Es brennt Licht.«

»Hoffentlich kommen wir nicht zu spät«, murmelte Melle und warf Güstaff einen besorgten Blick zu.

»Nicht noch ein Blutbad«, flüsterte Güstaff.

»Versuchen Sie eine der anderen Klingeln«, wies Melle einen der Polizisten an.

»Haben wir bereits«, antwortete der Polizist.

Im nächsten Augenblick ertönte ein leises Summen, und die Haustür sprang auf. Die Gruppe preschte in den Hausflur und eilte die Treppe hinauf, die unter den stürmischen Schritten beschwerlich ächzte. Melle und Güstaff liefen an der Spitze, dahinter die beiden Uniformierten, zuletzt folgte Rosenzweig.

Außer Atem erreichten sie das oberste Stockwerk, dessen Vorsprung mit einer Balustrade abschloss. Die einzige Wohnungstür auf der Etage war fest verschlossen.

Güstaff klopfte gegen das Holz. »Aufmachen, Polizei«, echote seine Stimme durch das Treppenhaus.

Einen Moment später knarzten Scharniere und schwerfällig öffnete sich eine Tür. Vorsichtige Schritte erklangen von der Treppe des tiefergelegenen Stockwerks und kurz darauf linste ein kahlgeschorener Kopf mit weit abstehenden Ohren über den Treppenrand. Die Hände den Kragen seines Bademantels umklammernd, zuckte der Kopf interessiert von der einen zur anderen Seite.

»Die is' deheem, zusamme' mit ihr'm Schwarze'«, piepste eine Stimme aus dem Mund des Kopfes.

»Gehen Sie sofort wieder zurück in Ihre Wohnung und verschließen Sie die Tür«, brüllte Güstaff, während sich die Augen des Neugierigen, ob der unerwarteten Autorität, verständnislos weiteten. So schnell, wie er erschienen war, verschwand der Kopf auch wieder, und kurz darauf knallte eine Tür ins Schloss.

Währenddessen pochte Güstaff erneut gegen die Wohnungstür. »Sofort aufmachen, Polizei.«

Doch nichts rührte sich und Güstaffs Blick wanderte fragend zu Melle.

»Aufbrechen«, befahl Melle.

Die beiden Uniformierten brachten ein Stemmeisen zum Vorschein und klemmten es zwischen Tür und Rahmen.

Zwischenzeitlich waren Kühn und Steinert in Begleitung zweier Sanitäter die Treppe heraufgekommen, und während die Hauptkommissare sich links und rechts der Wohnungstür positionierten, blieben die Rettungshelfer auf der Treppe zurück.

Güstaff und Melle standen seitlich der Tür. Auf Güstaffs Stirn standen Schweißperlen. Seltsamerweise musste er gerade jetzt an seinen letzten Skat-Abend denken und sah die Spielkarten deutlich vor seinen Augen; zwei Buben, Pik und Karo sowie das Kreuz As, das er an den Rand gesteckt hatte, um seine Mitspieler zu verwirren. Ein erstklassiges Blatt. Dennoch würde er gleich die Karten falsch ausspielen und die Partie verlieren. Warum fiel ihm diese Geschichte gerade jetzt ein? Er spürte, wie sein Magen rebellierte und verschwommen, wie durch einen Schleier, sah er Steinert, der vor ihm stand und beide Hände um den Griff seiner Pistole gelegt hatte. Steinerts Parfum roch intensiver als sonst, die Aufregung hatte seine Poren geöffnet.

Diesmal war es gelungen, schneller vor Ort zu sein, möglicherweise aber nicht rechtzeitig genug. Gott allein wusste, ob Delafon überhaupt noch am Leben war. Womöglich war der Mörder noch in der Wohnung und verbarrikadierte sich, alarmiert vom Klopfen gegen die Tür.

Wer immer sich dort drinnen auch versteckte, er hatte nichts mehr zu verlieren.

Ein leichter Schwindel erfasste Güstaff. Er bemühte sich, seine Aufregung unter Kontrolle zu halten. Ihm gegenüber, auf der anderen Seite der Tür, stand Kühn, und ebenso wie Steinert, hielt er seine Waffe im Anschlag. Kühns Miene war ausdruckslos, er hatte seine Nerven lange genug in Afghanistan gestählt. Seine Kaltschnäuzigkeit wirkte beruhigend auf Güstaff.

Melle, der dicht hinter Güstaff stand, und diese Art von Einsätzen schon oft miterlebt hatte, wirkte gefasst.

Rosenzweig stand etwas abseits und lehnte mit vor der Brust verschränkten Armen und gekreuzten Beinen lässig gegen die Balustrade. Mit seinem weißen Einstecktuch, dem emporgereckten Kinn und seiner unbeteiligten Miene, wirkte er wie der Hauptdarsteller eines James Bond Streifens, der gelangweilt auf den Drehbeginn wartete.

Mit einem Mal segelte das Stemmeisen durch die Luft, flog über die Balustrade und krachte ein Stockwerk tiefer auf die Holztreppe.

Die beiden Uniformierten ruderten mit den Armen, um einen Augenblick später auf dem Hosenboden zu sitzen.

Genau in dieser Sekunde erlosch das Licht im Treppenhaus.

»Kann irgendjemand mal diesen verdammten Lichtschalter drücken, bitte?!«, ertönte genervt Kühns Stimme.

Als die Beleuchtung einen Moment später wieder ansprang, bot sich ein bizarres Schauspiel.

Eine riesige Gestalt schoss aus der Wohnung und schwang ihre mächtigen Pranken wie ein wildgewordener Grizzly, der blindlings auf alles einschlug, was ihm in die Quere kam.

Melle schaffte es gerade noch, Güstaff an den Schultern zu packen und ihn aus der Gefahrenzone zu ziehen, während die beiden Uniformierten auf dem Boden sitzend ihre Köpfe einzogen. Kühn und Steinert standen kerzengerade, den Rücken gegen die Wand gepresst, auf den Zehenspitzen, und entgingen so knapp Selous unerbittlichen Hieben.

Rosenzweig hatte allerdings weniger Glück.

Unmöglich, seinen entspannten, lässig an die Balustrade gelehnten Körper in eine rettende Ausweichposition zu bewegen, sah er das Unheil in Form einer schwarzen Faust, groß wie ein Baumstumpf, auf sich zukommen. In Zeitlupe näherte sich die mächtige Pranke und traf wie ein Vorschlaghammer auf die aristokratisch geformte Nase, um sie Stück für Stück, wie einen Crashtest-Dummy, der gegen eine Betonmauer prallte, zu deformieren.

Mit einem lautstarken Knacken brach die Nasenwurzel, und Rosenzweig krachte gegen die Balustrade, bevor er, wie ein nasser Sack, zu Boden sank. Aus seinen Nasenlöchern spritzte Blut und verteilte sich in dicken Tropfen über sein Jackett und die Anzugshose.

Selou hingegen tänzelte wie ein Schwergewichtsboxer auf dem Vorsprung und gab grunzende Laute von sich, während sich in seinen Augen der Wahn der Unbezwingbarkeit spiegelte.

Steinert und Kühn, die sich wagemutig auf den Riesen warfen, prallten an ihm ab wie zwei Fünfjährige, die im Kinderbecken eine Luftmatratze zu bespringen versuchten.

Selous Arme rotierten wie ein Flugzeugpropeller um seinen Körper.

Rasch änderten die Hauptkommissare ihre Taktik, und gemeinsam mit den beiden Streifenpolizisten begannen sie, Selou zu umkreisen. Auf ein Zeichen von Kühn, stürzten sich alle gleichzeitig auf ihn, griffen jeweils nach einem Arm oder einem Bein und rangen ihn nieder.

Handschellen klickten.

Und während die schweratmenden Beamten neben dem Riesen am Boden knieten, gab Selou wilde französische Schimpftiraden von sich.

Unterdessen lehnte Rosenzweig mit wachsbleicher Miene gegen die Balustrade und presste unbeholfen sein Einstecktuch gegen die zertrümmerte Nase, aus der immer noch das Blut herausquoll.

Mit der Pistole im Anschlag stieß Melle die Wohnungstür auf, um im nächsten Augenblick in das kreidebleiche Gesicht Roquine Delafons zu blicken. Die Französin stand verloren in der Empfangshalle, ihre roten Locken klebten wirr an ihrer Stirn und ihre Mimik glich einer Totenmaske. Erschöpft, aber mit stolzem Blick, richtete sie ihre zitternde Stimme an die Eindringlinge.

»Was suchen Sie in meiner Wohnung?«

Melle steckte seine Waffe in den Halfter, und Güstaff winkte einen Sanitäter heran.

»Wir werden uns um Sie kümmern«, flüsterte Melle und als er auf Delafon zutrat sackte sie in sich zusammen. Güstaff fing sie auf.

Fünfzehn Minuten später beobachteten Melle und Güstaff vom Türrahmen der Bibliothek den Sanitäter dabei, wie er Delafon einen Wattebausch auf den schmächtigen Oberarm presste und den Einstich der Beruhigungsspritze desinfizierte. Kurz darauf entspannten sich ihre Gesichtszüge.

Melle nahm auf dem freien Sessel Platz. In der Luft lag der süßliche Duft des Anästhetikums.

Der Sanitäter warf einen letzten, prüfenden Blick auf seine Patientin, dann verließ er das Zimmer. Güstaff wollte gerade die Tür schließen, als Rosenzweig im Türrahmen erschien. In seinen Nasenlöchern steckten zwei Wattepfropfen, und quer über dem Gesicht klebte ein breites Pflaster. Sein lila verfärbtes Auge erinnerte an den Lidschatten einer Operndiva. Obwohl sein Jackett notdürftig gesäubert war, hefteten auf dem Kragen noch Reste von Blut.

Neugierig musterte er Delafon, und erst als Melle ihm einen düsteren Blick zuwarf, verzog er sich in eine Ecke.

Delafon saß apathisch in ihrem Sessel und starrte ins Leere, ihr Gesicht schimmerte blass im fahlen Licht der Stehlampe, ihre schmalen Finger, die aus den Ärmeln ihrer Strickjacke hervorschauten, krampften sich um ein Stofftaschentuch. Nur die unerbittliche Strenge ihrer Erziehung ließ sie Haltung bewahren.

Melle gab ihr Zeit, wartete eine Weile, dann beugte er sich vor und richtete mit einfühlsamer Stimme das Wort an sie: »Madame Delafon. Mein Name ist Gerhard Melle. Wir sind gekommen, um Ihnen zu helfen. Wir wollen die schrecklichen Ereignisse der letzten Tage aufklären. Allerdings benötigen wir dazu Ihre Hilfe.«

Wie ein schüchterner Kanarienvogel zuckte Delafons Kopf nach vorne, während sie einen verständnislosen Blick zu Melle warf.

»Ich kann mir vorstellen, wie es Ihnen gehen muss, nach all dem, was geschehen ist, doch leider sind diese fürchterlichen Geschehnisse nur der Anfang einer großen Katastrophe, bei der viele unschuldige Menschen ihr Leben lassen werden.«

Delafon sah zu Melle. Sie musterte ihn lange, bevor sie sich wieder abwandte. Mit fest aufeinander gepressten Lippen nutzte sie den letzten Rest ihrer Energie zum stillen Widerstand.

»Ich verstehe Sie. Jeder andere in Ihrer Situation würde ebenso zweifeln, wem er noch vertrauen soll«, sagte Melle mit sanfter Stimme. »Aber ich bin mir sicher, dass Sie uns helfen werden. Ich weiß um die Hilfsbereitschaft Ihrer Familie und um Ihren Vater, der sich stets für Gerechtigkeit einsetzte. In all seinen Jahren im Dienst der französischen Diplomatie hat er immer versucht, auf der richtigen Seite zu stehen. Und trotz seiner eisernen Disziplin behielt er ein großes Herz.«

Melle wusste aus dem Bericht über Delafon, dass sie einige Meinungsverschiedenheiten mit ihrem Vater hatte, aber stets eine enge Verbindung zu ihm pflegte.

»Ich glaube, Ihr Vater hätte gewollt, dass Sie uns helfen.«

Delafon schluckte. Sie wusste nicht, ob sie Melle dafür hassen sollte, dass er es gewagt hatte, ihren Vater zu erwähnen, oder ob sie weinen sollte, weil er sie an ihn erinnert hatte. Doch rasch hatte sie ihre Mimik wieder unter Kontrolle und starrte unbeirrt geradeaus.

»Ich wüsste nicht, wie ich Ihnen behilflich sein kann, Monsieur Melle«, erklang leise ihre heisere Stimme.

»Sie sprachen mit Hugo Maniel«, Melles Tonfall war ohne Vorwurf. »Wir wissen, dass er Sie gesucht und gefunden hat.«

Er ließ die Worte nachwirken, um dann zu ergänzen: »Genau wie wir, versucht er die Katastrophe zu verhindern.«

Nur ein kurzes Augenzucken verriet Delafons Überraschung über Melles Worte. Ihr Blick wanderte zum Boden, und mit einem Mal begann ihr zierlicher Körper zu zittern, und Tränen liefen über ihre Wangen.

»Ich habe Pius' Liebe verraten, als er hoffnungslos an meine Tür klopfte und ich ihm nicht geholfen habe. Ich habe versagt, weil ich die Verzweiflung seines Hilferufs nicht einzuordnen wusste. Er hat seine Seele in dem Augenblick offenbart, als seine Rationalität, an die er ein Leben glaubte, an einen Punkt angelangte, an dem sie vollkommen nutzlos war. Einen größeren Liebesbeweis hätte er mir nicht schenken können, und ich habe ihn im Stich gelassen, weil ich seine Not nicht erkannte.«

Sie schüttelte den Kopf und begann zu weinen. »Ich werde niemals mehr jemanden verraten, der keinen Ausweg mehr weiß und verzweifelt an meine Tür klopft. Niemals!«

Sie schlug beide Hände vors Gesicht.

Güstaff machte Anstalten, sie zu trösten, doch Melle hob abwehrend die Hand. Und während Delafon ihr Gesicht versteckte und ihr schmächtiger Körper bebte, flüsterte Melle mit versöhnlicher Stimme: »Nun haben Sie die Gelegenheit, jemandem zu helfen, der keinen Ausweg mehr weiß«, er zögerte einen Moment, um zu ergänzen: »Wir wissen, dass Hugo Maniel kein Mörder ist. Er hat weder Pius Borchard umgebracht noch Patrick Maréchal oder Achim Kolle.«

In der Bibliothek war es mit einem Mal mucksmäuschenstill.

Delafon hatte aufgehört zu schluchzen und nahm die Hände vom Gesicht. Ungläubig blickte sie zu Melle.

»Sie sagen mir die Wahrheit?«

»Sie haben mein Ehrenwort.«

Delafon sah Melle mit einem prüfenden Blick in die Augen. Er hielt ihrem Blick stand. In unzähligen Verhören hatte er korrupten Politikern und Terroristen gegenübergesessen, wurde mit Lügen, der Wahrheit oder mit Schweigen konfrontiert. Alle seine Verdächtigen verfolgten dabei immer nur ein Ziel, sich selbst nicht zu belasten. Delafon war nicht verdächtig, es war ihre Entscheidung, ob sie ihm vertrauen wollte, oder aber nicht.

Mit einem Mal kam Unruhe auf, und Rosenzweig löste sich aus seiner Ecke und stampfte in die Mitte des Zimmers.

»Das reicht jetzt aber«, zischte er. Das zartrosafarbene Pflaster über seiner Nase bildete einen grotesken Gegensatz zu seiner cholerischen Mimik. »Sie soll endlich reden.«

Melles strenger Blick durchbohrte den Frankfurter. »Halten Sie ihre Klappe, Rosenzweig, und gehen Sie zurück in Ihre Ecke.«

Die kühle Autorität Melles prallte auf Rosenzweigs flammenden Zorn.

Mit mahlendem Kiefer und dunkelrotem Gesicht stand Rosenzweig vor der Sitzgruppe, während Melles eiskalter Blick sich tief in Rosenzweigs angekratztes Selbstbewusstsein bohrte. Rosenzweig blinzelte und senkte die Augen. Einen Moment später wandte er sich um und schlich zurück in seine Ecke.

Güstaff warf ihm einen verständnislosen Blick zu, während Melle sich wieder Delafon zuwandte und den Auftritt Rosenzweigs mit einem entschuldigenden Lächeln herunterspielte. Delafon warf einen misstrauischen Blick in Rosenzweigs Richtung.

»Wir wissen, dass die Morde im Auftrag einer terroristischen Vereinigung begangen wurden. Hugo Maniel hat nichts damit zu tun. Er versucht, den Roboter zu finden, von dem ihm Pius mit seinen letzten Worten erzählt hat.«

Güstaffs überraschtes Gesicht fiel niemandem auf. Zwar kannte er diese Aussagen aus Maniels Verhörprotoll, allerdings hatte Rosenzweig darauf bestanden, dass es sich bei dieser Geschichte um das Hirngespinst eines Mörders handelte, der von sich selbst abzulenken versuchte.

»Warum sollte ich Ihnen vertrauen?« Delafons unsichere Stimme verriet den Zwiespalt, der in ihrem Innern tobte. Mit einem Mal glaubte sie wie durch einen Schleier Pius' Gesicht zu sehen. Neben ihm standen Patrick und Achim, dahinter ihr Vater. Alle vier lächelten sie an und flüsterten ihr etwas zu, doch sie konnte nicht verstehen, was sie sagten.

»Sie sind unsere letzte Hoffnung, die Katastrophe zu verhindern und die Wahrheit ans Licht zu bringen«, drang Melles Stimme wie durch Watte in ihr Ohr.

Sie nestelte an ihrem Taschentuch, das sie in ihrer kleinen Faust knetete, dann sah sie zu Melle und musterte ihn lange.

»Also gut, Monsieur Melle«, seufzte sie. »Um Pius' Willen werde ich Ihnen helfen.«

Melle atmete auf, und Delafon begann zu reden. Sie berichtete von ihrem Zusammentreffen mit Maniel im Dom, dem Foto, das Maniel von Patrick Maréchal erhalten hatte, und schließlich von Maniels Besuch bei ihr, dem sie auf Anraten Monsieur Selous zugestimmt hatte. Sie erzählte von der Festung auf der *Ingelheimer Aue*, und als sie den Namen *Rapallo* nannte, gab Melle Güstaff ein unauffälliges Zeichen, und der Staatsanwalt verließ die Bibliothek.

Als Delafon zu Ende berichtet hatte, ergriff Melle ihre zierliche Hand und sah ihr tröstend in die Augen. »Vielen Dank, Madame Delafon. Es war richtig, uns zu vertrauen. Pius Borchard und Ihr Vater wären stolz auf Sie.«

Die Tür öffnete sich, und Selou eilte herein. Neben Delafon sank er auf die Knie und nahm sie in den Arm.

Melle stand auf und verließ die Bibliothek, nicht ohne Rosenzweig, der immer noch in der Ecke stand, einen unversöhnlichen Blick zuzuwerfen.

Er eilte den Korridor entlang, dachte an Güstaff, der hoffentlich bereits das Sondereinsatzkommando verständigt hatte.

Sein Mobiltelefon klingelte. Es war Rottermann, da musste er rangehen.

Rottermann sparte sich eine Begrüßung. »Der Roboter hat sich aktiviert, wir haben das Signal geortet.«

Melle verharrte auf der Stelle, seine Gedanken überschlugen sich. Es dauerte einen Augenblick, bis er sich wieder gefangen hatte. »Wann fliegt er los?«

»In ein paar Minuten. Uns bleiben noch etwa zwanzig Minuten Zeit, bis er den *Rhein-Main-Flughafen* erreicht.«

Melle wurde schwindelig. Mit weichen Knien lehnte er sich gegen die Wand. Hugo Maniel hatte es nicht geschafft. Sicherlich war er bereits tot.

Aus dem Mobiltelefon meldete sich Rottermanns Stimme: »Was wollen Sie jetzt tun?«

Um Berlin zu informieren, blieb keine Zeit mehr. Melle musste eine Entscheidung treffen, jetzt sofort und so, wie er es bisher immer getan hatte, seinem Gewissen und der Vernunft verpflichtet. Mit einem Mal kreisten seine Gedanken um seine alte Heimat, gar nicht weit von Mainz entfernt, die Wälder rau, die Winter kalt und die Menschen direkt. Warum hatte er den Hunsrück damals eigentlich verlassen?

»Herr Melle, sind Sie noch am Apparat?«

Melle kappte die Verbindung zu Rottermann. Hektisch wischte er über das Display seines Mobiltelefons. Sein Atem ging schwer, und seine Hände zitterten. Er hatte Schwierigkeiten, den Namen, den er suchte, zu finden. Endlich baute sich eine Verbindung auf.

Heinrich meldete sich.

»Sofort auf *Rot*«, stammelte Melle.

36

Maniel setzte den Fuß auf die Steintreppe, die ihn hinunter in die Dunkelheit führte. Die Wellen des Rheins donnerten gegen die Außenmauer der Festung, und wenn er nicht gewusst hätte, dass das Gemäuer den Wassermassen bereits seit Jahrhunderten standgehalten hatte, hätte er es sich zweimal überlegt, hinabzusteigen.

Die Taschenlampe war keine große Hilfe, das Licht reichte nicht einmal bis zum Boden.

Aber er hatte keine andere Wahl, er musste hinunter, also stieg er vorsichtig, Stufe für Stufe, hinab.

Bald schon umgab ihn eine gespenstische Finsternis, und der Geruch des Rohöls wich dem Gestank nach fauligem Fisch und Kloake.

Er erreichte das Ende der Treppe. Ein schmaler Korridor führte tiefer in das Gewölbe. Die niedrige Decke zwang ihn, den Kopf einzuziehen, und von den Mauern schlug ihm sein Atem entgegen.

Im nächsten Moment gab die Taschenlampe ihren Geist auf. Er stoppte und wartete, bis sich seine Augen an die Dunkelheit gewöhnt hatten. Ein eiskalter Wassertropfen tropfte von der Decke in seinen Kragen und ließ ihn zusammenschrecken.

Instinktiv streckte er die Arme aus und suchte nach Orientierung. Seine Fingerkuppen berührten etwas Glitschiges. Fiebrig schlängelte sich das Ding an der Wand entlang und hinterließ eine Spur aus Schleim. Er riss die Hand zurück, als er im nächsten Moment eine Erschütterung spürte. Erschrocken blieb er stehen. Über ihm war eine gewaltige Welle gegen die Außenmauern gedonnert und ließ die Festung erzittern. Angespannt lauschte er dem Nachbeben und wartete ab, was passierte. Einen Augenblick später umspielte eine eiskalte, nach Fäkalien stinkende Brühe seine Füße.

Er tastete sich weiter an der Wand entlang. Immer wieder berührte er glibberigen Schleim, während sich warme mit kalten Stellen an der Mauer abwechselten. In der Dunkelheit sah er seine Hand vor Augen nicht, und sein Herz hämmerte wild gegen seinen Brustkorb.

Keine Panikattacke jetzt.

Er konzentrierte sich auf seine Atmung und schleppte sich weiter, hob einen Fuß aus dem Wasser, um ihn im nächsten Moment erneut in die Brühe zu setzen.

Er spürte eine Unebenheit in der Mauer und ließ seine Finger die Wand entlanggleiten.

Ein Griff aus Metall.

Er gehörte zu einer Tür.

Er erfühlte eine Kette. Harte, ineinander verknotete Eisenglieder. Vorsichtig beugte er sich hinunter, packte die Kette und tastete die Glieder entlang. Dann begann er, die Gelenke auseinanderzuknoten.

Seine Finger waren klamm vor Kälte, er hatte Mühe mit seiner Feinmotorik. Das stinkende Wasser schwappte um seine Füße, floss in seine Schuhe und umspülte seine Zehen.

Endlich hatte er es geschafft. Der Knoten löste sich, und die Kette klatschte dumpf ins Wasser. Er griff nach der Klinke und zog daran. Die Metalltür kratzte über den Steinboden.

Schnell schlüpfte er in den dahinterliegenden Raum, und eine trockene Hitze nahm ihn in Empfang. Der heftige Temperaturunterschied schnürte ihm die Kehle zu. Sein Atem ging schwer.

Vor ihm tat sich ein riesiges Gewölbe auf. Von der Deckte leuchte ein gespenstisches rotes Licht, und die Luft war erfüllt vom Gestank einer bitteren Säure.

Alle Instinkte in Alarmbereitschaft, schlich er tiefer in das Gewölbe hinein. Er zog den Revolver aus dem Hosenbund, und sein Blick kreiste vorsichtig umher.

Das Gewölbe glich einer Halle und hatte gigantische Ausmaße. Es schien, dass die Burg an der Oberfläche nur der kleinere Teil der Festung war, ähnlich einem Eisberg, dessen Hauptmasse sich unter der Wasseroberfläche verbarg. Die Wände hatte man nachlässig verputzt, und überall ragten spitze Mauervorsprünge in das Gewölbe hinein.

Ein Schauer lief ihm über den Rücken.

Irgendwo hier unten lauerte *Rapallo*.

Er umklammerte den Griff des Revolvers fester und ging weiter. Ein kühler Luftzug streifte seinen Haaransatz, und er riss den Kopf in den Nacken. Hoch über ihm durchbrach eine quadratische Öffnung die Decke. Ein Luftschacht. Er sah die Sterne, die, eingefasst wie in einen Bilderrahmen, hell am Nachthimmel glitzerten.

Er schlich weiter und näherte sich dem letzten Mauervorsprung.

Zuerst sah er nur die Beine, dann die Tischplatte, die immer länger wurde. Etwas lag darauf. Eine Box. Eine Steuerkonsole, wie sie bei Orban Robotic benutzt wurde.

Rapallo war in der Nähe.

Auf Zehenspitzen schlich Maniel näher, zog die Lederjacke aus und legte sie auf den Tisch. Den Revolver legte er darauf.

An der Wand gab es einen Schalter.

Er knipste ihn an.

Einen Augenblick später explodierte ein Blitzgewitter, und Hunderte von Neonröhren verwandelten das Gewölbe in ein Meer aus gleißendem Licht. Er riss die Hände vor die Augen, taumelte nach hinten und stieß gegen den Tisch.

Vorsichtig spreizte er die Finger und blinzelte hindurch. Direkt vor ihm glitzerte Metall. Langsam, fast ehrfürchtig, nahm er die Hände vom Gesicht.

Rapallo.

Zwei eiserne Bügel an der Wand hielten die stählernen Achseln des Roboters. Fast friedlich hing er dort, mit Beinen aus Stahlstreben und anstelle der Füße, unförmige, quadratische Boxen aus Metall. Der Düsenantrieb.

Die Arme, zwei Stahlrohre, wuchsen an den Nahtstellen aus den Schultern heraus. Der Kopf, ein Totenschädel, vollgestopft mit Algorithmen und Impulseinheiten, die darauf programmiert waren, zu töten. Das optische Impulszentrum, zwei kleine Schlitze an der Vorderseite, starrten trübe und dumpf ins Leere. Der winzige Schädel stand in keinem Verhältnis zum Rest des monströsen Körpers.

Maniel versuchte sich zu beruhigen. Er musste sich beeilen, wenn er die Aktivierung des Roboters noch stoppen wollte. Seine einzige Chance war die Steuerkonsole, nur mit ihr konnte er in das Gehirn der Maschine eindringen und das Todesprogramm aufhalten.

Den Blick auf den Stahlkoloss gerichtet, tastete er vorsichtig nach der Konsole.

»Guten Abend, Mister Maniel.«

Maniel schreckte zusammen, und als er aufsah, blickte er in die blassblauen Augen eines hageren Mannes, der mit dem Revolver mitten auf sein Herz zielte. Ein bösartiges Grinsen umspielte die Lippen des Fremden.

»Ich freue mich, Sie endlich persönlich kennenzulernen.«

37

Das Mobiltelefon lag wie ein Fremdkörper in seiner Hand, sein Arm hing schlaff am Körper und seine Gedanken verloren sich in einer grenzenlosen Leere. Apathisch starrte Frederik Heinrich durch die Fensterscheibe des Towers zur Rollbahn, wo ein Airbus der Fluggesellschaft KLM gerade auf dem Asphalt aufsetzte, während die nachfolgenden Maschinen, als kleine Punkte am Himmel, bereits ihren Landeanflug einleiteten.

Neben Heinrich stand der Sicherheitschef des Rhein-Main-Flughafens und schüttelte ungläubig den Kopf. Sein Gesicht war kreideweiß. »Herr Heinrich, Sie wissen, dass Stufe *Rot* der Eskalationscode für den absoluten Notfall ist. Innerhalb von Minuten bricht auf dem Flughafen der gesamte Betrieb zusammen. Jeder Airport auf der ganzen Welt erhält die Nachricht von der Katastrophenwarnung für Frankfurt und sofort wird damit begonnen, alle Flugpläne neu zu berechnen. Ein operativer Super-GAU, einmal ganz davon abgesehen, dass hier am Flughafen über hunderttausend Menschen evakuiert werden müssen. Halten Sie das alles nicht für ein wenig übertrieben, für eine … eine Übung?«

Fassungslos starrte er Heinrich an, wobei seine stets ein wenig blutunterlaufenen Augen dieses Mal eine Nuance röter leuchteten als sonst, sodass es aussah, als würde er weinen. Noch war er allerdings bereit, dem Berliner Beamten, dem bei dieser Order auch nicht ganz wohl zu sein schien, den unsinnigen Befehl zu verzeihen. Schließlich konnte der Mann nicht wissen, dass seit dem Zweiten

Weltkrieg diese Eskalationsstufe nicht mehr ausgerufen worden war.

Heinrich hörte die Einwände seines Gegenübers nur mit einem halben Ohr. Er war froh, dass er es nicht war, der die Entscheidung zu verantworten hatte. Keine Frage, er arbeitete gerne für Melle, beneidete ihn sogar ein wenig um seine Verbindungen, die bis hinauf in die höchsten Ebenen der Berliner Republik reichten. Zwar hatte sich in der Bundeshauptstadt in den letzten Jahren die moralische Grundhaltung verschoben und Melle war immer öfter gezwungen, Entscheidungen auf seine eigene Kappe zu nehmen. Bis heute war er allerdings gut damit gefahren. Aber dieses Mal?

Berlin war nicht erreichbar, doch eine Entscheidung musste getroffen werden. Der Roboter hatte sich aktiviert, und schon in Kürze würde er seinen Angriff auf den Flughafen starten. Eine Katastrophe. Heinrich hätte genauso entschieden wie Melle, wenn er den Mut dazu gehabt hätte.

Noch immer starrte ihn der Sicherheitschef verstört an und hoffte auf eine Klarstellung.

»Das ist keine Übung!«, sagte Heinrich und sah seinem Gegenüber scharf in die Augen. Wenn er schon froh sein konnte, diesen Befehl nicht verantworten zu müssen, so wollte er Melle zumindest bei der Durchführung unterstützen.

»Aber, aber …«, stotterte der Sicherheitschef, dem die Gesichtszüge nun vollkommen entglitten.

»Gehen Sie hinüber zu ihren Leuten, und machen Sie ihnen klar, dass es sich um keine Übung handelt. Danach leiten Sie umgehend die notwendigen Maßnahmen ein«, befahl Heinrich.

Der Sicherheitschef, der registrierte, dass es nutzlos war, sich mit dem Berliner Beamten, dessen Mimik inzwischen einer starren Maske glich, zu streiten, nickte widerwillig, wandte sich um und ging zu seinen Mitarbeitern hinüber.

Heinrich presste die Lippen fest aufeinander und sah aus dem Fenster. Er beobachtete eine Propellermaschine der spanischen IBERIA mit den rotgelben Schriftzeichen auf der Außenhaut, wie sie auf der Landebahn aufsetzte. Vor seinem geistigen Auge sah er die Panik, die in den nächsten Minuten wie ein Donnerwetter über den Flughafen hereinbrechen würde.

Er spürte den Wunsch nach einer Zigarette oder einem harten Getränk, dachte an Rottermann und Melle, denen es nicht anders ergehen würde.

Dieses Mal ging die Sache böse aus, dieses Mal gab es kein politisches Hintertürchen. Bald schon würde der Roboter den Flughafen in Schutt und Asche legen, während man in Berlin bereits dabei war, einen Ausschuss einzuberufen, dessen Aufgabe es sein würde, für die Öffentlichkeit eine Erklärung für das Unerklärliche zu finden. Anschließend verpackte man die Katastrophe in kleine Päckchen und verfütterte sie an die Wählerschaft. Blutrünstige Horrorgeschichten, verbreitet über den allmächtigen Mediengott als Rechtfertigung gegenüber einer informationsversklavten Bevölkerung. Und bereits jetzt standen die Bauernopfer fest, wobei Heinrich das unbestimmte Gefühl hegte, das man zumindest Melle bereits eine Rolle zugedacht hatte.

Er griff in die Innentasche seine Jacketts, zog sein Mobiltelefon heraus und wählte die Nummer seiner Ex-Frau. Er musste mit jemand Unbeteiligtem reden.

38

Maniel starrte in zwei mitleidlose Augen, und im selben Augenblick wusste er, wen er vor sich hatte. Dieser Mann war dafür verantwortlich, dass seinem Leben von einem auf den anderen Moment die Bedeutung genommen worden war, dieser Mann war der Mörder von Borchard, Kolle und Maréchal. Ein einziger Blick in dieses von Zorn entstellte Gesicht genügte, um zu erkennen, dass nicht mehr viel Zeit blieb, um Antworten zu finden.

Der Fremde hielt den Revolver direkt auf sein Herz gerichtet. Er hatte keine Eile, wirkte entspannt, es schien, als würde er den Moment genießen und sich auf etwas Besonderes vorbereiten.

»Eigentlich haben wir doch beide Glück«, sagte Nowak, und ein diabolisches Grinsen huschte über sein Gesicht. »Du hast den Roboter gefunden, und ich habe dich gefunden. Nun …«, er hob die Ledertasche auf den Tisch, »… schade, dass sich unsere Glückssträhnen nicht weiter in dieselbe Richtung bewegen.«

Er gab Maniel ein Zeichen, zurückzutreten, und während er sich am Reißverschluss der Tasche zu schaffen machte, fiel sein Blick auf den Roboter.

»Weißt du, auf eine gewisse Art sind wir gar nicht so verschieden. Wir sind beide Wissenschaftler. Du konstruierst«, er deutete auf den Roboter, »diese Dinger da und bist ein Wissenschaftler der Technik, und ich«, er grinste, »bin ein Wissenschaftler … des Todes.«

Maniel stand wie angewurzelt auf der Stelle und starrte Nowak an, der mit einer Mischung aus Gleichgültigkeit und einem seltsam anmutenden Hass in seiner Tasche kramte, bevor sich mit einem Mal seine Mundwinkel hoben und er einen kleinen, silbernen Hammer hervorholte.

Beseelt blickte er auf, und mit einem zuvorkommenden, fast verständnisvollen Lächeln, erklärte er: »Der ist nicht für dich … noch nicht.«

Er wedelte mit dem Revolver. »Weiter zurück, an die Wand, stell dich neben den Roboter.«

Maniel wich zurück, bis Nowak zufrieden nickte. Nowak zog die Steuerkonsole zu sich heran, schenkte Maniel ein schadenfrohes Lächeln und begann, mit dem Hammer auf die Konsole einzuschlagen. Metall krachte auf Kunststoff, und die Schalttafel zerplatzte wie ein Schwarm schwarzglänzender Fliegen und verteilte sich über die Tischplatte.

Endlich ließ Nowak von der Konsole ab. Mit einem zufriedenen Seufzer richtete er den Revolver auf Maniel.

»Und nun zu dir.«

Maniel verharrte an der Wand, sein Körper gehorchte ihm nicht mehr, er war unfähig, sich zu bewegen. Bereit, sein Schicksal zu akzeptieren, schloss er die Augen und bereitete sich auf sein Ende vor.

Doch nichts passierte. Stattdessen legte Nowak den Revolver zur Seite und kramte in seiner Tasche. Er angelte eine Kneifzange heraus und legte sie auf den Tisch, fasste nochmals hinein und brachte eine Knochensäge zum Vorschein, deren silberner Überzug im Neonlicht glitzerte.

»Kennst du dich mit Ratten aus? Graue, fette Ratten, mit spitzen Zähnen und einem langen, nackten Schwanz«, Nowak begann die Zange mit einem Tuch zu polieren. »Niemand mag Ratten, weil keiner weiß, wie sie wirklich sind. Nur ich weiß es, denn ich bin ihr Freund. Ich rede mit ihnen, streichle ihr sanftes Fell, spüre ihre kleinen, zarten Muskeln und liebkose ihre süßen Schnäuzchen«, er gluckste. »Zu Anfang mochte ich sie nicht und riss ihnen ihre Kehlen aus dem Hals, weil ich mich vor ihnen fürchtete. Doch dann bemerkte ich, dass sie nur meine Aufmerksamkeit wollten, weil sie einsam und auf der Suche nach Liebe waren«, er betrachtete das Ergebnis seiner Politur, indem er die Zange gegen das Licht hielt. »Inzwischen habe ich eine enge Verbindung zu ihnen, und jedes Mal, wenn ich einen Job erledige, begleiten sie mich und beurteilen meine Arbeit«, er schüttelte den Kopf und machte ein trauriges Gesicht. »Und dann erinnern sie mich an ihre Brüder und Schwestern, die ich ermordet habe, weil ich damals noch nicht wusste, dass sie meine Freunde sind. *Tu' es für unsere toten Brüder und Schwestern, zeig uns, dass du es ehrlich mit uns meinst*, flüstern sie mir ins Ohr«, mit einem nach Verständnis heischenden Blick sah er zu Maniel. »Ich darf meine kleinen Freunde nicht enttäuschen, das verstehen Sie doch, Herr Maniel, ich darf sie niemals mehr enttäuschen.«

Nowak kam näher und trug die Beißzange wie eine Trophäe vor sich her. Maniel zitterte am ganzen Körper, das Blut rauschte in seinen Ohren. Nowak war nur noch eine Armlänge von ihm entfernt.

In der nächsten Sekunde begann die Beleuchtung in der Halle zu flackern. Zuerst war es nur ein unregelmäßiges Zucken, das schnell unruhiger wurde, bis es sich schließlich in einem Gewitter aus Lichtblitzen entlud.

Nowak riss den Kopf in den Nacken und starrte zur Decke. »Was zum Teufel ist das?«

»Das«, stammelte Maniel, »ist die Apokalypse.«

Das Lichtgewitter weckte ihn aus seiner Starre. Er sprang nach vorne und stieß Nowak zur Seite, dann rannte er mit großen Schritten in die Halle hinein. Hinter dem nächsten Mauervorsprung hechtete er in Deckung.

Über ihm explodierten die Lichtblitze, während ein ohrenbetäubender Lärm losgebrochen war, der sich wie ein Stachel in seinen Gehörgang bohrte. Er presste beide Hände auf die Ohren und kauerte sich zusammen. Seine Lungen rangen nach Sauerstoff, und sein Herz trommelte wild gegen seinen Brustkorb. Er hatte das Gefühl, sein Gehirn sprengte seine Schädeldecke. Der Schmerz war kaum noch zu ertragen, und schon schwanden ihm die Sinne.

Im nächsten Augenblick erstarben die Lichtblitze, und der Lärm verstummte so abrupt, wie er losgebrochen war.

Misstrauisch nahm Maniel die Hände von den Ohren und wartete. Er blinzelte. Ein Zischen wie von einer alten Dampflok ertönte, erst leise, dann immer lauter. Stahl knirschte.

Vorsichtig robbte er an den Rand des Mauervorsprungs und hob den Kopf.

Ein weißer Nebelschleier waberte vom Ende der Halle auf ihn zu. Er versuchte etwas zu erkennen, doch der Schleier war undurchdringlich. Dann jedoch glomm ein zartes Licht auf, wurde intensiver, und einen Moment später schälte sich aus dem weißen Dunst ein stählernes Skelett.

Rapallo schwebte aufrecht durch die Halle. In vollendeter Perfektion balancierte er seine stählernen Arme und Beine aus und setzte präzise unter dem Luftschacht auf. Der Totenschädel richtete sich zur Öffnung aus.

Maniel stockte der Atem. Obwohl er wusste, dass nun niemand mehr den Kampfroboter von seinem Todesflug abhalten konnte, faszinierte ihn der Anblick *Rapallos*.

Noch etwas taumelte aus dem Nebel.

Eine Gestalt.

Nowak!

Die Haare standen ihm zu Berge, und er war vollkommen mit Staub bedeckt. Aus seinen Ohren tropfte Blut, doch seine Finger umklammerten den Revolver.

Rapallo zeigte kein Interesse an ihm, er war auf ein anderes Ziel programmiert.

Nowaks Blick suchte das Gewölbe ab und wanderte in Richtung des Mauervorsprungs. Rasch zog Maniel den Kopf zurück und presste seinen Körper dicht gegen die Mauer.

Hatte der Killer ihn gesehen?

Er musste etwas tun, raus aus diesem Gewölbe, zurück an die Oberfläche, bevor es zu spät war. Die Entfernung zur Eingangstür betrug fünfundzwanzig, höchstens dreißig Meter, trotzdem schien sie ihm klein, wie die Tür einer Puppenstube.

Maniel fror und schwitzte zugleich. Er spürte den kalten Steinboden durch sein T-Shirt, während ihm feuchtwarme Schweißperlen über die Schläfen rannen.

Wieder erklang das Zischen, der Roboter machte sich zum Abflug bereit.

Solange *Rapallo* noch in der Halle war, waren Maniels Chancen größer. Der Killer war abgelenkt, und Maniel konnte das Überraschungsmoment nutzen.

Er presste den Rücken gegen die Wand und drückte seine Beine durch, bis er aufrecht neben dem Mauervorsprung stand.

Ein letztes Mal spitzte er die Ohren und horchte, doch der Düsenantrieb des Roboters übertönte jedes Geräusch. Er spannte seine Muskeln an, atmete noch einmal tief ein und war bereit, loszulaufen.

Im nächsten Augenblick explodierte ein Schuss, und die Kugel riss ein kreisrundes Loch dicht neben Maniels Kopf in die Mauer. Dahinter hob ein höhnisches Lachen an.

»Komm aus deinem Versteck, ich will mit dir reden«, erklang Nowaks heisere Stimme.

Maniel lehnte mit kreidebleichem Gesicht an der Wand. Seine Flucht war aussichtslos, der Killer würde ihn niederschießen, lange bevor er die Tür erreichte.

»Komm endlich raus, sonst setzt es die nächste Kugel, und die trifft«, ertönte Nowaks Stimme.

Maniel wusste, dass es sinnlos war, sich weiter zu verstecken. Vielleicht war ja mit dem Killer zu reden, und er konnte mit ihm etwas aushandeln. Der Roboter war nun sowieso nicht mehr aufzuhalten.

Er hob die Arme über den Kopf und trat hinter dem Mauervorsprung hervor.

Nowak stand keine drei Meter von ihm entfernt. Ein zynisches Grinsen umspielte seine Lippen. Siegessicher blickten die blassblauen Augen aus seinem von Staub verklebten Gesicht, während sich auf den Schulterstücken seines Jacketts dunkelrote Flecken abzeichneten, die an Rangabzeichen einer Todesbrigade erinnerten.

Nowak zog die Lippen auseinander und entblößte ein blütenweißes Gebiss. Er richtete die Mündung des Revolvers auf Maniels Herz.

»Ich habe gelogen, Hugo Maniel, nun wirst du endlich sterben.«

Dann ging alles sehr schnell.

Der Schädel des Roboters kreiste herum und im selben Augenblick löste sich ein Schuss. Ein Arm segelte durch die Luft, seine Finger umklammerten den Revolver.

Nowak starrte mit offenem Mund zu seiner Schulter, wo sich bis vor einer Sekunde noch sein Arm befunden hatte. Ein zweiter Schuss ertönte und bohrte ein tennisballgroßes Loch durch Nowaks Brustkorb.

Nowaks Körper kippte nach vorne und schlug steif auf dem Steinboden auf. Dunkelrotes Blut blubberte aus der Brust und verteilte sich zähflüssig um den regungslosen Körper.

Maniel starrte benommen auf den Toten. Seine Knie zitterten, und er wischte sich mit der Hand über die Stirn.

Inzwischen hatte sich der Schädel des Roboters wieder auf den Luftschacht ausgerichtet. Die Augenschlitze begannen zu blinken, das Zielprogramm wurde in den Zentralspeicher geladen.

Ehrfürchtig beobachtete Maniel den furchteinflößenden Koloss mit dem dämonischen Totenschädel. Er hatte ihm das Leben gerettet, derselbe Roboter, der gleich losfliegen würde, um Tausende Menschen in den Tod zu schicken.

Borchard musste ihm einen Prioritätsalgorithmus einprogrammiert haben, der gewissen Befehlen Vorrang einräumte. Einer davon war, Hugo Maniel vor Gefahren zu schützen.

Hatte Borchard etwa geahnt, dass es zu einer Auseinandersetzung zwischen Maniel und dem Killer kommen würde? Oder war es nur Zufall, dass der Roboter so reagiert hatte?

Noch immer blinkten die Augen des Totenschädels. Der Korpus vibrierte, während sich zwischen den Antriebsdüsen und dem Boden ein nebliges Dunstkissen gebildet hatte.

Vorsichtig trat Maniel näher an *Rapallo* heran. Noch nie hatte er die Maschine in Funktion gesehen, und wenn er auch nichts mehr tun konnte, um den Todesflug zu stoppen, so kam er trotzdem nicht umhin, diese Meisterleistung an künstlicher Intelligenz zu bewundern, in der tausende von Algorithmen präzise aufeinander abgestimmt für jedes Problem die passende Lösung fanden, und es

Prioritätsgesetze gab, die im Falle eines Befehlskonfliktes, bestimmten Anweisungen den Vorrang einräumten.

Adrenalin schoss ihm ins Blut, und mit einem Mal war sein Verstand hellwach.

Die Prioritätsgesetze!

Natürlich, sie waren der Schlüssel zur Lösung. Warum war er nicht gleich darauf gekommen?

Doch dazu musste er in das Gehirn des Roboters eindringen. Der Killer hatte die Leitkonsole zerstört, also blieb nur noch die Möglichkeit über den Sprachdecoder.

Er kam näher, trat dicht an *Rapallo* heran und roch den erhitzen Stahl. Der Koloss überragte ihn um mehr als einen Meter. Die Augen hatten aufgehört zu blinken und leuchteten nun dunkelrot.

Es blieb nicht mehr viel Zeit.

Die Empfangseinrichtungen des Sprachdecoders befanden sich zu beiden Seiten des Totenschädels. Maniel sprach laut und deutlich.

»*KR08,* identifiziere meine Stimme und legitimiere meine Hierarchiestufe.«

Die technische Bezeichnung des Roboters war notwendig, um den Barriere Code im Gehirn zu überwinden, denn nur, wenn der Sprachdecoder seine Stimme erkannte, hatte er eine Chance, mit *Rapallo* zu kommunizieren.

Sekunden wurden zur Ewigkeit.

Doch der Roboter reagierte nicht.

Stattdessen nahm die Aktivität an den Antriebsdüsen zu. Gleich würde er abheben.

Maniels Gedanken überschlugen sich. Mit einem Mal war er sich nicht mehr sicher, ob es sich bei *Rapallo* überhaupt um ein Modell der Reihe *KR08* handelte. Allerdings hatte keine der anderen Konstruktionen die notwendige

Modellreife. Möglicherweise erkannte der Decoder die Klangfarbe seiner Stimme nicht und verhinderte, dass der Algorithmus Maniels Namen und seine Hierarchiestufe identifizierte.

Warum reagierte diese verdammte Maschine nicht?

In Sekundenbruchteilen spielte Maniel alle möglichen Szenarien durch. Hatte Borchard am Ende eine Modifikation am Sprachdecoder vorgenommen?

Ein lautes Zischen ertönte. Maniel erschrak.

Dampf strömte aus den Düsen. Langsam hob sich der stählerne Koloss in die Höhe und steuerte geradewegs auf den Schacht zu. In wenigen Sekunden würde er verschwunden sein, unerreichbar und ausgestattet mit mörderischen Befehlen.

Mit einem Mal hatte Maniel eine Eingebung, ein Wort nur, eine Hoffnung, das Nächstliegende.

»*Rapallo*«, rief er, seine Stimme kämpfte gegen den Lärm des Düsenantriebs an.

Der Roboter verlor an Geschwindigkeit, verharrte einen Moment auf der Stelle, bevor er langsam wieder abzusinken begann.

Maniel hatte es geschafft.

Dicht neben ihm schwebte der Koloss in der Luft, der Totenschädel schwenkte in Maniels Richtung, und glutrote Augen starrten ihn durchdringend an.

»*Rapallo*«, sagte Maniel, bemüht, seiner Stimme einen festen Klang zu geben, »identifiziere mich.«

Für einen Augenblick war nur das Zischen des Düsenantriebs zu hören, dann dröhnte eine dunkle, metallische Tonfolge aus dem Schädel.

»Hugo Maniel, Entwicklungsabteilung, Orban Robotic. Weisungsbefugt für die Robotereinheiten *KR01* und *KR08* …«, Maniel atmete erleichtert auf, die Maschine hatte ihn erkannt, »... Autoritätsstatus für *KR08 Rapallo* außer Kraft gesetzt. Nur Mitarbeiter Nummer eins, Professor Dr. Pius Borchard, ist autorisiert zur Weisungsbefugnis.«

Maniel traute seinen Ohren nicht, und während er noch *Rapallos* Worte einzuordnen versuchte, schwebte der Roboter bereits wieder zum Schacht hinauf.

Maniel starrte ihm verzweifelt hinterher.

Es musste etwas geben, das die Dinge zusammenführte, ein Zentrum, einen Punkt, an dem alles einen Sinn ergab.

Kolle, Maréchal und Delafon, jeder der drei hatte seinen Platz in Borchards Rätsel. So unterschiedlich die Charaktere auch waren, etwas hatte sie zusammengehalten, eine Gemeinsamkeit, die alle miteinander verband.

Mit einem Mal hatte er eine Idee. Wie in einer Sekunde vollkommener Klarheit sah er die Lösung vor seinen Augen.

»Roquine«, schrie er in den Schacht hinauf, und der Name echote von den Wänden des Gewölbes wieder.

Es war Roquine Delafon, die die Männer untrennbar miteinander verband. Und auch wenn sie sich für Borchard entschieden hatte, gelang es den beiden trotzdem nie, ein wirkliches Paar zu werden, und obwohl Delafon alles für ihre Liebe zu Borchard getan hatte, hielt er Distanz zu ihr. Denn er wusste, dass er damit die Freundschaft, die zwischen Kolle, Maréchal und ihm seit ihrer gemeinsamen Jugend bestand, unwiederbringlich zerstören würde. Zerfressen vom Drang nach Selbstbestätigung und dem Ehrgeiz, ihrer sozialen Unmündigkeit zu entfliehen, benötigten die Freunde ein Zentrum, einen Anker, der ihr blindes Streben erdete. Und Delafon bildete dieses Zentrum, sie war der Anker und der Mittelpunkt im Leben der emotional Suchenden.

Hätte Borchard Kolle und Maréchal diese Stütze genommen, wären sie zugrunde gegangen, etwas, das er sich niemals verziehen hätte.

Maniel sah zum Schacht hinauf, sein Herz schlug ruhig und gleichmäßig, seine Angst war verflogen.

In der künstlichen Intelligenz unterbricht ein ultimativer Sicherheitscode, ein Wort, das aktivierte Programm und stoppt damit den Informationstransfer auf die nächsthöhere Kommunikationsebene. Dieser Code verbleibt immer beim Programmierer, denn ein Berufsethos verbietet einen Austausch unter den Entwicklern.

Die Füße des Roboters tauchten auf, es folgten die Beine und schließlich der Korpus. Langsam sank *Rapallo* herab, bis er dicht neben Maniel über dem Steinboden schwebte.

»Abschalten«, sagte Maniel, es war mehr ein Flüstern als ein Befehl.

Ein leises Brummen ertönte, und *Rapallo* setzte auf dem Boden auf. Ein letzter Dunststrahl strömte aus den Düsen und verteilte sich um den Korpus, dann erlosch das Licht in den Augen des Roboters. Still stand der Koloss da, eine leblose Hülle aus Stahl.

Maniel wandte sich ab, und während er schwerfällig zum Ausgang watete, überfiel ihn eine sinnlose Leere.

Nur schemenhaft nahm er die schwarzgekleideten Silhouetten wahr, die mit Schutzhelmen und Maschinenpistolen bewaffnet in die Halle stürmten.

Hände packten ihn unter den Achseln und schoben ihn nach draußen, schleppten ihn durch einen dunklen Korridor zu einer Treppe und zur Oberfläche hinauf. Verschwommen tanzten die Lichtkegel der Taschenlampen vor seinen Augen, und schemenhaft blickte er in vermummte Gesichter. Wortfetzen drangen in seine Ohren.

Vor den Festungsmauern blitzten Dutzende von Blaulichtern.

Zwei Männer in weißen Overalls übernahmen ihn, während über ihm die Rotorblätter eines Hubschraubers dröhnten. Der Geruch von Rohöl stieg ihm in die Nase.

Seine Beine knickten weg, und man legte ihn auf eine Liege. Jemand presste einen feuchten Wattebausch auf seinen Oberarm, und er spürte einen Stich. Besorgte Gesichter warfen ihm prüfende Blicke zu, tuschelten miteinander, um ihn danach erneut anzusehen. Er kämpfte gegen die Bewusstlosigkeit, rollte seinen Kopf kraftlos von der einen zur anderen Seite. Seine Augenlider wurden nach oben geschoben, ein Lichtstrahl blendete ihn, zwischendurch sah er wie durch einen Schleier die Sterne im Nachthimmel.

Ein rundes, bebrilltes Gesicht schob sich in sein Blickfeld, und wache Augen musterten ihn sorgsam. Ein verständnisvolles Lächeln erschien auf dem Gesicht.

»Nun, Herr Maniel, wie geht es Ihnen? Mein Name ist Gerhard Melle. Wir werden Sie gleich mit dem Hubschrauber in ein Krankenhaus fliegen.«

Das Gesicht lächelte. »Wir wissen über alles Bescheid«, er spürte eine sanfte Hand auf seiner Schulter, »Glückwunsch, dass Sie den Roboter aufgehalten haben. Wir alle sind Ihnen zu großem Dank verpflichtet.«

Das Gesicht verschwand, und die Trage wurde angehoben. Als der Helikopter startete, sah Maniel durch das Fenster die Kuppel des Doms. Sie schien heller zu leuchten als sonst.